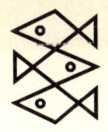

Vilém Flusser gilt als «Medienphilosoph» (taz), als «digitaler Philosoph des 20. Jahrhunderts» (FAZ). Seine Philosophie der neuen Medien, so euphorisch sie sich auch manchmal gibt, entspringt allerdings der Abrechnung mit jener Sparte von Medien, die wir gewöhnlich für die Medien schlechthin halten: den Massenmedien. Im so aufregenden wie aufgeregten Prozeß des Zusammenwachsens von Telekommunikation und digitalen Technologien sah Flusser die Chance, der Fernsehkultur zu entkommen. Die Vernetzung der Gesellschaft durch die neuen Medien bedeutet letztlich einen Umbruch im Kulturprozeß, eine «Katastrophe der bürgerlichen Kultur», die freilich auch Möglichkeiten für eine neuartige Einbildungskraft eröffnet: «Es gibt nichts Neues vor der Katastrophe, erst nach ihr.»

Vilém Flusser (1920–1991) war Philosoph, Kommunikationswissenschaftler und Kunstkritiker. Im Fischer Taschenbuch Verlag liegen vor: ‹Gesten. Versuch einer Phänomenologie› (Bd. 12241); ‹Medienkultur› (Bd. 13386); ‹Nachgeschichte. Eine korrigierte Geschichtsschreibung› (Bd. 13387); ‹Vom Subjekt zum Projekt/Menschwerdung› (Bd. 13388); ‹Kommunikologie› (Bd. 13389) und ‹Bodenlos. Eine philosophische Autobiographie› (Bd. 13390).

Vilém Flusser
Medienkultur

Herausgegeben von
Stefan Bollmann

Fischer Taschenbuch Verlag

2. Auflage: Juli 1999

Veröffentlicht im Fischer Taschenbuch Verlag GmbH,
Frankfurt am Main, September 1997

Lizenzausgabe mit freundlicher Genehmigung
des Bollmann Verlags, Mannheim
© Bollmann Verlag GmbH, Mannheim 1993, 1995
Für die Zusammenstellung:
© Fischer Taschenbuch Verlag GmbH, Frankfurt am Main 1997
Alle Rechte vorbehalten: Bollmann Verlag GmbH, Mannheim
Gesamtherstellung: Clausen & Bosse, Leck
Printed in Germany
ISBN 3-596-13386-6

Inhalt

Vorwort des Herausgebers · 7

Die kodifizierte Welt

Die kodifizierte Welt · 21
Glaubensverlust · 29
Alphanumerische Gesellschaft · 41
Hinweg vom Papier · 61

Eine Revolution der Bilder

Bilderstatus · 69
Bilder in den neuen Medien · 83
Filmerzeugung und Filmverbrauch · 89
Für eine Phänomenologie des Fernsehens · 103
QUBE und die Frage der Freiheit · 124
Das Politische im Zeitalter der technischen Bilder · 134

Auf dem Weg zur telematischen Informationsgesellschaft

Verbündelung oder Vernetzung? · 143
Nomadische Überlegungen · 150
Häuser bauen · 160
Die Fabrik · 164
Der städtische Raum und die neuen Technologien · 172
Die Stadt als Wellental in der Bilderflut · 175

Die Welt als Oberfläche

Auf dem Weg zum Unding   185
Paradigmenwechsel   190
Digitaler Schein   202
Der Schein des Materials   216
Hintergründe   223

Quellennachweis   237

Vorwort des Herausgebers

Dem philosophischen Schriftsteller Vilém Flusser (1920 bis 1991) eilte der Ruf des «digitalen Denkers» voraus, «wie vor ihm nur noch McLuhan» (Frankfurter Allgemeine Zeitung). Dementsprechend ist Flusser im deutschsprachigen Raum häufig als Prophet einer Epoche eingeschätzt worden, in welcher die digitalen Technologien der Menschheit eine glänzende Zukunft bescheren werden. Flusser selbst, der durch seinen Tod im Jahre 1991 den Boom von «Multimedia» und «Datenautobahn» nicht mehr miterlebt hat, wäre da anderer Ansicht gewesen; denn für ihn war noch lange nicht ausgemacht, ob die digitalen Technologien wirklich zur Kultivierung der Menschheit beitragen oder nur ein Zeitalter ankündigen, das genauso barbarisch ist wie seine Vorgänger, nur eben digital barbarisch. Ausgemacht aber war für ihn, daß sie uns, ob wir wollen oder nicht, in eine Umwälzung hineinziehen, die, obwohl technologisch begründet, nicht nur technologische Implikationen hat, sondern ausdrücklich auch unsere gesellschaftlichen und individuellen Lebensverhältnisse betrifft. Und zwar in einem solchen Ausmaß betrifft, daß neue Orientierungsmuster und Denkmodelle erforderlich sind, gerade wenn wir nicht leichtfertig die Chance einer Kultivierung der digitalen Technologien vertun wollen. Voraussetzung dafür ist neben der experimentellen Entwicklung solcher Muster und Modelle ein Begriff davon, daß es sich dabei überhaupt um eine Aufgabe handelt, um etwas von uns zu Leistendes. Für beides sind Flussers Schriften, wie sie in dieser fünfbändigen Taschenbuchausgabe zusammengefaßt werden, Propädeutikum und Remedium zugleich. Propädeutikum, indem sie Grundprobleme thematisieren und Ansätze zu deren Lösung bieten, zum Teil auch die Absurdität gängiger Lösungsvorschläge demonstrieren. Und Remedium, indem sie helfen, überzogene Erwartungen abzubauen und die Anfälligkeit für Gewißheiten und Utopien, negativer wie positiver Art, zu verstehen und zu vermeiden.

Flusser ist vorgeworfen worden, sowohl in seinen zahlreichen Vorträgen als auch in seinen Schriften mehr auf die Wirkung als auf die Wahrheit gesetzt zu haben. Wenn noch in seinen umfangreicheren Schriften der rhetorische Zug unverkennbar ist, so geht doch das Denken Flussers nie in dem provozierenden Gestus auf, in dem er es häufig vortrug. Und auch zu dem Medien- und Cyberguru, zu dem mancher Freund und mancher Gegner ihn stilisieren wollte, taugt er nur schlecht. Allerdings haben mehrere Faktoren die Rezeption des «bedeutendsten deutschen Philosophen der siebziger und achtziger Jahre» (Bazon Brock) durch die deutsche Intelligenz erschwert. Da ist zunächst die Priorität zu nennen, mit der Flusser Themen aus dem Kommunikations- und Medienbereich behandelt, die sich dem gängigen Zwiegesang von Politik und Ästhetik nicht fügen. Bereits in den sechziger Jahren machte Flusser die Kommunikationswissenschaft und -philosophie, die bei ihm in Analogie zu Begriffsbildungen wie Biologie und Technologie zur «Kommunikologie» wurde, zu seinem eigentlichen Arbeitsfeld. Auf seinen kommunikologischen Einsichten und Modellen beruhen Flussers medienkritische Interventionen, und die Kommunikologie bildete auch den Schwerpunkt seiner universitären Lehre – zuerst in portugiesischer Sprache als Professor für Theorie der Kommunikation an mehreren Paulistaner Hochschulen (60er Jahre), später in französischer Sprache als Gastprofessor an den Universitäten Marseille-Luminy (1977) und Aix-en-Provence (1986–1987) und schließlich in deutscher Sprache als Gastprofessor an der Universität Bochum (1991). Flussers kommunikologische Schriften sind im vierten Band dieser Taschenbuchedition enthalten.

Neben dem Thema – welcher deutschsprachige Philosoph vor ihm machte denn Kommunikationstheorie mit Blick auf Informationstechnologien und Mediensystemen zum Ausgangspunkt seiner Philosophie? – irritierte aber auch Flussers

Denkstil, der ihm zwar zahlreiche Freunde unter Fotografen, Designern und Publizisten einbrachte, die akademische Zunft aber vor den Kopf stieß. Dabei hätte ein genaueres Hinhören und Lesen unter dem *goût de provocation* und dem Zurschaustellen von Gewißheit jenes Doppelspiel von Identifikation und Distanz ausmachen können, das gute Philosophie heute auszeichnet. Mag es zuzeiten aussehen, als ob Flusser sich mit einer von ihm zur Pointe zugespitzten Position identifiziert, so sieht man ihn nur einen Gedankengang später bereits wieder eine andere (und gar nicht einmal unbedingt die gegenteilige) Position einnehmen. Flussers Denken gleicht jener «Serie von Sprüngen über unsichtbare Hindernisse und aus Entscheidungen», die der Phänomenologe der menschlichen Gesten am Fotografen beobachtet und als die Dynamik seiner eigenen Suche erkannt hat (vgl. «Die Geste des Fotografierens», in: *Gesten*, Fischer Taschenbuch Band 12241, S. 110f.). Wie der Fotograf identifiziert sich der Philosoph Flusser letztlich mit keiner von ihm eingenommenen Position, sondern springt von Position zu Position, ohne dadurch etwa nur deren Austauschbarkeit beweisen zu wollen. Flusser beim Denken zu beobachten heißt vielmehr, der Stakkato-Bewegung des methodischen Zweifels zuzusehen, für den es keine letzte Gewißheit mehr geben kann. Flussers Denken ist radikalisiertes Möglichkeitsdenken und deshalb immer auf dem Sprung.

Wir alle wissen, daß sich nicht im Sprung leben läßt, wohl aber auf dem Sprung. Das scheinbar Paradoxe der zugemuteten Leistung besteht in diesem Fall darin, bei etwas zu bleiben, gerade indem man nirgendwo länger verweilt. Setzt man für dieses Etwas jedoch zum Beispiel einen Ball ein, so löst sich das Paradox schnell auf, und zugleich rücken die so gerne unterschlagenen anderen Dimensionen der anvisierten Situation in den Blick: Um am Ball bleiben zu können, bedarf es Mitspieler, die einem den Ball zuspielen und an die man ihn abspielen kann, bedarf es Gegenspieler, die einen vom Ball trennen wollen und denen man ihn abnehmen kann, bedarf es aber vor allem eines Spielfeldes, der Spielregeln und wahrscheinlich eines Schiedsrichters. Kurz, die zugemutete Abstraktion versetzt einen auf das Feld der Intersubjektivität, auf dem nichts sicher ist (außer den Regeln, deren Befolgung aber wiederum nicht kalkulierbar ist), und hier ist der Kommunikologe Flusser «im Einsatz». Den Sprung in die Fiktion, den er auf diesem Feld riskiert, hat er zuletzt als Umstellung vom Subjekt zum Projekt zu thematisieren und als menschliche Grundgeste schlechthin herauszuarbeiten versucht: Im Entwurf zu existieren, aber nicht aus einem Überschuß an Energie oder Phantasie, sondern weil einem von Anfang an nichts anderes übrigblieb. Das führt zu der Erkenntnis, daß man sich eine Zeitlang in vermeintlichen Sicherheiten wiegte oder etwas auf gutgemeinte Versprechungen gab, die sich nun als Fiktion herausstellen, ohne daß jedoch neue Sicherheiten oder Versprechungen in Sicht wären und ohne daß man je über Fiktionen hinausgekommen wäre.

Neben Thematik und Denkstil gibt es einen weiteren Faktor, der für die Fremdheit verantwortlich ist, die Flussers Aufnahme in Deutschland geprägt hat. Sie hat mit dem Lebensweg des Prager Juden Vilém Flusser zu tun, der nach seinen brasilianischen Jahren und einem Jahrzehnt relativer Zurückgezogenheit in Südfrankreich seine größte Popularität in den achtziger Jahren im deutschsprachigen Raum erreicht hatte. Flusser aber hätte sich nie selbst als deutschen Philosophen bezeichnet, und als der französische Philosoph Abraham Moles, einer seiner engsten Freunde, ihn einmal öffentlich als solchen bezeichnete, hat Flusser außerordentlich abweisend reagiert. In Deutschland war Flusser immer nur zu Gast, zog gemeinsam mit seiner Frau Edith von Vortrag zu Vortrag, von Hotel zu Hotel, ohne je irgendwo längerfristig Aufenthalt zu nehmen oder sich gar im wieder aufgebauten Grand Hotel Abgrund einzurichten. Sicher ist auch der Denkweg dieses Philosophen nicht und schon gar nicht lückenlos aus seinem Lebensweg ableitbar. Klarmachen sollte man sich aber schon, daß Flusser beinahe die Hälfte seines Lebens in Brasilien verbracht hat und bereits Anfang Fünfzig war, als er nach Europa zurückkehrte.

Ende August 1940 kam Vilém Flusser, der am 12. Mai 1920 in Prag geboren wurde, auf der *Highland Patriot* in Rio de Janeiro an. Mit an Bord waren Edith Barth, die Vilém Flusser Anfang 1941 in Rio heiratete, und deren Eltern und Schwester. Als das Schiff drei Wochen zuvor Southampton verlassen hatte, hatte der Hafen in Flammen gestanden. Es war eine der letzten Fahrten des Schiffes, das Emigranten aus Europa nach Südamerika brachte: Kurz darauf wurde es von einem deutschen Unterseeboot versenkt. Vilém Flusser blieb von seinem zwanzigsten bis zu seinem zweiundfünfzigsten Lebensjahr in Brasilien. Eine Europareise, mit dem Ziel unternommen, Künstler und Kritiker für die 13. Biennale in São Paulo zu gewinnen, nutzte er 1972, um Brasilien zu verlassen. Bis zu seinem Tod aber reiste er mit brasilianischem Paß und ließ auch unter schwierigen Umständen den Kontakt zu jenem Land, in dem er 32 Jahre seines Lebens verbracht hatte, nicht abreißen.

Als Flusser 1973, zurück in Europa, seine Situation 1940 in Brasilien beschrieb, sprach er davon, «von den Wellen der Sinnlosigkeit, Strandgut gleich, an die brasilianische Küste geworfen» worden zu sein. Wie dieses anfängliche Erlebnis der Verstoßung sich zu dem Entschluß wandelt, aktiv in die Kultur des Immigrationslandes einzugreifen, erzählt Flusser in seiner autobiographischen Schrift *Bodenlos*, die er im Zuge der Rückkehr nach Europa verfaßte und die als letzter Band innerhalb der hier vorliegenden Flusser-Edition erscheint. Daß ihm die Emigration aber überhaupt möglich war, verdankte der junge Flusser seinem späteren Schwiegervater, einem wohlhabenden jüdischen Prager Gastronomen. Ohne englisches Visum war Vilém Flusser 1939 mit London als Ziel vor den Nazis aus Prag geflohen und wurde noch im Zug von den Niederländern, die niemanden durchreisen ließen, aufgehalten und zurückgeschickt. Hätte er diese Rückreise antreten müssen, so hätte ihm das Schicksal seiner Eltern und seiner Schwester gedroht: Viléms Vater Gustav Flusser, studierter Mathematiker und Direktor der deutschen Handelsakademie in Prag, wurde am Tag der Besetzung Prags von zweien seiner deutschen Schüler denunziert und im Juni 1940 in Buchenwald ermordet, Viléms Mutter, Melitta Flusser, geb. Basch, seine Schwester Ludwika und seine Großeltern wurden nach

Umsiedlungen zwei Jahre später verschleppt und in Auschwitz vergast. Vor diesem Schicksal bewahrt wurde Vilém Flusser durch den finanziellen Einsatz Gustav Barths, der von London aus einen englischen Advokaten beauftragte, den Neunzehnjährigen nach England zu schleusen.

Die Tatsache, daß er sein Überleben seinem Schwiegervater verdankte, hat Vilém Flussers Leben in Brasilien auch über die Anfangsjahre hinaus nachhaltig geprägt. Schon bald galt es eine Familie zu ernähren – das erste Kind wurde 1941, das zweite nur zwei Jahre später geboren (das dritte folgte 1951) –, und wie besser konnte dies geschehen, als daß der junge Vater in die brasilianischen Firmengründungen Gustav Barths eintrat, der – Unternehmer aus Passion – schon bald im Import-Export-Geschäft erfolgreich war. Gemeinsam mit ihm war das junge Ehepaar nach der Heirat von Rio nach São Paulo übersiedelt, und nachdem er anfänglich einige Monate lang als Sekretär bei einer Firma gearbeitet hatte, die tschechischen Juden aus Klattau gehörte, wurde Vilém Flusser Teilhaber der UNEX, einer Firma seines Schwiegervaters und dessen Bruders; für die UNEX war er in den vierziger Jahren viel, auch im Innern Brasiliens, unterwegs. Danach führte er jahrelang die Geschäfte einer kleinen Fabrik für Radios und Transformatoren, Stabivolt, die er selbst mit zwei Partnern gegründet hatte. Für diesen Posten muß sich Flusser noch weniger qualifiziert gefühlt haben als für diejenigen davor; schließlich mußte die Firma 1958 um Vergleich nachsuchen und wurde erst in den sechziger Jahren durch den Eintritt eines neuen Gesellschafters saniert.

Noch in Prag hatte Vilém Flusser ein Studium an der juristischen Fakultät der Karlsuniversität begonnen, war aber über das erste Semester nicht hinausgekommen. In Brasilien das Studium wieder aufzunehmen, war ihm, der sich mehr und mehr zum philosophischen Schriftsteller berufen fühlte, nicht möglich. Was diese Situation, die über zwanzig Jahre andauerte und von Flusser zunehmend als unerträglich empfunden wurde, in der Realität bedeutete, bringt die Autobiographie auf einen kühl formulierten Satz: «Das bedeutete, daß man am Tag Geschäfte trieb und in der Nacht philosophierte.» Die wenigen Briefe, die aus dieser Zeit erhalten sind, sprechen da eine deutlichere Sprache: Von seiner «geistigen Unfähigkeit», sich einer «Handelsmentalität» anzupassen, und schweren wirtschaftlichen Rückschlägen ist die Rede, aber auch von den großen Hoffnungen, die er in seine Schriftstellerei setzt, und den noch größeren Enttäuschungen, daß seine Manuskripte, die er häufig auf Deutsch und Portugiesisch zugleich verfaßt und auch Verlagen in der Schweiz anbietet, nie angenommen werden. Ein Brief seines Cousins David Flusser, der als jüdischer Historiker des Christentums in Jerusalem forscht und lehrt, kommt ihm vor «wie eine Bresche in der Kerkerzelle», in der er seit Jahren «in Einzelhaft» sitzt: «Du mußt nämlich wissen, daß ich wie fieberhaft einherschreibe, von einem daimon gehetzt, in der Hoffnung, das unerträgliche Chaos, das die Welt ist, von der Leber zu schreiben. Scribere necesse est, vivere non est. Und bisher hat niemand, der mir maßgebend wäre, etwas von diesem Geschreibsel lesen wollen, so daß ich keinen Maßstab habe für meine uferlose Schreibsucht.» (5. März 1959)

Noch über zwei Jahre werden nach diesem Brief vergehen, bis es zu Flussers erster Veröffentlichung kommt: In der April/Juni-Ausgabe der *Revista Brasileira de Filosofia* erscheint sein Aufsatz «Da influência da religião dos gregos sôbre o pensamento moderno». Einige Monate später schließen sich Veröffentlichungen in den wichtigsten Tageszeitungen São Paulos, dem *Estado de São Paulo* und der *Fôlha de São Paulo*, an. Dann aber geht es Schlag auf Schlag: Flusser wird nicht nur zum regelmäßigen Mitarbeiter des *Estado*, sondern ihm eröffnen sich auch mehr und mehr wissenschaftliche Publikationsmöglichkeiten. Bereits 1962 wird er Mitglied des Brasilianischen Philosophischen Instituts. 1963 erscheint sein erstes Buch, auch dieses auf Portugiesisch: *Lingua e Realidade*. Auch ohne ein offizielles Hochschulstudium abgeschlossen zu haben, wird er aufgrund dieser Veröffentlichung nach dem Prinzip des «notorio saber», des offenkundigen Wissens, in den Lehrkörper der Universitäten aufgenommen und hält an mehreren Paulistaner Hochschulen Vorlesungen über Kommunikationsphilosophie. 1965 wird Flusser von der humanistischen Fakultät des *Instituto Tecnologico de Aeronautica* in São José dos Campos eingeladen, Vorlesungen über Sprachphilosophie zu halten. Zu dieser Zeit spielt Flusser im kulturellen Leben São Paulos bereits eine wichtige Rolle. Er ist ständiger Mitarbeiter verschiedener Zeitungen und Zeitschriften und organisiert neben seinen Universitätsvorlesungen Konferenzen und Symposien.

Seine Berufung in den Beirat der Kunstbiennale von São Paulo läßt ihn im Herbst und Winter 1966/67 als Emissär des brasilianischen Außenministeriums nach Europa und Nordamerika reisen. Im Zusammenhang mit dieser Reise kommt es zu den ersten deutschsprachigen Veröffentlichungen Vilém Flussers: Im Januar-Heft 1965 des *Merkur* erscheint der Essay «Guimarães Rosa oder: Das große Hinterland des Geistes», und am 29. September 1966 publiziert die *Frankfurter Allgemeine Zeitung*, für die er von da an häufiger über kulturelle Tendenzen in Brasilien schreibt, seinen Artikel «Suche nach einer neuen Kultur».

Wie der in den Paulistaner Akademiker- und Künstlerkreisen mittlerweile zu Berühmtheit gelangte Lehrer Vilém Flusser auf seine Schüler und Schülerinnen wirkte, hat Maria Lília Leao, eine von ihnen, festgehalten: «Als wir ihn kennenlernten – ich spreche von einer Gruppe junger Universitätsleute in den sechziger Jahren, einer Generation, die den Gestus eines lockeren intellektuellen Umgangs mit der Angst kultivierte und deren Ironie noch nicht gänzlich abgeglitten war –, waren wir alle in der großen Leere der Sinnsuche versunken. Flusser, der Fremde in der Welt, vaterlandslos par excellence, von vielen als der ‹genuine Philosoph Brasiliens› angesehen, sollte an allem teilnehmen und alles fördern. Unsere Gruppe war privilegiert: Wir gingen im Haus von Flusser aus und ein. Da strömten die Wirbelstürme, Winde und Brisen der philosophischen Welt zusammen, auf Gesellschaften, die ganze Wochenenden dauerten, und auf denen immer wieder Anatol Rosenfeld, Milton Vargas, Mira Schendel, Samson Flexor, Vicente und Dora Ferreira da Silva auftauchten. Für uns Jungen und Mädchen entpuppte sich Flusser als ‹peripatetischer› Lehrer (obwohl er immer auf seinem Stuhl im Wintergarten in der Tiefe seines Hauses im Jardim America saß, eingehüllt in eine Wolke von Rauch aus seiner unvermeidlichen Pfeife). Nichts kann die ersten Schritte einer solchermaßen gelehrten und übermittelten Philosophie behindern: Paideia, aufgebaut auf dem konkreten Boden des Umgangs mit einem lebenden Existenz-Modell. All das formte unsere Köpfe und ist heute in unseren jeweiligen Kontexten wirksam. Ein klassischer Fall des mächtigen Einflusses des intellektuellen Patriarchen, so wird man sicher sagen. Erinnert Flusser in dieser Hinsicht nicht ein wenig an Freud? Wie dieser – subversiv, Jude, Emigrant – wurde er vom akademischen Establishment nicht angenommen, und doch rief er Zuneigung und Abneigung und eine Schar von schmerzlich stigmatisierten Schülern hervor.»

Für die meisten seiner Schüler und Freunde unerwartet verließ Flusser 1972 Brasilien – gleichsam am höchsten Punkt seiner Bekanntheitskurve: Die Tageszeitung *Fôlha de São Paulo* hatte ihm gerade eine eigene Kolumne, «Posto Zero», eingerichtet. Hintergrund dieser Entscheidung war keine direkte politische oder gar existentielle Bedrohung. Gegenüber seinem Cousin beschreibt Flusser die Situation, aus der heraus er – dieses Mal aus freien Stücken – die Entscheidung wegzugehen traf, so: «Meine Lage ist diese: Ich bin Professor für Kommunikationstheorie an der Fakultät für Kommunikation und ‹Humanidades› in São Paulo und habe mir Lizenz genommen, in Europa für die Organisation der nächsten São Paulo Bienal zu arbeiten. Dies war aber zum Teil ein Vorwand, um Brasilien mit Vorsicht den Rücken zu wenden. Die Gründe dafür sind mindestens doppelt: (a) ich habe das Land für meine Arbeit erschöpft, ich publiziere dort vielleicht zu viel, stoße überall gegen die Zensur, und die akademische Karriere ist mir langweilig geworden. Außerdem spüre ich überall die Grenzen einer geistigen Arbeit in Unterentwicklung. (b) die politische und wirtschaftliche Lage des Landes lädt ständig zu einem Engagement ein, das in meinem Alter zu gefährlich ist und das auch meinen Kindern schaden könnte. In Europa fühle ich die Möglichkeit einer größeren Entfaltung.» (Brief vom 19. Februar 1973)

Gemeinsam mit seiner Frau läßt sich Flusser zuerst in Meran, dann an der Loire und schließlich in Südfrankreich nieder. Die Entfaltung, von der er spricht, zeigt sich in diesen Jahren in einer außerordentlichen schriftstellerischen Produktivität. Flusser schreibt nun seine Manuskripte in portugiesischer, deutscher, manchmal englischer, später auch französischer Sprache; häufig arbeitet er mehrere Versionen gleichzeitig oder nacheinander aus. Bereits in Brasilien begonnene Arbeiten werden abgeschlossen oder in zweiter Fassung niedergeschrieben. So eine Autobiographie, die im Manuskript den Titel *Zeugenschaft aus der Bodenlosigkeit* trägt, ein Brasilienbuch, das in São Paulo unter dem Titel *Für eine Phänomenologie der Unterentwicklung* begonnen wurde, und vor allen Dingen die *Kommunikologie*, deren ursprünglicher Titel *Umbruch der menschlichen Beziehungen* lautet. Flusser beginnt sich mit den damals noch neuen Neuen Medien zu beschäftigen und nimmt 1974 gemeinsam mit Hans Magnus Enzensberger an der Konferenz *The Future of TV* im New Yorker Museum of Modern Art teil, wo er «Für eine Phänomenologie des Fernsehens» plädiert. Er publiziert weiterhin in Brasilien – dort erscheint noch 1982 die portugiesische Fassung des Buches *Nachgeschichte*, das im zweiten Band dieser Edition enthalten ist –, aber auch in Frankreich, den Vereinigten Staaten und zunehmend im deutschsprachigen Raum. Doch auch diesmal läßt der Erfolg lange auf sich warten.

1983 erscheint dann die erste deutschsprachige Buchveröffentlichung *Für eine Philosophie der Fotografie*, und dieses Mal geht es nun Schlag auf Schlag: Vorträge, Zeitschriftenpublikationen, Bücher, Reisen, Gastdozenturen und immer wieder Vorträge. 1991, nach einem Auftritt vor 800 Zuhörern auf einem Essener Kongreß über das menschliche Gehirn, spricht er zum erstenmal davon, den «Durchbruch» geschafft zu haben. Nur wenige Wochen später, am 27. November 1991, wird er Opfer eines tödlichen Verkehrsunfalls nahe der deutsch-tschechischen Grenze. Zwar hatte er nicht, wie die Legende bald schon will, seine Geburts- und Jugendstadt zum ersten Mal seit der Flucht wieder besucht – es hatte zuvor bereits einige wenige kurze Aufenthalte gegeben –, aber er hatte doch am Abend, der dem Unfall voraufging, auf deutsch seinen ersten und einzigen Vortrag in Prag gehalten. Beigesetzt wurde Vilém Flusser auf dem jüdischen Friedhof in Prag, unweit des Grabes von Franz Kafka.

In seinem letzten Lebensjahr hat Flusser an zwei Büchern gearbeitet. Beide konnte er nicht beenden, *Vom Subjekt zum Projekt* wurde jedoch immerhin zu einem sinnvollen Abschluß gebracht. Aus der Niederschrift der *Menschwerdung*, von der er als der Summe seiner Gedanken sprach, wurde Flusser dagegen durch seinen Unfalltod jäh herausgerissen. Aus Prag zurück, wollte er eigentlich unmittelbar die Arbeit an dem großen Projekt mit einer Durchsicht und teilweisen Neuformulierung der bis dahin entstandenen und gemeinsam mit *Vom Subjekt zum Projekt* im dritten Band der Taschenbuchedition veröffentlichten Teile fortsetzen. Das Thema beider Werke ist ein neuer Subjektbegriff, der aus dem unterwürfigen Unterwerfer einen Entwerfer hervortreten läßt. Während *Vom Subjekt zum Projekt* diesen Entwurf des Entwerfers gleichsam futurologisch, als Vorausdenken einiger Aspekte eines möglich gewordenen aufrechten Lebens ausarbeitet, wendet sich Flusser mit der *Menschwerdung* in phänomenologischer Weise zu den Anfängen der Menschheit zurück, um zu zeigen, daß der Entwurfscharakter der menschlichen Existenz unabdingbare Voraussetzung für Menschwerdung überhaupt war und weiterhin ist. Der alte Subjektbegriff ist nicht nur tot, er war immer auch ein Selbstmißverständnis: Verkennung des eigentlich bereits Geleisteten und Flucht vor dem zu Leistenden. Was Flusser damit vorgedacht hat, ist eine anthropologische Wende der Kommunikations- und Medientheorie. Der scheinbar rückhaltlos optimistische Ton beider Texte wird jedoch durch Überlegungen Flussers gebrochen, die er eher privaten Mitteilungen anvertraute. So schrieb er etwa Ende Juli 1991 an seinen alten brasilianischen Freund Milton Vargas: «Ich bin überzeugt, daß die Explosion der europäischen Kreativität Senilität ist und nicht anhalten wird und daß der Westen wenige Jahrzehnte nach unserem Tod in der demographischen Explosion versinken wird. Ich glaube, daß die menschliche Kultur langsam, aber unaufhaltsam in einen entropischen Prozeß (Massenkultur) eintreten wird. Mein Text soll das ironische, aber erlittene Zeugnis eines Überlebenden sein.» Damit ist die Perspektive bezeichnet, aus der Flussers letzte Arbeiten geschrieben sind: die Perspektive des Überlebenden einer Kultur, welcher weiß, daß sie sich überlebt hat; statt ihr aber nachzuweinen, wendet er sich ihren elementaren Voraussetzungen zu, um diese einer Neuformulierung zugänglich zu machen.

Die kodifizierte Welt

Die kodifizierte Welt

Vergleichen wir unsere Lage mit jener, wie sie noch vor dem Zweiten Weltkrieg bestand, dann beeindruckt uns die relative Farblosigkeit des Vorkriegs. Architektur und Maschinerie, Bücher und Werkzeuge, Kleider und Lebensmittel, all dies ist vergleichsweise grau gewesen. (Übrigens ist einer der Gründe für den Eindruck rückkehrender Besucher aus sozialistischen Ländern, in der Vergangenheit gewesen zu sein, die Farblosigkeit jener Länder: Unsere Farbenexplosion hat dort nicht stattgefunden.) Unsere Umgebung ist von Farben erfüllt, welche Tag und Nacht, in der Öffentlichkeit und im Privaten, kreischend und flüsternd, unsere Aufmerksamkeit erheischen. Unsere Strümpfe und Pyjamas, Konserven und Flaschen, Auslagen und Plakate, Bücher und Landkarten, Getränke und Ice-creams, Filme und Fernsehen, alles ist in *Technicolor*. Dabei kann es sich offensichtlich nicht nur um ein ästhetisches Phänomen, um einen neuen «Kunststil» handeln. Diese Farbenexplosion *bedeutet* etwas. Das rote Ampellicht bedeutet «stop!», und das schreiende Grün der Erbsen bedeutet «kaufmich!». Wir werden von bedeutungsvollen Farben berieselt, man programmiert uns mit Farben. Sie sind ein Aspekt der kodifizierten Welt, in der wir zu leben haben.

Farben sind die Art, wie uns Oberflächen erscheinen. Wenn also ein wichtiger Teil der uns programmierenden Botschaften gegenwärtig in Farben ankommt, dann bedeutet das, daß Oberflächen wichtige Träger von Botschaften geworden sind. Wände, Schirme, Oberflächen aus Papier, Plastik, Aluminium, Glas, Webstoff usw. sind wichtige «Medien» geworden. Die Vorkriegssituation war relativ grau, weil damals Oberflächen für die Kommunikation eine kleinere Rolle spielten. Damals waren Linien vorherrschend: Buchstaben und Zahlen, die zu Reihen geordnet waren. Die Bedeutung solcher Symbole ist von Farbe weitgehend unabhängig: ein rotes und ein schwarzes «A» bedeutet denselben Laut, und der vorliegende Text hätte, gelb gedruckt, keine andere Bedeutung. Daher deutet die gegenwärtige Farbenexplosion auf ein Ansteigen der Wichtigkeit zweidimensionaler Codes. Oder umgekehrt: Eindimensionale Codes wie das Alphabet neigen gegenwärtig dazu, an Wichtigkeit zu verlieren.

Die Tatsache, daß die Menschheit von Oberflächen (Bildern) programmiert wird, kann jedoch nicht als eine revolutionäre Neuigkeit angesehen werden. Im Gegenteil: Es scheint sich um eine Rückkehr zu einem Urzustand zu handeln. Vor der Erfindung der Schrift waren Bilder entscheidende Kommunikationsmittel. Da die meisten Codes ephemer sind, so zum Beispiel die gesprochene Sprache, die Gesten, der Gesang, sind wir vor allem auf Bilder angewiesen, um die Bedeutung zu entziffern, welche Menschen seit Lascaux bis zu den mesopotamischen Ziegeln ihren Taten und Leiden gaben. Und selbst nach der Erfindung der Schrift spielten Oberflächencodes wie Fresken und Mosaiken, Tapeten und Kirchenfenster eine wichtige Rolle. Erst nach der Erfindung des Buchdrucks begann das Alphabet tatsächlich vorzuherrschen. Daher erscheint uns das Mittelalter - inklusive der Renaissance – so bunt im Vergleich zur Neuzeit. In diesem Sinn kann unsere Lage als Rückkehr ins Mittelalter gedeutet werden, sozusagen als ein *retour avant la lettre*.

Es ist aber keine glückliche Idee, unsere Lage als Rückkehr zum Analphabetismus begreifen zu wollen. Die Bilder, die uns programmieren, sind nämlich nicht von jener Art, welche vor der Erfindung des Buchdrucks die Lage beherrschte. Fernsehprogramme sind anders als gotische Kirchenfenster, und die Oberfläche einer Suppenkonserve anders als die Oberfläche eines Renaissancegemäldes. Der Unterschied ist, kurz gesagt, dieser: Vor-moderne Bilder sind Produkte des Handwerks («Kunstwerke»), nach-moderne sind Produkte der Technik. Hinter den uns programmierenden Bildern kann man eine wissenschaftliche Theorie konstatieren, aber dasselbe gilt nicht notwendigerweise von vor-modernen Bildern. Der vor-moderne Mensch lebte in einer Bilderwelt, welche die «Welt» bedeutete. Wir leben in einer Bilderwelt, welche Theorien bezüglich der «Welt» zu bedeuten versucht. Das ist eine revolutionär neue Lage.

Um dies zu erfassen, wird die vorliegende Betrachtung einen Exkurs über den Begriff des Codes versuchen: Ein Code ist ein System aus Symbolen. Sein Zweck ist, Kommunikation zwischen Menschen zu ermöglichen. Da Symbole Phänomene sind, welche andere Phänomene ersetzen («bedeuten»), ist die Kommunikation ein Ersatz: Sie ersetzt das Erlebnis des von ihr «Gemeinten». Menschen müssen sich miteinander durch Codes verständigen, weil sie den unmittelbaren Kontakt mit der Bedeutung der Symbole verloren haben. Der Mensch ist ein «verfremdetes» Tier, muß Symbole schaffen und sie in Codes ordnen, will er den Abgrund zwischen sich und der «Welt» zu überbrücken versuchen. Er muß zu «vermitteln» versuchen, er muß versuchen, der «Welt» eine Bedeutung zu geben.

Wo immer man Codes entdeckt, kann man auf menschliche Gegenwart schließen. Die aus Steinen und Bärenknochen gebauten Kreise, welche die Skelette afrikanischer Menschenaffen umgeben, die vor zwei Millionen Jahren ausstarben, erlauben, diese Menschenaffen als Menschen anzusehen. Denn diese Kreise sind Codes, die Knochen und Steine sind Symbole, und der Menschenaffe war ein Mensch, denn er war «verfremdet» (wahnsinnig) genug, der Welt eine Bedeutung geben zu müssen. Obwohl wir den Schlüssel zu diesen Codes verloren haben – wir wissen nicht, was diese Kreise bedeuten –, wissen wir, daß es sich um Codes handelt: Wir erkennen die sinngebende Absicht, das «Künstliche» in ihnen.

Jüngere Codes, wie zum Beispiel Höhlenmalereien, erlauben etwas besser, entschlüsselt zu werden – weil wir nämlich selbst ähnliche Codes benützen. Zum Beispiel wissen wir, daß die Malereien in Lascaux und Altamira Jagdszenen bedeuten. Symbole, welche aus zweidimensionalen Codes bestehen, wie das in Lascaux der Fall ist, bedeuten nämlich die «Welt», indem sie die vierdimensionalen Raum-Zeit-Sachlagen zu Szenen reduzieren. Indem sie sie «imaginieren», «Imagination» heißt, genau genommen: die Fähigkeit, die Welt der Sachlagen auf Szenen zu reduzieren, und umgekehrt: die Szenen als Ersatz für Sachlagen zu entschlüsseln, «Landkarten» zu machen und sie zu lesen – inklusive «Landkarten» erwünschter Sachlagen, zum Beispiel zukünftiger Jagd (Lascaux) oder zu erzeugender Gadgets (*blueprints*).

Der szenische Charakter der zweidimensionalen Codes hat eine spezifische Lebensweise der von ihnen programmierten Gesellschaften zur Folge. Man kann sie die «magische Daseinsform» nennen. Ein Bild ist eine Oberfläche, deren Bedeutung auf einen Blick erfaßt wird: Es «synchronisiert» die Sachlage, die es als Szene bedeutet. Aber nach dem erfassenden Blick muß das Auge im Bild analysierend wandern, um seine Bedeutung tatsächlich zu empfangen, es muß die «Synchronizität diachronisieren». Zum Beispiel: Auf den ersten Blick ist klar, daß diese Szene eine Sachlage vom Typ «Spaziergang» bedeutet. Aber erst nach Diachronisierung der Synchronizität erkennt man, daß die Sonne, zwei Menschen und ein Hund in diesem Spaziergang gemeint sind.

Für Menschen, die durch Bilder programmiert sind, fließt die Zeit in der Welt, wie die Augen im Bild wandern: sie diachronisiert, sie ordnet die Sachen zu Lagen. Es ist die Zeit der Wiederkehr von Tag und Nacht und Tag, von Saat und Ernte und Saat, von Geburt und Tod und Wiedergeburt, und die Magie ist jene Technik, welche für so eine Zeiterfahrung angebracht ist. Sie ordnet die Dinge, wie sie innerhalb des Kreislaufs der Zeit sich verhalten sollen. Und die solcherart kodifizierte Welt, die Welt der Bilder, die «imaginäre Welt», hat die Daseinsform unserer Ahnen während ungezählter Jahrtausende programmiert und geformt: Für sie war die «Welt» eine Menge von Szenen, welche magisches Verhalten fordern.

Und dann kam es zu einem Umbruch, zu einer Umwälzung von so gewaltigen Folgen, daß es uns noch immer den Atem verschlägt, wenn wir das Ereignis selbst nach den sechstausend Jahren, die seither verflossen, bedenken. Man kann dieses Ereignis, wie es auf den «keilförmigen» mesopotamischen Ziegeln zu sehen ist, wie folgt illustrieren:

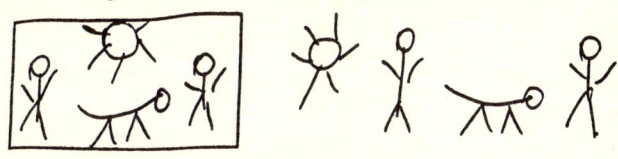

Die Erfindung der Schrift besteht nämlich nicht so sehr in der Erfindung neuer Symbole, sondern im Aufrollen des Bildes in Linien («Zeilen»). Wir sagen, daß mit diesem Ereignis die Vorgeschichte beendet ist und die Geschichte im wahren Sinn anfängt. Aber wir sind uns nicht immer dessen bewußt, daß damit jener Schritt hinaus aus dem Bild und hinein in ein gähnendes Nichts gemeint ist, von dem aus es möglich ist, das Bild als eine Zeile aufzurollen.

Die Zeile, die in der Illustration rechts neben dem Bild steht, reißt die Dinge aus der Szene, um sie neu zu ordnen, nämlich sie zu zählen, zu kalkulieren. Sie rollt die Szene auf und verwandelt sie in eine Erzählung. Sie «erklärt» die Szene, indem sie jedes einzelne Symbol klar und deutlich (*clara et distincta perceptio*) aufzählt. Daher meint die Zeile (der «Text») nicht unmittelbar die Sachlage, sondern sie meint die Szene des Bildes, welche ihrerseits die «konkrete Sachlage» meint. Texte sind eine Entwicklung von Bildern, und ihre Symbole bedeuten nicht unmittelbar Konkretes, sondern Bilder. Sie sind «Begriffe», welche «Ideen» bedeuten. Zum Beispiel bedeutet «☼» im oberen Text nicht unmittelbar das konkrete Erlebnis «Sonne», sondern «☼» im Bild, welches seinerseits «Sonne» bedeutet. Texte sind um einen Schritt weiter vom konkreten Erlebnis entfernt als Bilder, und «konzipieren» ist ein Symptom einer weiteren Verfremdung als «imaginieren».

Will man einen Text entschlüsseln («lesen»), zum Beispiel den Text in der Illustration oben rechts, dann muß das Auge der Zeile entlang gleiten. Erst am Ende der Zeile hat man die Botschaft empfangen und muß versuchen, sie zusammenzufassen, zu synthetisieren. Lineare Codes fordern eine Synchronisation ihrer Diachronizität. Sie fordern fortschreitendes Empfangen. Und das hat eine neue Zeiterfahrung zur Folge, nämlich die einer linearen Zeit, eines Stroms des unwiderruflichen Fortschritts, der dramatischen Unwiederholbarkeit, des Entwurfs: kurz der Geschichte. Mit der Erfindung der Schrift beginnt die Geschichte, nicht weil die Schrift Prozesse festhält, sondern weil sie Szenen in Prozesse verwandelt: Sie erzeugt das historische Bewußtsein.

Dieses Bewußtsein hat nicht etwa sofort über das magische gesiegt, es hat es mühsam und langsam überwunden. Die Dialektik zwischen Oberfläche und Linie, zwischen Bild und Begriff hat als Kampf begonnen, und erst spät haben die Texte die Bilder aufgesogen. Die griechische Philosophie und die jüdische Prophetie sind Kampfansagen der Texte gegen Bilder: Plato zum Beispiel verachtet die Bildermacherei, und die Propheten eifern gegen die Idolatrie. Erst im Lauf der Jahrhunderte begannen Texte (Homer und die Bibel) die Gesellschaft zu programmieren, und das historische Bewußtsein blieb, im Lauf der Antike und des Mittelalters, Kennzeichen einer kleinen Elite von Literaten. Die Masse wurde weiter von Bildern programmiert, obwohl diese Bilder von Texten zunehmend infiziert wurden; sie verharrte sozusagen im magischen Bewußtsein, blieb «heidnisch».

Die Erfindung des Buchdrucks verbilligte die Manuskripte und erlaubte einem aufsteigenden Bürgertum, zum historischen Bewußtsein der Elite vorzudringen. Und die Industrierevolution, welche die «heidnische» Dorfbevölkerung aus ihrem magischen Dasein riß, um sie als Masse um Maschinen zu ballen, programmierte diese Masse dank Volksschule und Presse mit linearen Codes. In den sogenannten «entwickelten» Ländern wurde die geschichtliche Bewußtseinsebene im Lauf des 19. Jahrhunderts allgemeingültig, für den Rest der Menschheit dagegen wird sie das erst im Moment, weil dies der Zeitpunkt ist, zu dem das Alphabet als universaler Code tatsächlich zu funktionieren beginnt. Betrachtet man als höchsten Ausdruck des historischen Bewußtseins etwa das wissenschaftliche Denken – weil es die logische und prozessuale Struktur linearer Texte zur Methode erhebt –, dann kann man sagen: Der Sieg der Texte über die Bilder – der Wissenschaft über die Magie – ist ein Ereignis der jüngsten Vergangenheit und weit entfernt, als abgeschlossen angesehen werden zu können.

Falls der erste Paragraph dieser Gedanken recht hat, ist nämlich im Gegenteil eine Verflüchtigung des historischen Bewußtseins festzustellen. In dem Maße, in dem Oberflächencodes überwiegen, in dem Bilder alphabetische Texte ersetzen, hört die Zeiterfahrung auf, die mit den Kategorien der Geschichte, also als irreversibel, fortschreitend und dramatisch erfaßt wird. Die kodifizierte Welt, in der wir leben, bedeutet nicht mehr Prozesse, ein Werden, sie erzählt keine Geschichten, und leben in ihr bedeutet nicht handeln. Daß sie das nicht mehr bedeutet, nennt man die «Krise der Werte». Denn wir sind ja noch immer weitgehend von Texten programmiert, also für Geschichte, für Wissenschaft, für politisches Programm, für «Kunst». Wir «lesen» die Welt, zum Beispiel logisch und mathematisch. Aber die neue Generation, welche von Techno-Bildern programmiert wird, teilt nicht unsere «Werte». Und wir wissen noch nicht, für welche Bedeutung die Techno-Bilder, die uns umgeben, programmieren.

Diese unsere Ignoranz betreffs der neuen Codes ist nicht überraschend. Es hat Jahrhunderte nach der Erfindung der Schrift erfordert, bevor die Schreiber lernten, daß Schreiben erzählen bedeutet. Zuerst haben sie wohl nur aufgezählt und Szenen beschrieben. Es wird ebensolange dauern, bevor wir die Virtualitäten von Techno-Codes erlernen: bevor wir lernen, was Fotografieren, Filmen, Videomachen oder analoges Programmieren bedeutet. Vorläufig erzählen wir noch TV-Geschichten. Aber diese Geschichten haben doch schon ein posthistorisches Klima. Es wird lange dauern, bevor wir auch ein posthistorisches Bewußtsein erkämpfen; aber es ist doch erkennbar, daß wir dabei sind, einen entscheidenden Schritt zurück von Texten oder über sie hinaus zu leisten. Einen Schritt, der an das Wagnis der mesopotamischen Keilschreiber erinnert.

Die Schrift ist ein Schritt hinweg von den Bildern, denn sie erlaubt, Bilder in Begriffe aufzulösen. Mit diesem Schritt ging der «Glaube an Bilder», das heißt die Magie verloren, und eine Bewußtseinsebene wurde erreicht, welche viel später zu Wissenschaft und Technik führte. Die Techno-Codes sind ein weiterer Schritt weg von den Texten, denn sie erlauben, sich von Begriffen Bilder zu machen. Eine Fotografie ist nicht das Bild eines Sachverhaltes, wie es das traditionelle Bild ist, sondern sie ist das Bild einer Reihe von Begriffen, welche der Fotograf in bezug auf eine Szene hat, die einen Sachverhalt bedeutet. Nicht nur kann die Kamera nicht ohne Texte (zum Beispiel chemische Formeln) existieren, sondern der Fotograf muß zuerst imaginieren, dann begreifen, um zuletzt «techno-imaginieren» zu können. Mit diesem Schritt zurück aus den Texten ins Techno-Bild ist ein neuer Grad von Verfremdung erreicht worden: Der «Glaube an Texte» – an Erklärungen, an Theorien, an Ideologien – geht verloren, weil die Texte, wie einst die Bilder, als «Vermittlungen» erkannt werden.

Das ist es, was wir mit «Krise der Werte» meinen: daß wir aus der linearen Welt der Erklärungen hinausschreiten in die techno-imaginäre Welt der «Modelle». Nicht daß sich die Techno-Bilder bewegen, daß sie «audiovisuell» sind, daß sie im Kathodenlicht strahlen usw., ist das revolutionär Neue an ihnen, sondern daß sie «Modelle» sind, das heißt Begriffe bedeuten. Daß ein TV-Programm nicht eine Szene eines Sachverhalts ist, sondern ein «Modell», nämlich ein Bild eines Begriffs einer Szene. Das ist eine «Krise», weil nämlich mit dem Überschreiten der Texte alte Programme wie zum Beispiel Politik, Philosophie, Wissenschaft außer Kraft gesetzt werden, ohne von neuen Programmen ersetzt zu werden.

Es gibt keine Parallelen in der Vergangenheit, die uns erlaubten, den Gebrauch der Techno-Codes zu lernen, so wie sie sich zum Beispiel als Farbexplosion manifestieren. Aber wir müssen ihn lernen, sonst sind wir verurteilt, in einer bedeutungslos gewordenen, techno-imaginär kodifizierten Welt ein sinnloses Dasein zu fristen. Der Niedergang und Fall des Alphabets bedeutet das Ende der Geschichte im engen Sinn des Wortes. Die vorliegende Betrachtung will die Frage stellen nach dem Anfang des Neuen. *(1978)*

Glaubensverlust

Folgendes Bild läßt sich von der Stellung des Menschen in der Gesellschaft – oder von der Gesellschaft als einem Gefüge von Menschen – entwerfen: ein Informationen speicherndes und Informationen erzeugendes Gewebe. In dieses Gewebe, das man sich aus Fäden gewoben vorstellen kann, strömen Informationen. Man kann diese Fäden «Kanäle» oder «Medien» nennen. Weiter stelle man sich vor, daß die Fäden sich auf verschiedene Arten kreuzen und daß sich an solchen Kreuzungen Informationen vermengen und stauen. Man kann diese Knotenpunkte mit verschiedenen Worten bezeichnen, je nach dem Interessenfeld, in dem man das Bild anzuwenden beabsichtigt: zum Beispiel mit Namen wie «Geist, Intellekt, Seele, oder mit Namen wie «Individuum, Einzelmensch», und schließlich mit Namen wie «Sender und Empfänger». Gelingt die Vorstellung eines von Informationen pulsierenden Gewebes, in welchem an Knotenpunkten Verkehrsstauungen entstehen – eine nur scheinbar einfache Anstrengung der Einbildungskraft –, dann ist ein potentiell fruchtbares Bild für die Beurteilung einer Reihe von Fragen gewonnen, die die gegenwärtige Kulturkrise betreffen.

Das Bild hat den Vorteil, eine Reihe von Fragen als bedeutungslos auszuschalten und dafür andere Fragen an eine für sie ungewöhnlich zentrale Stelle zu rücken. Zu den ausgeschalteten Fragen gehört zum Beispiel die nach der sogenannten Dialektik zwischen Mensch und Gesellschaft: Ist der Mensch ein Produkt der Gesellschaft oder die Gesellschaft ein Produkt des Menschen, und besteht zwischen beiden eine Spannung? Ist der Mensch für die Gesellschaft da, oder die Gesellschaft für den Menschen? Gibt es ein «kollektives Bewußtsein» im Gegensatz zu einem individuellen, eine «Volksseele» im Gegensatz zu einer «Einzelseele», ist der einzelne ein Kulturträger oder wird er von der Kultur getragen? Auf das Bild bezogen, verliert diese Frage jede Bedeutung. Das Konkrete im Bild sind die Fäden (die «Medien», also die vermittelnden Verhältnisse), und die von ihnen gebildeten Knotenpunkte sowie das von ihnen gebildete Gewebe sind im Bild Abstraktionen. Der Mensch und die Gesellschaft erscheinen im Bild als Arten, wie Informationskanäle funktionieren, sie sind nicht irgendwie dinglich zu fassen. Was man zu fassen bekommt, wenn man ins Gewebe greift, sind die Fäden. Darum erscheint im Bild die Dialektik zwischen Mensch und Gesellschaft als ein leeres Geplänkel mit abstrakten Horizonten einer konkreten Lage: Weder ist der «Geist» ein Kulturprodukt, noch ist «Kultur» ein geistiges Produkt, sondern beide, Kultur und Geist, sind Aspekte eines «Feldes» von Informationsprozessen.

Zu den Fragen, welche an eine ungewöhnliche Stelle gerückt werden, gehört zum Beispiel die Frage nach dem Gedächtnis: Es wird geradezu die für die gegenwärtige Krise entscheidende Frage. Nicht, als ob diese Frage in anderen Kontexten nicht auch eine zentrale Stellung eingenommen hätte und einnehmen würde. Zum Beispiel ist für die griechische Philosophie spätestens seit Sokrates das Gedächtnis ein Ort, an welchem die Ideen aufbewahrt werden und sich der Mensch von den Irrtümern der bloßen Erscheinungen befreien kann. Für das Judentum ist das Gedächtnis der Ort, an welchem die Toten leben und der andere also ein «Segen» ist, der Ort, an dem Unsterblichkeit erlebt wird. Für die Psychologen ist es der Ort, an dem Erlebnisse verdaut oder nicht verdaut werden, wo also einzugreifen ist, will man sich von der Last des Erlebten befreien. Für die Kybernetik ist das Gedächtnis der Ort, an welchem Informationen verfügbar gespeichert werden, und es besteht die Möglichkeit, in künstlichen Gedächtnissen das menschliche nicht nur zu simulieren, sondern in verschiedenen Aspekten bei weitem zu übertreffen. Aber obwohl sich solche Beispiele für die zentrale Rolle des Gedächtnisses in ganz verschiedenen Kontexten mit Leichtigkeit vermehren ließen, ist doch wahr, daß im vorgeschlagenen Bild

die Frage nach dem Gedächtnis ungewöhnlich und mit ungewöhnlicher Schärfe gestellt wird: Wie werden Informationen gespeichert, so daß es überhaupt erst möglich ist, von «Mensch» und von «Gesellschaft», von Einzelgedächtnis und kollektivem Gedächtnis zu sprechen?
Die Radikalität dieser Frage ist nicht nur in der sie motivierenden Anthropologie zu suchen, wonach der Mensch ein «Gedächtnis» ist, also nicht ein konkretes Etwas – ein «Bewußtsein», eine «denkende Sache» usw. –, sondern ein Treffpunkt von Verhältnissen (Informationen). Ihre Radikalität besteht also nicht nur in ihrem Verquicken früherer Fragestellungen wie der sokratischen, der jüdischen, der psychologischen, der kybernetischen, der genetischen, der historizistischen usw.: Für sie ist der Mensch ein «Gedächtnis» in allen diesen und anderen Bedeutungen des Wortes. Die Radikalität der Frage besteht vor allem darin, daß in ihr der Mensch als eine Methode, und nicht als ein Ding, in Frage gestellt wird, «existentiell» und nicht «essentiell», daß also mit der Frage «Wie werden Informationen gespeichert?» alle früheren und gegenwärtigen Aspekte des Gedächtnisses existentialisiert werden. Von der Beantwortung der existentiellen Frage nach dem Gedächtnis hängt so überhaupt die Beurteilung der gegenwärtigen Kulturkrise ab. Die Frage, wie Informationen gespeichert werden, wird zur Grundfrage, zu der wir Stellung nehmen müssen, wollen wir unsere Lage verstehen und auf sie Einfluß ausüben.
Es ist nicht außerordentlich schwierig, eine Antwort zu finden. Sie lautet: Informationen werden in Codes gespeichert – wobei «Codes» zu Systemen geordnete Symbole bedeuten sollen. Allerdings scheint die Antwort vorauszusetzen, daß eine klare Unterscheidung zwischen den sogenannten «ererbten» und den «erworbenen» Informationen getroffen wurde. Diese Voraussetzung ist jedoch nicht berechtigt. Es existiert ein breiter Mittelbereich von Informationen, von denen es beinahe unmöglich ist zu sagen, ob sie angeboren sind oder erlernt wurden, zum Beispiel zur «Natur»-Seite hin die Informationen, welche die Fortbewegung, und zur «Kultur»-Seite hin die Informationen, welche das Sprechen be-

treffen. Trotzdem kann diese Schwierigkeit ausgeklammert werden: Der Rhythmus, nach dem sich Veränderungen im Bereich der ererbten Informationen ereignen, etwa in der angeborenen «Fähigkeit zu sprechen», hat transhumane Dimensionen und muß seiner übermenschlichen Trägheit wegen außer acht gelassen werden. Das ist der Grund, warum die Betonung der «natürlichen Bedingtheit» des Menschen immer ein Symptom für einen «Verrat am Geist» ist: Sie wird betont, weil es menschlicherseits unmöglich ist, darauf Einfluß auszuüben.

Das vorgeschlagene Bild eines Informationen speichernden Gewebes hat es nur mit erworbenen Informationen zu tun, weil die Pulsation, in der das Gewebe «Gesellschaft» schwingt, menschliche Dimensionen hat: Die Veränderungen, die sich im Rhythmus des Pulsierens ereignen, sind erlebbar. Von diesem Typ von Informationen wurde gesagt, daß er in Form von Codes gespeichert wird, das heißt in Form von Symbolsystemen. Der symbolische Charakter der gespeicherten Informationen ist für ihr Verständnis ausschlaggebend: Sie müssen auf zwei Ebenen erlernt werden. Ihr «Inhalt» – die «Botschaft» der Information – kann erst erfahren werden, wenn ihre «Form» – der «Code», in welchem die Information verschlüsselt ist – erlernt wurde. Nur jene Informationen werden gespeichert, für deren Codes ein gegebenes Gedächtnis programmiert ist. Das im vorgeschlagenen Bild dargestellte Gedächtnis hat man sich demnach als ein für spezifische Codes programmiertes kollektives Gedächtnis vorzustellen. In Codes verschlüsselte Informationen, welche nicht im Programm einer gegebenen Gesellschaft sind, werden von ihr nicht als Informationen angenommen.

Die Frage, woher die Informationen ins Gewebe dringen, ist falsch gestellt: Um «Information» zu sein, muß ein gegebener Einfluß kodifiziert sein. Sinnvoll wird die Frage, wenn man sie aufspaltet in: «Woher kommen die kodifizierbaren Einflüsse?» und: «Woher kommen die Codes?» Spätestens mit Kant hat sich erwiesen, daß die erste Frage «metaphysisch» im schlechten Sinn dieses Wortes ist, weil es keine ersichtliche Methode gibt, darauf eine sinnvolle Antwort zu geben:

Jede mögliche Antwort müßte, um sinnvoll zu sein, selbst kodifiziert sein, und daher sich selbst vorwegnehmen. Hingegen hat sich in letzter Zeit erwiesen, daß die zweite Frage eine von Kant nicht vorausgesehene Annäherung zuläßt: Es läßt sich sagen, wie Codes – das, was Kant die «Kategorien der Vernunft» nannte – entstehen.

Von dem vorgestellten Gewebe wurde nicht nur gesagt, daß in ihm Informationen gespeichert, sondern auch, daß Informationen in ihm erzeugt werden. Da sich symbolische Informationen sozusagen auf zwei Ebenen bewegen – auf der Ebene der «Botschaft» und auf jener des Code –, muß von Informationserzeugung auf zwei Ebenen gesprochen werden. Auf beiden kann die Informationserzeugung im Gewebe der Gesellschaft beobachtet werden. Auf der Ebene der «Botschaft» wird neue Information erzeugt, wenn eine Anzahl von Einzelgedächtnissen so gekoppelt wird, daß die in den Gedächtnissen gespeicherten Informationen ausgetauscht werden. Bei diesem «Dialog» genannten Prozeß entsteht neue Information durch Synthese bereits vorhandener Informationen – also das Gegenteil jenes Informationsverlustes, welcher entsteht, wenn unsymbolische Informationen, zum Beispiel in kommunizierenden Gefäßen, ähnlich gekoppelt werden. Ein beeindruckendes Beispiel für diese Art der Koppelung ist die Struktur des wissenschaftlichen Diskurses: Die in ihm kreisenden Dialoge speien einen geradezu lawinenartigen Strom neuer Informationen in das Gewebe. Für die hier gestellte Frage ist aber die Informationserzeugung auf der zweiten Ebene, jener der Codes, ausschlaggebend.

Zwar läßt sich in einem lockeren Sinn sagen, daß neue Codes «vorgeschlagen» werden. Das heißt: An einem spezifischen Ort des Gewebes, in der Umgebung eines oder einer kleinen Zahl von Knotenpunkten werden Informationen auf eine neue Art verschlüsselt, und zwar auf eine Art, die sich über weite Strecken des Gewebes ausbreiten kann, aber nicht muß. Diese Beschreibung trifft für die Entstehung von Codes des Typs «Morsecode» zu. (Morse hat einen Code «vorgeschlagen», welcher in einem spezifischen Umkreis «angenommen» wurde). Andererseits befindet sich diese Beschreibung im Einklang mit einer romantischen Ästhetik, laut der Dichter das bisher Unsagbare sagbar machen, indem sie neue Symbolsysteme «vorschlagen». Bei näherer Betrachtung erkennt man jedoch, daß mit dieser Beschreibung zwar die Erzeugung der wie Pilze nach einem Regen emporschießenden *Subcodes* erfaßt wird – der Codes der einzelnen Wissenschaftszweige, der einzelnen Kunstrichtungen, der einzelnen politischen Ideologien –, daß aber die Erzeugung der *grundlegenden* Codes, welche eine gegebene Gesellschaft programmieren, sich damit nicht erfassen läßt. Mit dieser Beobachtung ist zugleich der Kern der Frage nach der Entstehung von Codes, also nach der Methode, mit der Informationen gespeichert werden, berührt: die Frage nach der *Hierarchie* von Codes.

Selbstverständlich kann nicht von einem «grundlegenden Code überhaupt» gesprochen werden. Nicht nur setzt jeder Code andere voraus, nämlich jene, in denen er «vorgeschlagen» wurde – der Morsecode die englische Sprache, die englische Sprache frühere Sprachen usw. –, sondern die Frage nach dem Ursprung des Kodifizierens überhaupt – also die Frage nach dem Ursprung des Menschen und der Gesellschaft – ist wie jede Frage nach dem Ursprung mit Sicherheit falsch gestellt. Mit relativer Leichtigkeit lassen sich jedoch verschiedene *Codeniveaus* unterscheiden: Zum Beispiel ist intuitiv selbstverständlich, daß die deutsche Sprache grundlegender ist als die verschiedenen spezialisierten Idiome, in welchen Informationen kleiner Kreise übertragen werden. Das beste Kriterium zur Unterscheidung von Codeniveaus ist das strukturale: Es gibt einige Grundstrukturen, nach welchen Symbole in Codes geordnet werden können, und je klarer solche Grundstrukturen in einem Code ersichtlich sind, desto grundlegender ist dieser Code. Ein solches Kriterium hat nicht die Absicht, die Dynamik und die Permeabilität der meisten Codes zu leugnen: in Abrede zu stellen, daß sie sich ständig verändern und ineinandergreifen. Das Kriterium beabsichtigt, eben diese relativ oberflächlichen Veränderungen und Verschmelzungen von jenen Ereignissen unterscheiden zu können, bei denen grundlegend neue Codes entstehen. Man kann die Strukturen der Codes, also jene Regeln, nach denen sich Symbole zu Systemen ordnen, nach Dimensionen unterscheiden: lineare, flächenhafte, körperliche und raumzeitliche Strukturen. Dabei ist es wichtig festzuhalten, daß jede Struktur fähig ist, eine Reihe ganz unterschiedlicher Symbole zu ordnen. Zum Beispiel können lineare Codes aus Buchstaben (alphabetische Schrift), Zahlen (mathematische Codes), Bildern (Filmcodes), Knoten (inkaische Codes), Steinchen (Abakusse) und einer ganzen Reihe anderer Symbole aufgebaut sein. Jede Struktur ist fähig, eine Reihe von ganz unterschiedlichen Typen von Information zu verschlüsseln. Trotzdem weisen aber alle in einer spezifischen Grundstruktur kodifizierten Informationen einen gemeinsamen Charakter auf, der sie von anders kodifizierten Informationen radikal unterscheidet, selbst wenn die Symbole identisch sein sollten. Lineare Codes zum Beispiel werden «gelesen», das heißt, die einzelnen Symbole in ihrer Reihenfolge werden eins nach dem anderen entziffert («aufgelesen»). Dieser grundlegende Charakter linear verschlüsselter Informationen bleibt vom Symboltyp unberührt: Filme werden «gelesen», und Fotografien werden anders entziffert, obwohl beide Codes aus sehr ähnlichen Symbolen zusammengesetzt sind.

Jeder dieser grundlegenden Codeformen entspricht ein «Universum der Bedeutung», welches die Bedeutungen der im Code geordneten Symbole seinerseits nach entsprechenden Regeln ordnet. So entspricht zum Beispiel den linearen Codes ein «Universum der Prozesse», in welchem die Bedeutungen der Informationen zu Reihen geordnet sind, während den flächenhaften Codes ein «Universum der Szenen» entspricht, in welchem sich die Bedeutungen der Informationen wie in einem Bild zueinander verhalten. In diesem Sinn kann also gesagt werden, daß jede grundlegende Codeform ihre Struktur in ihr Universum der Bedeutung hinausprojiziert – daß sie also eine «symbolische Form» ist –, aber mit dem Vorbehalt, daß die grundlegenden Codeformen das von ihnen Gemeinte nicht etwa «transzendieren», sondern mit ihm verquickt sind. Man kann nämlich beobachten, wie grundlegende Codeformen entstehen, wie sie ihre Universen entwerfen und wie sie sich schließlich erschöpfen.

Das Entstehen neuer grundlegender Codes ist ein seltenes Ereignis. Ein Beispiel ist die «Erfindung» der linearen Codes im dritten Jahrtausend vor Christus im Nahen Osten, ein anderes die «Erfindung» der technischen Codes (der sogenannten «audiovisuellen» Codes) im gegenwärtigen Westen. Beim ersten Beispiel läßt sich gut beobachten, wie sich aus einer Codegrundform, etwa den mesopotamischen piktographischen Zylindern, zahlreiche sekundäre Codeformen entwickeln, etwa Hieroglyphen, Zahlennotierungen, Alphabete, logische Codes und die Codes der einzelnen Wissenschaftszweige; wie im Lauf der vier- bis fünftausend Jahre «Geschichte» Universen entworfen und wieder zurückgenommen werden und wie sich schließlich, in der Gegenwart, diese Codeform zu erschöpfen beginnt. Das zweite Beispiel zeigt, wie auf diese Erschöpfung einer Codegrundform reagiert wird: durch die Ausarbeitung einer anderen Grundform.
Kehrt man nun zu dem vorgeschlagenen Bild eines von Informationen pulsierenden Gewebes zurück, um das eben Bedachte darauf zu übertragen, kommt man etwa zu folgender These: Die okzidentale Gesellschaft ist ein vorwiegend für lineare Codes programmiertes Kommunikationsgewebe (wenn selbstredend auch andere Codestrukturen durch ihre Fäden laufen), und gegenwärtig läßt sich beobachten, wie sich dieses Gewebe auflöst, weil die programmierenden linearen Codes im Begriff sind, sich zu erschöpfen. Dieses läßt sich beobachten, weil innerhalb des Gewebes Inseln entstehen, in denen ganz anders strukturierte Codes pulsieren – technische Codes wie Fernsehen, Verkehrscodes, Modelle usw. –, und weil diese Inseln die Tendenz haben, krebsartig das ganze Gewebe zu zersetzen. Das westliche Kommunikationsgewebe ist unfähig, diese Inseln zu verdauen, das heißt die darin pulsierenden Informationen in seinem Gedächtnis zu speichern, weil es für diesen Typ von Codes nicht programmiert ist. Hingegen scheinen diese Inseln ihrerseits fähig zu sein, die Informationen des westlichen Gewebes in sich aufzuheben, das heißt sie aus linearen in technische Codes zu übersetzen, etwa Skripte in Filme und Romane in Fernseh-

programme, oder chemische Formeln in Atommodelle und Gleichungen in Computerprogramme.

Verschiebt man den Standpunkt, läßt sich dieselbe These folgendermaßen formulieren: Die gegenwartig an der okzidentalen Gesellschaft Beteiligten (die Knotenpunkte in ihrem Gewebe) sind vorwiegend für lineare Codes programmiert – obwohl sie selbstredend auch Bildercodes, Raumzeitcodes usw. empfangen und senden können –, aber sie sind unfähig, die aus den Inseln der technischen Codes strömenden und sie täglich berieselnden Informationen zu speichern, weil sie für diesen Codetyp nicht programmiert sind. Dadurch werden sie für diesen Typ von Informationen bloße Durchgangswege – nicht eigentliche Gedächtnisse, sondern Kanäle –, also das, was man gewohnt ist, «Empfänger der Massenmedien» zu nennen. Gleichzeitig zeigt sich die Erschöpfung der linearen Codes als eine Auflockerung der Knotenpunkte, ein Erschlaffen der sie verbindenden Fäden (die sogenannte «einsame Masse»), weil die Lagerung von linear kodifizierten Informationen ständig durch die Infiltration unverdaulicher «Geräusche» (unprogrammierter Codes) gestört wird. Hingegen scheinen die sich ausbreitenden Inseln der neuen Codeformen in der Lage zu sein, sich die in Auflösung befindlichen Einzelgedächtnisse einzuverleiben und in ein neuartiges, etwa «Massenkultur» zu nennendes Gewebe umzukodieren – sie also sozusagen das «lineare Gedächtnis» verlieren zu lassen und anders zu knoten.

Der westliche Mensch und die westliche Gesellschaft sind abstrakte Horizonte eines konkreten, vorwiegend für lineare Codes programmierten Kommunikationsfeldes, und nur in Funktion dieses Feldes sind sie da. Statt «Programm» läßt sich selbstverständlich auch «Glaube» sagen, denn das Programm ist die Weise, in der ein Kommunikationsgewebe funktioniert, also Mensch und Gesellschaft da sind. Der westliche Mensch und die westliche Gesellschaft sind aufgrund eines ganz spezifischen Glaubens da, und es ist sinnlos, in Abwesenheit dieses Glaubens von einem westlichen Menschen und einer westlichen Gesellschaft auch nur zu sprechen.

Von dem spezifischen Glauben, dank dessen wir überhaupt

erst da sind – den wir also nicht «haben», sondern der uns hat –, läßt sich einiges aussagen, sobald man sich bewußt wird, daß er ein Programm für linear verschlüsselte Informationen ist. Es ist der Glaube, daß die «Welt» prozessual ist, das heißt ein Geschehen; daß «Sein» ein Werden ist, und also Leben ein Fortschreiten dem Tod entgegen; daß sich die Dinge zeilenförmig «ereignen»; daß die Zeit ein eindeutiger Strom ist, in welchem sich nichts wiederholt und jeder einzelne Augenblick unwiderruflich und einmalig ist; daß sich die Dinge eins nach dem anderen und aus dem anderen entwickeln und daß man sie erklären kann, wenn man diese Folge aufzählt; daß es möglich ist, die «Welt» zu lesen, das heißt in klare und distinkte Begriffe aufzulösen. Kurz, es ist der Glaube, daß die «Welt» jene Struktur hat, in welcher sich Symbole zu linearen Codes ordnen. Anders gesagt, vorwiegend für lineare Codes programmierte Gedächtnisse, wie wir es sind, existieren «geschichtlich», denn sie glauben, daß die «Welt» eine lineare, «historische» Struktur hat.

Dieser Glaube, dieses unser Dasein nicht nur tragende, sondern uns überhaupt erst herstellende Programm, kann die verschiedensten Informationen übertragen, das heißt die verschiedensten «Universen der Bedeutung» entwerfen, und hat sie auch tatsächlich übertragen und entworfen: zum Beispiel nur das Universum der griechischen Philosophie, der jüdischen Prophetie, der christlichen Heilsbotschaft, des Humanismus, des Marxismus. Trotz augenfälliger Unterschiede ist allen diesen Universen gemeinsam, daß sie linear strukturiert sind, ihr Grundglaube also «Fortschrittsglaube» ist: von den Erscheinungen zu den Ideen, von der Welt zu Gott, von der Sünde zu Christus, vom Tier zum vollen Menschen, von der entfremdenden Arbeitsteilung zur kommunistischen Gesellschaft usw. Diese und andere Universen werden im Verlauf der Geschichte des Westens – welche die einzige Geschichte im engen Sinn ist, weil sie das einzige Kommunikationsgewebe ist, das vorwiegend linear programmiert ist – entworfen, modifiziert und zurückgenommen, um anderen Universen zu weichen, die das westliche Programm genauer verwirklichen.

Man kann nun beobachten, wie dieser Prozeß des Entwerfens und Zurücknehmens der Universen gegenwärtig seinem Ende zugeht. Das Universum, welches von der Naturwissenschaft entworfen wurde, ist nämlich eine endgültige Verwirklichung des linearen Programms. Es ist genauso strukturiert wie lineare Codes: Es kann exakt und theoretisch vollkommen gelesen werden. Beim Zurücknehmen eines solchen Universums bleibt kein zu verwirklichendes Programm mehr übrig. Am Grund des Universums der Naturwissenschaft wird beim Zurücknehmen das lineare Programm selbst in Form von Logik und Mathematik ersichtlich. Die Geschichte des Westens erschöpft sich im Universum der Naturwissenschaft, weil sich darin alles im westlichen Programm Angelegte verwirklicht. Nimmt man dieses Universum zurück («verliert man den Glauben daran»), dann hat man den grundlegenden Glauben, dank dessen man da ist, verloren. Und man muß dieses Universum, wie jedes andere auch, zurücknehmen, sobald man es als Projektion durchschaut hat.

Das vorgeschlagene Bild kann als Illustration für die gegenwärtige Kulturkrise dienen, indem es zeigt, daß es sich bei ihr um eine Glaubenskrise handelt. Um eine Krise, in welcher sich unsere Gedächtnisse auflösen, weil ihr Programm erschöpft ist und weil sie nicht programmiert sind, neuartig verschlüsselte Informationen aufzunehmen, kurz, weil wir nicht richtig für die uns umgebenden Informationen, für unsere kodifizierte Welt programmiert sind. Dies wiederum bedeutet, daß wir eigentlich nicht mehr richtig da sind. Alle anderen Symptome der gegenwärtigen Krise, zum Beispiel die Vereinsamung, die Auflösung geknüpfter Verbindungen, die Auflockerung der Speicherungsmethoden sogenannter «Erkenntnisse und Werte», der Zerfall der westlichen Gesellschaft und ihre Umwandlung in eine Massenkultur usw. sind Epiphänomene dieses Glaubensverlustes – der Tatsache, daß wir immer weniger fähig sind, empfangene Informationen innerhalb einer Grundstruktur aufzufangen, sie dort umzuformen und dann weiterzusenden; daß wir dabei sind, als Gedächtnisse auseinanderzufallen und also immer weniger existieren.

Dieser gähnende Abgrund unter unseren Füßen, in den wir stürzen, ist aber zugleich eine Öffnung. Sie erlaubt nicht nur, Bilder wie das vorgeschlagene zu entwerfen, sondern auch, über die gegenwärtige Glaubenskrise hinweg und in die sich neu bildenden Inseln hineinzublicken. Wir selbst werden wahrscheinlich, gleich Moses, dieses Neue Land nicht mehr beschreiten, weil wir in den Kategorien verstrickt sind, für die wir programmiert sind, selbst wenn wir nicht an sie glauben. Aber wir können, allerdings mit gemischten Gefühlen, beobachten, wie die jüngeren, nicht mehr voll alphabetisierten Generationen darangehen, dieses neue Gebiet zu erobern, aus der Geschichte in die Nachgeschichte hinüberzuschreiten. Wir selbst aber sind wie die mythischen Erfinder der linearen Schrift: Wir haben zwar den uns tragenden Glauben verloren, können aber selbst den Schritt ins neue Dasein nicht leisten. Das ist zugleich unsere Tragik und unsere Größe: Daß wir ein letztes und ein erstes Geschlecht sind, die ungläubigen Glaubensstifter.

(*1978*)

Alphanumerische Gesellschaft

Das Thema «Lesen» kann in einem weiteren und in einem engeren Sinn verstanden werden. Im weiteren Sinn bedeutet es das Entziffern von Schriftzeichen überhaupt, im engeren das Entziffern der etwa 26 Buchstaben unserer Alphabete. Es handelt sich hier um ein Treffen der Deutschen Akademie für Sprache und Dichtung, in dessen Zentrum das Sprechen steht. Unsere Alphabete sind Codes, die beabsichtigen, das Sprechen sichtbar zu machen: die Buchstaben sind Zeichnungen, welche Töne (Laute) der gesprochenen Sprache ins Visuelle umkodieren. Demnach hätten wir eigentlich hier den Begriff «Lesen» im engeren Sinn zu bedenken. Damit aber würden wir der gegenwärtigen Kulturlage gerade nicht Rechnung tragen. Denn unsere Lage kennzeichnet der noch nicht völlig ins Bewußtsein gedrungene Umstand, daß die Buchstaben ihre Funktion verlieren. Es gibt gegenwärtig funktionellere Methoden zum Sichtbarmachen gesprochener Laute, und auch Methoden, welche das Sichtbarmachen überhaupt überflüssig machen.

Die erste Frage muß lauten, warum visuelle Zeichen für gesprochene Laute eingeführt wurden. Es ist nämlich auf den ersten Blick nicht einzusehen, warum man sich nicht mit Zeichen begnügt, welche das Denken selbst bedeuten, also «Ideogramme», anstatt den langen Umweg über das gesprochene Denken zu machen, wie dies bei den Buchstaben der Fall ist. Eine mögliche Antwort auf diese Frage ist: Wir Menschen haben die geheimnisvolle Fähigkeit, nicht nur ererbte, sondern auch erworbene Informationen an künftige Generationen weiterzugeben. Diese Fähigkeit steht im Widerspruch zu unserer biologischen Bedingung (zu den Mendelschen Gesetzen). Wir sind fähig, erworbene Informationen in Symbole zu verschlüsseln, diese Symbole auf die Umwelt zu übertragen und dann von dort wieder abzurufen. Allerdings bedienen wir uns zum Zweck dieses Überholens der biologischen Bedingung unserer biologisch gegebenen Organe, vor allem des außerordentlich komplexen Mundes und der nicht weniger komplexen Hände. Diese Tatsache, daß wir biologisch fähig sind, unsere biologische Bedingung zu überholen, trägt nicht dazu bei, die Sache weniger mysteriös zu machen.

Seit es Menschen gibt (und zwar lange vor dem Erscheinen unserer eigenen Menschenart), wurden Mund und Hände zum Übertragen von Symbolen auf die Umwelt verwendet. Dank Koordination von Zunge, Zähnen, Lippen, Gaumen und Brustkorb wurde die Luft in Schwingungen gebracht, und diese Schwingungen wurden zu Phonemen kodifiziert, um erworbene Informationen zu bedeuten: es wurde gesprochen. Und dank Koordination der beiden Hände und ihrer Finger wurden harte Gegenstände (vor allem wohl Steine, Knochen und Holz) umgeformt («informiert»), um erworbene Informationen zu bedeuten. Die in die Luft übertragenen Informationen können «orale» Kultur, die in harte Gegenstände übertragenen «materielle» Kultur genannt werden. Es handelt sich um zwei verschiedene Gedächtnisstützen. Die Luft hat den Vorteil, dem Aufdrücken von Informationen kaum Widerstand zu leisten, dafür den Nachteil, Geräuschen offenzustehen und daher die ihr aufgedrückten Informationen schnell zu verlieren. Harte Gegenstände haben den Vorteil, die Informationen für längere Zeit zu bewahren, dafür den Nachteil, dem Aufdrücken Widerstand zu leisten und dadurch die Informationen zu verzerren. Die orale Kultur ist artikulierter als die materielle, aber sie ist flüchtig, und die materielle ist dauerhafter als die orale, aber weniger geschmeidig. Das Alphabet wurde erfunden, um die Vorteile der beiden Kulturen miteinander zu verbinden und deren jeweilige Nachteile zu minimieren. Die Bibliothek ist eine Gedächtnisstütze, die mindestens ebenso artikuliert ist wie die orale Kultur, und mindestens ebenso dauerhaft wie die materielle. Allerdings verfügen wir gegenwärtig über Gedächtnisstützen, die weit artikulierter und dauerhafter sind als Bibliotheken.

Die meisten in der oralen Kultur angesammelten Informationen sind uns verlorengegangen. Die Disziplinen, die sich mit ihrer Erforschung befassen, reichen kaum über die Bronzezeit hinaus, und wir haben keine Ahnung, wie etwa unsere paläolithischen Ahnen gesprochen haben. Alle für uns erreichbaren Sprachen sind späte, komplexe und raffinierte Codes (auch und vor allem die sogenannten «primitiven» Sprachen). Sehr grob gesprochen, können wir zwischen drei Grundstrukturen der Sprachcodes unterscheiden: den agglutinierenden, den isolierenden und den flexionierenden Sprachen. Wie eine gemeinsame Ursprache ausgesehen haben mag und ob es sie überhaupt gegeben hat, können wir nicht wissen. Das Alphabet ist auf dem Gebiet der flexionierenden Sprachen eingeführt worden und ist bis heute für andere Sprachtypen nur sehr unbequem verwendbar. Die flexionierenden Sprachen (also die hamito-semitischen und die indo-europäischen) bilden Aussagen (Propositionen, «Sätze»), und zwar nach dem Schema «Subjekt – Prädikat – Objekt», und zu diesem Zweck verwenden sie Worte, die sich der Satzstruktur anzupassen haben (zum Beispiel dort zu Substantiven oder Verben werden). Die Worte «flexionieren», um Propositionen zu bilden. Agglutinierende Sprachen kleben Worte mittels Prä-, Post- und Infixen aneinander, um Bedeutungsklumpen zu bilden. Isolierende Sprachen setzen Silben (oft zu zweit) in Kontexte, und diese Mosaike tragen die Bedeutung. Das heißt, flexionierende Sprachen verschlüsseln die Informationen zu Prozessen, agglutinierende zu Gestalten, isolierende zu Szenen. Diese Unterscheidung ist nur sehr grob, weil Sprachen offene Systeme sind und ineinandergreifen. Es gibt auch auf dem Gebiet unseres Sprachtyps agglutinierende und isolierende Tendenzen (zum Beispiel «Donaudampfschiffahrtsgesellschaft» einerseits, «put», «get» oder «let» auf der anderen Seite). Und doch ist der grundlegend prozessuelle, diskursive Charakter unseres Sprachtyps für die Erfindung des Alphabets ausschlaggebend: es soll diesen Charakter betonen und disziplinieren.
Die Buchstaben machen die Phoneme nicht nur sichtbar, sondern sie ordnen sie auch zu Reihen (Zeilen). Die schreibende

Hand muß die Zeilen entlangziehen, und das lesende Auge hat ihr zu folgen. Das Modell dabei ist die Furche: Die schreibende Hand gräbt die Furche und sät den Samen, und das lesende Auge klaubt das gereifte Getreide. Daher heißt «schreiben» *(scribere, graphein)* ursprünglich «ritzen, graben» und «lesen» *(legere, legein)* ursprünglich «klauben». Das bedeutet, daß das schreibende und lesende Denken gezwungen werden, linear, prozessuell vorzugehen. Diese lineare Ordnung wird immer genauer formuliert, sie folgt immer besser ausgearbeiteten Regeln. Obwohl diese Regeln außerordentlich verzweigt sind, können sie unter dem Sammelnamen «Orthographie» zusammengefaßt werden, worin die Regeln der Grammatik, der Logik und der Diskurskonsistenz einbegriffen werden. Daher läßt sich sagen, das Alphabet sei eingeführt worden, um das prozessuelle Denken zu disziplinieren, um überhaupt erst «richtig» sprechen zu können. Die flexionierenden Sprachen können die in ihnen angelegten Möglichkeiten erst als Schriftsprachen tatsächlich entwickeln.

Das ist eine radikale Erklärung der Alphabeterfindung. Sie lautet: Das Alphabet hat den langen Umweg vom Denken zum Schreiben über die Sprache eingeschlagen, um das Denken zu einem disziplinierten, progressiven, prozessualen Diskurs zu zwingen. Um die nur als Anlage in den flexionierenden Sprachen enthaltene Tendenz zu einem historischen Bewußtsein zu aktualisieren. Dank der Erfindung des Alphabets ist Geschichte im eigentlichen Sinn überhaupt erst möglich geworden, und zwar nicht, weil das Alphabet die Geschehnisse festhält, sondern weil vorher gar keine Geschehnisse, sondern nur Ereignisse denkbar waren. Laut dieser Erklärung verfügen nur jene, die des Alphabets mächtig sind, über ein historisches Bewußtsein. Das ist radikal, weil diese Interpretation nicht nur Analphabeten, sondern allen nicht-alphabetischen Kulturen Geschichtsbewußtsein abspricht. Dafür sind ihnen allerdings andere, uns nicht zugängliche Bewußtseinsformen zuzugestehen. Von dieser radikalen Interpretation des Alphabets werden die folgenden Überlegungen ausgehen, wenn sich auch dabei herausstellen wird, daß wir gerade dabei sind, das historische Bewußtsein (also das Lesen im engeren Sinne dieses Wortes) aufzugeben.

Zu Beginn der Geschichte, und im Verlauf ihres weitaus größeren Abschnitts, blieb das Alphabet einer Elite vorbehalten. Es bildete einen Geheimcode, und nur die darin Eingeweihten verfügten über historisches Bewußtsein. Der größte Teil der Gesellschaft orientierte sich weiterhin in der Welt anhand von harten Gegenständen, vor allem anhand von Bildern, und dank der gesprochenen Sprache. Das heißt, der größte Teil der Gesellschaft lebte in einem magischen und mythischen Bewußtsein. Es wäre jedoch ein Irrtum, anzunehmen, die Geschichte sei ausschließlich Angelegenheit der Elite gewesen und am größten Teil der Gesellschaft vorbeigegangen. Es entstand nämlich zwischen der Elite und der Masse (zwischen den elitären Texten und den populären Bildern und Sagen) ein immer regeres Feedback, dank dessen sich das historische Denken immer wieder mit magischen und mythischen Elementen auflud und das magisch-mythische Denken immer historischer wurde. Man kann in diesem Feedback, in dieser «inneren Dialektik» der okzidentalen Gesellschaft, geradezu die Dynamik erkennen, welche die Geschichte vorantrieb. Während die Texte fortschreitend die Bilder «erklärten» (sie zu alphabetischen Zeilen umkodierten), drangen die Bilder immer wieder in die sie erklärenden Texte ein, um sie zu «illustrieren». So wurde das alphabetische begriffliche Denken immer imaginativer, und das bildliche immer begrifflicher. Dies ist gegen Ende dieses Abschnitts der Geschichte, also im Mittelalter, besonders deutlich erkennbar: Die alphabetisierte Elite (die Kirche) orientierte sich zwar anhand von linearen Texten (vor allem der Bibel und von Aristoteles) und dachte daher historisch (im Sinn einer Heilsgeschichte), aber die Bilder und Mythen drangen ständig in ihr Bewußtsein und mußten ins Textdenken (zum Beispiel als Illuminaturen, Kapitel oder Kirchenfenster) eingebaut werden. Und die Masse der Analphabeten orientierte sich zwar anhand von Bildern, Mythen und magischen Ritualen (etwa Festen und Tänzen), aber die Heilsgeschichte drang immer tiefer in ihr Bewußtsein, so

daß die Bilder, Mythen und Feste immer historischer, begrifflicher, «christlicher» wurden.
Das Alphabet ist jedoch kein «reiner» Code, sondern trägt immer auch Ideogramme in sich. Das Denken der Schriftkundigen, der *litterati* (heute würden wir sagen: der Intellektuellen) ist nicht nur historisch prozessuell, sondern immer auch formal-kalkulatorisch, und dieser innere Widerspruch im Bewußtsein der Elite ist nie tatsächlich überwunden worden. Mit anderen Worten: Unsere Gesellschaft ist nicht rein alphabetisch, sondern alpha-numerisch kodiert.
Die ersten uns erhaltenen Schriftstücke (Lehmtafeln) zeigen Formen, welche Gedanken und nicht Laute darstellen sollen. Wichtig ist die Art dieser Gedanken: es handelt sich um Quantifizierungen. Dafür ein besonders typisches Beispiel: Als der Übergang aus dem Paläolithikum ins Neolithikum, also aus dem jagenden und sammelnden ins pflanzende und züchtende Leben ungefähr geleistet war und die Leute an Flußufern seßhaft wurden, entstand das Problem, den Flußlauf zu regeln, um Überschwemmungen der Felder zu vermeiden, aber auch um den Pflanzen Wasser zuzuführen. Kurz, das Problem der Kanalisation wurde lebenswichtig. Es erwies sich, daß es nicht tunlich ist, planlos im Schlamm zu wühlen (oder die Sklaven darin wühlen zu lassen). Es war angebrachter, auf einen Hügel zu steigen (etwa den verfügbaren Küchenabfallhaufen) und von dort die Lage zu überblicken. Von diesem erhöhten Standpunkt aus wurden Projekte für künftige Bewässerungsanlagen entworfen. Bei diesen Projekten handelt es sich um in Lehmziegel gezeichnete Figuren. Es waren keine Abbilder ersehener Erscheinungen, wie bei allen vorangegangenen Bildern der Fall. Es waren Bilder von Begriffen (Ideogrammen), und die Begriffe meinten «mögliche», noch nicht verwirklichte Phänomene (zu grabende Kanäle). Die Leute, welche diese Projekte in den Lehm einzeichneten, diese ersten Geometer, dachten formal, sie formulierten Gedanken: es waren die ersten Intellektuellen. Und da sie der Gesellschaft das Verhalten vorschrieben (Modelle für das Verhalten beim Kanalgraben boten), stellten sie die erste Form einer «rationalen» Regierung dar.

Dieses formale, in Figuren wie Geraden, Kreisen und Dreiecken kodifizierte Denken ging immer Hand in Hand mit dem diskursiven, in Prozessen kodifizierten Denken der alphabetisierten Elite. Im alphabetischen Code fanden sich immer Schriftzeichen, welche diese quantifizierende Denkart artikulierten. In einem weiten Sinn kann man diese Ideogramme «Zahlen» nennen, weil sie Begriffe meinen, nach denen die Erscheinungen gemessen werden können, und man kann daher von einem *alphanumerischen* Code sprechen.
Obwohl also mit der Erfindung des Alphabets das historische Bewußtsein ins Leben gerufen wurde und obwohl sich dieses Bewußtsein gegen das vorangegangene magisch-mythische engagierte, ist es nie ein rein prozessuelles gewesen. Es hatte immer schon formale, mathematische Elemente in sich, was sich daran zeigt, daß die alphabetische Schrift immer auch Zahlen beinhalten mußte. Nun sind aber das prozessuelle und das formale Denken strukturell nicht miteinander vereinbar: das eine denkt in der linearen Zeit, das andere denkt zeitlos. Das ist dem Lesen von alphanumerischen Texten anzusehen: Beim Buchstabenlesen folgt das Auge der Zeile, beim Lesen von geometrischen Figuren oder von arithmetischen Ausdrücken kreist das Auge. Die geometrischen Figuren und die Algorithmen bilden Inseln im Strom der Buchstaben, es sind Unterbrechungen des Diskurses. Diese innere Dialektik im Bewußtsein der alphabetisierten Elite kommt sehr früh zum Ausdruck, etwa als der vorsokratische Streit zwischen Heraklit und Parmenides: Für den einen fließt alles, für den anderen ist das Sein unbeweglich.

Mit der Erfindung des Buchdrucks verbreitete sich das Alphabet unter den Bürgern, und etwas später, mit der Einführung der Schulpflicht, wurde das Alphabet zu einem allgemein verfügbaren Code, überall in der Gesellschaft gegenwärtig. Heute versinken wir in einer noch immer ansteigenden Flut von immer billiger und verächtlicher werdenden bedruckten Papiersachen. Das historische Bewußtsein ist in einem inflatorisch entwertenden Sinn Allgemeingut geworden, ein jeder kann Buchstaben lesen. Damit ist allerdings das magisch-mythische Bewußtsein nicht aus der Welt geschafft, sondern nur verdrängt worden, und es droht immer wieder hemmungslos auszubrechen. Die jüngste Vergangenheit belegt dies. Mit dieser etwas ambivalenten Demokratisierung der Lesefähigkeit ist aber eine noch weit interessantere Umwälzung im Bewußtsein (und in der Gesellschaftsstruktur) in Gang gesetzt worden.

Die Renaissance läßt sich als eine Revolution der städtischen Bürger (der Handwerker und Händler) gegen die alphabetisierte Elite (gegen den Bischof) ansehen. Man kann diese Revolution vom Markt her zu erklären versuchen. Vorher trat jeden Morgen der Bischof aus seiner Kathedrale auf den Marktplatz, um die dort ausgestellten Waren anhand von Texten (etwa der Bibel) zu kritisieren und ihren «gerechten» Tauschwert (*praecium iustum*) festzustellen. Nachher wurde der Markt «frei», das heißt, die Tauschwerte regulierten sich von selbst, kybernetisch, beispielsweise nach Angebot und Nachfrage. Vom Standpunkt des Bischofs waren die auf dem Markt ausgestellten Kunstgegenstände wie Schuhe oder Töpfe mehr oder weniger vollkommene Nachahmungen von ewig unveränderlichen Ideen (etwa der idealen Schuhheit und Topfheit), und ihr Wert war der Grad der Vollkommenheit, den diese Nachahmungen erreichten. Vom Standpunkt der Handwerker jedoch wurden diese Kunstwerke nach den eigenen Ideen der Hersteller geformt, und diese Formen konnten verbessert werden. Daher leugneten die Handwerker die Autorität des Bischofs (und damit der Kirche überhaupt), die Erzeugnisse auf dem Markt zu kritisieren. Dieser Unterschied in der Einstellung zu den Ideen (den Formen) ist die eigentliche Wurzel der Neuzeit, der Moderne.

Für das schriftkundige Bewußtsein, das klassische ebenso wie das christliche, wölbt sich über uns ein transzendenter Text, den wir lesen können und nach dem wir uns zu verhalten haben. In diesem Text sind alle Informationen (Formen, Ideen) unveränderlich aufbewahrt, und wir können dank Theorie und/oder Glauben diesen Text lesend kontemplieren. (Dies ist im Islam noch deutlicher: das Geschriebene, *maqtub*, kann gelesen werden, und der Koran ist der Schlüssel zum Entziffern des Textes, des Schicksals.) Für die revolutionären Handwerker jedoch bilden sich die Informationen im Verlauf der Praxis überhaupt erst aus: Die Arbeit ist die Quelle aller Erkenntnisse, Erlebnisse und Werte. Wie der Topf sein soll, kann nicht irgendwo abgelesen werden, sondern stellt sich erst heraus, wenn man Tonerde in die Hand nimmt und behandelt. Und je länger man Töpfe herstellt, desto besser stellt sich heraus, wie sie sein sollen. Die Informationen (die Formen, die Erkenntnisse, die Werte) sind nicht ewig unveränderlich, sondern fortschreitend verbesserbar: sie sind «Modelle».

Für die Schriftkundigen ist Theorie ein kontemplatives Lesen unveränderlicher Formen. Jetzt wird sie zu einer Tätigkeit: sie hat Modelle für die Praxis vorzuschlagen und diese Modelle fortschreitend anhand der Praxis zu verbessern. Damit tritt die Theorie in einen doppelten Widerspruch: Einerseits hat sie sich der Beobachtung zu stellen – sie muß zusehen, was in der Werkstatt vor sich geht; und andererseits hat sie sich dem Experiment zu stellen – sie muß zusehen, was in der Werkstatt geschieht, wenn die von ihr vorgeschlagenen Modelle dort angewandt werden. Dieser Widerspruch zwischen Theorie und Observation einerseits, Theorie und Experiment andererseits, führt zur modernen Wissenschaft, zur modernen Technik, zur Industrierevolution und zu der Welt, in der wir gegenwärtig leben.

Die nunmehr in Werkstatt und Industrie angestellten Theoretiker haben Modelle für die Praxis zu liefern. Sie haben Formen zum Behandeln von Gegenständen vorzuschlagen. Die Gesamtheit der Gegenstände kann «Natur» genannt werden, so daß man von den angestellten Theoretikern vor allem Naturwissenschaft erwartet. Es stellt sich allerdings heraus, daß die Natur nicht gut beschreibbar ist, aber daß sie ziemlich gut berechenbar ist; daß die Zahlen für sie eher als die Buchstaben adäquat sind; daß der Text der Natur – falls man die Natur der Tradition entsprechend als einen Text ansehen will – nicht in Buchstaben, sondern in Zahlen geschrieben zu sein scheint. Daher haben die Theoretiker (und etwas später die Intellektuellen überhaupt) das Schreiben und Lesen von Buchstaben zugunsten des Schreibens und Lesens von Zahlen aufzugeben. Während also die Gesellschaft als ganze immer mehr Buchstaben liest, konzentrieren sich die Intellektuellen immer mehr auf Zahlen und werden dadurch (sozusagen hinterrücks) wieder zu einer herrschenden Elite im Besitz eines Geheimcodes, zum Beispiel des digitalen Codes. Oder anders gesagt: Während die Gesellschaft als ganze immer geschichtsbewußter wird, gibt die Elite diese Bewußtseinsebene auf und beginnt formal zu denken.

Schon zu Beginn der Renaissance (schon bei Cusanus) werden die Vorzüge des mathematischen im Vergleich zum historischen Denken deutlich. Aber die Problematik dieses Denkens wird erst bei Descartes tatsächlich aufgegriffen. Verkürzt läßt sich dies folgendermaßen fassen: Das Zahlendenken ist klarer und deutlicher als das Buchstabendenken, weil die Buchstaben ineinander verfließen, während jede Zahl von jeder anderen durch ein klares und deutliches Intervall getrennt ist. Daher ist die klar und deutlich denkende Sache (*res cogitans*) eine arithmetische Sache. Die Natur als Kontext von Gegenständen ist hingegen eine ausgedehnte Sache (*res extensa*) ohne Intervalle. Lege ich die denkende an die ausgedehnte Sache (*adaequatio intellectus ad rem*), dann droht die ausgedehnte Sache durch die Lücken der denkenden zu entschlüpfen. Dem kann jedoch abgeholfen werden: Ich kann jeden Punkt der ausgedehnten Sache mit Zahlen bezetteln. Analytische Geometrie ist ein diszipliniertes Umkodieren von Geometrie in Arithmetik, welches gestattet, die Natur zu erkennen und zu behandeln. Etwas später stellt sich allerdings heraus, daß damit die Intervalle zwischen den Zahlen nicht behoben werden: Die unbezettelten Punkte entschlüpfen doch und werden nicht begriffen. Daher stopfen Newton und Leibniz die Intervalle (integrieren die Differentiale) durch Zahlen einer höheren Ordnung. Dank dieser Differentialgleichungen können jetzt überhaupt alle Punkte der Welt aufgefangen werden, das heißt, alle Prozesse können in Formeln ausgedrückt werden. Das prozessuale historische Denken wird dem formalen kalkulatorischen unterworfen – allerdings um den Preis eines

Zahlencodes, den die Gesellschaft als ganze nicht lesen kann und den sie daher blindlings befolgen muß, wie einst die Analphabeten die Texte der *litterati*. Die von den Buchstaben emanzipierten Zahlen werden zu immer raffinierteren Codes nach sich ständig verfeinernden Regeln geordnet, und diese Codes sind für die Gesellschaft unlesbar.

Zu Beginn unseres Jahrhunderts sah es so aus, als stünde die Allwissenheit und Allmacht der Wissenschaft kurz bevor. Alles war in Differentialgleichungen formulierbar (erkennbar), und die Gleichungen konnten als Arbeitsmodelle angewandt werden (alles war machbar). Das ist der wahre Grund für den Kulturoptimismus unserer Väter. Aber um Differentialgleichungen anzuwenden, muß man sie in die Grundzahlen (in die «natürlichen» Zahlen) rückkodieren, man muß sie numerisieren. Das ist selbstredend theoretisch immer möglich. Aber es stellt sich heraus, daß dies bei komplexen Gleichungen lange dauert (länger als ein Menschenleben), bei sehr komplexen länger als die voraussichtliche Dauer des Universums. Da die meisten interessanten Gleichungen sehr komplex sind, stellt sich heraus, daß sie keinen praktischen Nutzen haben. Es gibt weiterhin unlösbare Probleme. Das ist der wahre Grund für unseren Kulturpessimismus.

Zum Zweck der Beschleunigung der Kalkulation von Differentialgleichungen wurden die Computer erfunden. Damit ist zwar ein ganze Reihe von vorher unlösbaren Problemen behandelbar geworden (die Kompetenz des Machens hat sich damit bemerkenswert erweitert), aber die Grundprobleme sind weiterhin zu komplex, um mit Computergeschwindigkeit gelöst werden zu können. Andererseits haben sich im Zusammenhang mit Computern völlig unerwartete Tatsachen ergeben, von deren Bewältigung wir weit entfernt sind.

Erstens hat sich gezeigt, daß bei der mit Computern erreichbaren Rechengeschwindigkeit alle im Verlauf der Neuzeit ausgearbeiteten, eleganten Kalkulationsmethoden überflüssig werden. Es genügt, ganz primitiv mit zwei Grundzahlen (1 und 0) zu operieren. Es genügt, zu «digitalisieren». Die mathematische, kalkulatorische Bewußtseinsebene wurde mechanisierbar und somit von Menschen auf Maschinen übertragbar. Wir haben von nun an weder Zahlen zu schreiben, noch sie zu lesen, denn dies ist eine menschenunwürdige Tätigkeit geworden. Hingegen ist es unsere Aufgabe, die Struktur des Zahlenuniversums zu manipulieren (die Maschinen für das Kalkulieren zu programmieren). Dieser Schritt zurück vom Zählen und vor zum Analysieren und Synthetisieren von Strukturen öffnet eine geradezu schwindelerregende Ebene für das formale Denken. Ein derartiges Denken muß Codes ausarbeiten, um sich zu artikulieren. Diese Codes erfordern eine langwierige Initiation, und die darin Eingeweihten bilden eine soziale Elite. Zwar können wir beobachten, wie Kinder diese neue Bewußtseinsebene spielend erklimmen und fasziniert vor ihren Computern sitzen, und doch haben wir dabei das Gefühl, daß diese Kinder von Programmen gelenkt werden, in die sie keinen Einblick haben. Der Begriff der «schwarzen Kiste» (eines zwar allgemein benützten, aber trotzdem undurchsichtigen Werkzeugs) gewinnt zunehmend an Bedeutung.

Es hat sich zweitens gezeigt, daß Computer nicht nur kalkulieren, sondern überraschenderweise auch komputieren. Sie zerlegen die Algorithmen nicht nur in Zahlen (in punktartige Bits), sondern sie sammeln diese Bits auch zu Gestalten, zum Beispiel zu Linien, zu Flächen (künftig auch zu Körpern und bewegten Körpern), aber auch zu Tönen. Diese Gestalten können miteinander kombiniert werden, zum Beispiel farbige und tönende bewegte Körper bilden; ganze alternative Welten sind aus Zahlen komputierbar geworden. Diese erlebbaren (ästhetischen) Welten verdanken ihre Erzeugung dem formalen, mathematischen Denken. Das hat zur Folge, daß nicht nur wissenschaftliche Theoretiker und deren Theorien anwendende Techniker, sondern alle Intellektuellen überhaupt (und vor allem Künstler) die Codes der neuen Bewußtseinsebene zu erlernen haben, wenn sie am künftigen Kulturbetrieb teilnehmen wollen. Wer die neuen Codes nicht lesen kann, ist Analphabet in einem mindestens so radikalen Sinn, wie es die der Schrift Unkundigen in der Vergangenheit waren.

Das für unser Thema Entscheidende an diesen Überlegungen ist, daß die neuen Computercodes «ideographisch» sind, also den Zusammenhang zwischen Denken und Sprechen abgebrochen haben. Die neue Elite denkt in Zahlen, in Formen, in Farben, in Tönen, aber immer weniger in Worten. Die Regeln ihres Denkens sind mathematisch, chromatisch, musikalisch, aber immer weniger «logisch». Es ist ein immer weniger diskursives und immer mehr synthetisches, strukturelles Denken. Nach dem Verlassen des Alphabets haben die Zahlen das historische Denken nicht nur «hinter sich» gelassen, sondern einen völlig unhistorischen Zeitbegriff entwickelt (wie er sich etwa im Zweiten Grundsatz der Thermodynamik mathematisch ausdrückt). Das historische kausale Denken ist einem kalkulatorischen statistischen gewichen. Das elitäre Denken hat sich von der diskursiven Struktur unserer Sprache emanzipiert, und es erkennt, erlebt und wertet die Welt und sich selbst nicht mehr als Prozesse, sondern als Komputationen, etwa als Ausbuchtungen von Relationsfeldern. Das Lesen von Buchstaben wird künftig als Symptom von Rückständigkeit gelten, wie etwa in der Neuzeit ein magisch-mythisches Verhalten.

Aus diesem Blickwinkel läßt sich die gegenwärtige Lage etwa folgendermaßen schildern: Eine Elite, deren hermetische Tendenz sich laufend verstärkt, entwirft Erkenntnis-, Erlebnis- und Verhaltensmodelle mit Hilfe sogenannter «künstlicher Intelligenzen», welche von dieser Elite programmiert werden, und die Gesellschaft richtet sich nach diesen für sie unlesbaren aber befolgbaren Modellen. Da die Modelle für die Gesellschaft undurchsichtig sind («schwarze Kisten»), ist sie sich nicht einmal völlig bewußt, derart manipuliert zu werden. In der sogenannten «entwickelten Welt» ist die Gesellschaft fähig, Buchstaben zu lesen, verfügt über ein historisches Bewußtsein, aber dies ist ein Nachteil für sie: sie versucht ihre eigene Lage nach historischen Kriterien zu analysieren, aber diese sind nicht mehr adäquat für ihre Lage. In den sogenannten «Entwicklungsländern» dagegen versucht die Gesellschaft, überhaupt erst in die Geschichte zu dringen (lesen zu lernen, Buchstaben manipulieren zu lernen), und dies wäre angesichts der gebotenen Analyse geradezu komisch, wenn es nicht so tragisch wäre. Kurz gesagt, das Sprechen von Sprachen und das Umkodieren der Sprachen in Buchstaben ist dabei, überflüssig (und sogar kontraproduktiv) zu werden.

Mit dieser etwas apokalyptischen Behauptung verschiebt sich diese Überlegung auf die Betrachtung unserer Sprachen und der sie sichtbar machenden Texte. Die apokalyptische Behauptung besagt, wir seien dabei, unsere Sprachen und Literaturen (als Buchstabenmengen verstanden) entweder aufzugeben oder zumindest der vulgarisierenden Verwilderung preiszugeben. Diese Behauptung ist so nicht hinnehmbar, und zwar schon deshalb nicht, weil wir mit unseren Sprachen und unseren Literaturen eines der kostbarsten Güter aufgeben würden, die uns von unseren Ahnen hinterlassen wurden. Daraus wird deutlich, welches die Funktion einer Deutschen Akademie für Sprache und Dichtung ist: dieses Erbgut auf dem deutschen Sprachgebiet der allgemeinen Tendenz zum Trotz zu betreuen und zu vermehren.

Die Tatsache, daß immer schon gesprochen wurde, ist kein ausreichender Grund für die Annahme, es werde auch in Zukunft immer gesprochen werden. Zum Beispiel hat man lange Zeit Rentiere gejagt, und dies ist nicht mehr in Mode. Außerdem wäre dies kein gutes Argument für ein Engagement dieser Akademie: als sei sie ein Äquivalent einer Akademie für das Schnitzen von Bärenknochen. Hingegen ist gerade die Tatsache, daß ein Aufgeben des Sprechens und alphabetischen Schreibens im Bereich des Denkbaren liegt, ein schlagendes Argument für ein Engagement für dieses akademische Unternehmen.

Wir haben alle in früher Kindheit eine Sprache gelernt (die sogenannte Muttersprache). Wir sind biologisch für das Sprechen vorprogrammiert, aber nicht für das Sprechen einer spezifischen Sprache. Mit dem Erlernen einer Sprache setzt sich auf unsere biologische eine kulturelle Bedingung. Das ist ein ambivalenter Vorgang allein schon deshalb, weil er uns zwar über unsere biologische Bedeutung hinweghebt, uns aber auch vom Großteil der anders sprechenden Menschheit trennt, und zwar weit stärker, als alle übrigen kulturellen Codes (etwa das Malen, das Singen oder das Rechnen) dies tun. Trotz dieses gewaltigen Nachteils des Sprechens, dessen wir uns immer bewußt sein sollten, hebt uns die Sprache in einen für uns unüberschaubaren Strom von erworbenen Informationen – von Erkenntnissen, Erlebnissen und Werten, die ungezählte Generationen erworben und der Sprache anvertraut haben, und dies nicht nur in dem, *was* die Sprache sagt, sondern auch darin, *wie* sie dies aussagt. Selbst die Struktur unserer Sprachen ist ein Speicher uralter und sich immer erneuernder Erfahrung. Betrachtet man die Sprachen von diesem Standpunkt aus, dann erkennt man in ihnen einen Triumph des menschlichen Willens, der Welt und dem Leben darin einen Sinn zu verleihen.

Etwas später (etwa im sechsten Lebensjahr) lernen wir lesen und schreiben. Es stellt sich heraus, daß auch diese scheinbar völlig kulturelle Tätigkeit irgendwie im Gehirn vorprogrammiert ist, vielleicht seitens der Kultur dorthin programmiert wurde. Es geht bei diesem Lernen nicht nur darum, das Sprechen sichtbar zu machen, sondern auch einen tieferen Einblick in es zu gewinnen. Beim Lesen und Schreiben nehmen wir Abstand von der Sprache: sie ist nicht mehr ein Medium, durch welches hindurch wir etwas ausdrücken, sondern sie wird zu einem Objekt, auf das wir Buchstaben drücken. Diese Distanz zur Sprache, dank welcher sie zu einem Gegenstand wird, charakterisiert das Schreiben.

Beim Schreiben handelt es sich um eine widerspruchsvolle Geste. Einerseits vernimmt sie die Sprache, wie sie aus dem eigenen Inneren dringt und danach ruft, niedergeschrieben zu werden. Andererseits nimmt sie die Sprache anderer auf: Wer schreibt, artikuliert nicht nur sich selbst, sondern ist auch im Gespräch mit anderen. Der Schreibende versucht, die Buchstaben den Schriftregeln entsprechend gegen die Sprache zu pressen, und diese wehrt sich. Die Erklärung für diesen tückischen Widerstand der Sprache gegen den Schreibenden ist die Tatsache, daß die Buchstaben und die Schriftregeln der gesprochenen Sprache nicht völlig entsprechen. Die Buchstaben sind nicht Zeichen für spontan gesprochene, sondern für konventionalisierte Laute, und die Schriftregeln sind nicht die Regeln des Sprechens, sondern sie sind aus diesen Regeln abgeleitet und verfeinert. Geschrieben wird nicht die gesprochene, sondern eine eigens für das Schreiben «wohltemperierte» Sprache. Beim Kampf der Sprache gegen den Schreibenden verzerrt und windet sich die Sprache, und es treten dabei bisher ungesehene Sprachmöglichkeiten zutage. Das Schreiben verwirklicht diese schlummernden Virtualitäten.

An dieser Stelle ist ein Wort zum Thema «Dichtung» angebracht. «Dichtung» wird oft im Sinn des griechischen Begriffs der «Poesie» verstanden. Poesie *(poiesis)* meint Herstellung von etwas Neuem. Sie ist nicht ans Sprechen gebunden. In diesem Sinn sind die gegenwärtigen Komputationen außerordentlich poetisch: Die komputierten alternativen Welten können geradezu als Beispiele einer vorher nie dagewesenen *poiesis* angesehen werden; erst wenn man sich von der Sprache befreit, kann sich Poesie in diesem Sinn tatsächlich entfalten. Aber das Wort «Dichtung» ist nicht griechisch, sondern lateinisch: es meint *dictum*, das Gesagte. Dichtung meint, etwas vorher Unsagbares sagbar zu machen, eine sprachliche Möglichkeit in die Wirklichkeit zu setzen. Beim Schreiben stellt sich heraus, wie unzählig viele Möglichkeiten in den Sprachen schlummern und wie diese Möglichkeiten seitens des Schreibenden verwirklicht werden können; wie grenzenlos der Schreibende das Universum des Sagbaren, und damit des Erkennbaren, Erlebbaren und Wertbaren, zu erweitern imstande ist, wie kreativ er auf allen Sprachebenen sein kann: von der phonetischen und syntaktischen über die rhythmische und semantische bis hin zur Ebene des Diskurses. Dichtung ist nicht nur in spezifisch so genannten Texten, sondern überall in der Literatur lokalisierbar. Der eigenartige Taumel, von dem der Schreibende erfaßt werden kann, charakterisiert überhaupt alles bewußte Schreiben und wahrscheinlich ganz besonders das Schreiben von wissenschaftlichen und philosophischen Texten. Sollte das Schreiben von Buchstaben aufgegeben werden (und in der Wissenschaft ist es bereits beinahe soweit), dann ginge dieser eigenartige Taumel zugunsten der komputierenden Poesie verloren.

Beim Lesen von Texten werden wir zu einer doppelten Bewegung aufgefordert: Zuerst einmal haben wir den Zeilen zu folgen, um beim Schlußpunkt die an uns gerichtete Information zu empfangen, in unserem Gedächtnis zu lagern und dort zu prozessieren. Und dann haben wir in Gegenrichtung der Zeilen zu gehen, um die Dynamik hinter der Information (die Intention des Schreibenden) zu erfassen und mit ihr in einen Dialog zu treten. Gegenwärtig wird nur selten unter Anwendung dieser Methode gelesen; der Text wird nur überflogen. Das ist ein Grund für die Verzweiflung der Schreibenden und ein Argument für das Aufgeben des Schreibens und Lesens. Es ist eine Folge der Textinflation. Bemerkenswerterweise können weder Algorithmen noch Computersoftware auf diese verantwortungslose Art überflogen werden.
Aber es gibt immer noch Leute, die gelegentlich dazu fähig sind, Buchstabentexte richtig zu lesen. (Übrigens ist es eine der Aufgaben der Akademie, solch ein Lesen zu fördern.) Die erste Bewegung die Zeilen entlang bis zum Schlußpunkt und darüber hinaus ins Nachdenken zeigt den diachronischen, linearen Diskurscharakter solcher Informationen. Im Unterschied zu Algorithmen und Bildern handelt es sich nicht um Informationen, die zuerst empfangen und dann analysiert werden müssen, sondern um Informationen, die analysiert werden müssen, um überhaupt empfangen werden zu können. Das Lesen von Buchstaben erfordert eine größere Anstrengung als das Lesen von Ideogrammen, es ist unbequemer. Dafür macht es ein unkritisches Empfangen von Informationen unmöglich. Das Verfolgen der Zeilen ist eine kritische Denkgymnastik. Darauf beruht die Befürchtung einiger Kulturkritiker, mit dem Lesen von Buchstaben ginge auch unsere kritische Fähigkeit verloren.
Die zweite Bewegung in der umgekehrten Richtung ist noch weit mühsamer und daher gegenwärtig noch seltener als die

erste. Es handelt sich dabei um den Versuch, durch den Text hindurch (und vielleicht auch zwischen den Zeilen) bis zum Schreibenden und durch ihn hindurch bis zu seinem Hintergrund zu dringen. Eine ganze Reihe von Disziplinen (etwa die Philologie, die Textkritik, die Psychologie, die Soziologie) ist bemüht, diesen zweiten Weg der Lektüre methodisch zu gestalten. Wichtig ist dabei zu bemerken, daß solche Disziplinen bei komputierten Informationen, etwa synthetischen Computerbildern oder bei den sie programmierenden Algorithmen, nicht angewandt werden können. Das sind bereits in ihrer Herstellung völlig durchanalysierte Informationen, und es ist sinnlos, sie rück-analysieren zu wollen. Eine psychologische Analyse eines Computerbildes ist ein historizistisches Mißverständnis. Das meint Wittgenstein mit der Behauptung, es sei sinnlos, nach dem Motiv der Aussage «eins und eins ist zwei» zu fragen. Mit dem Aufgeben des Lesens von Buchstaben ginge eine ganze Dimension der sogenannten «Grundlagenanalyse» verloren. Im Unterschied zu alphabetischen Texten sind die neuen Medien völlig oberflächlich (ganz unhintergründig), sie sind bequem empfangbar, dafür aber undurchsichtig für jene, die ihre Codes nicht lesen können.

Damit sind einige Argumente zugunsten des Beibehaltens von Buchstaben angeführt worden. Aber sie sind unzureichend; denn man kann dem Buchstabenlesen entgegenhalten, es sei eine technisch überholte Methode zum Festhalten des Gesprochenen, mit dessen Aufgabe das Sprechen keineswegs verlorengehe, sondern sich erst richtig entfalte. Die vorgebrachten Argumente zugunsten des Beibehaltens der Buchstaben sind nämlich im Grunde genommen Argumente zugunsten des Bewahrens und Mehrens von Sprache und Dichtung – als seien die Buchstaben die einzige (oder zumindest die beste) Methode dafür. Aber das stimmt nicht. Schallplatten und Tonbänder können Sprachen besser erhalten als Buchstaben. Buchstaben bewahren nur einige wenige Parameter des Sprechens und verlieren viele andere (etwa alle Stimmparameter), welche bei Schallplatten und Tonbändern ebenso treu bewahrt werden wie die buchstäblichen. Außerdem können audiovisuelle Gedächtnisstützen (etwa Filme oder Videokassetten) nicht nur die Sprache des Sprechenden, sondern auch seine Sprachgesten aufbewahren, die an der Bedeutung des Gesagten nicht unbeteiligt sind.

Das sind starke Gegenargumente, aber auch ihnen muß man sich nicht ergeben. Es geht nämlich von den Buchstaben, so wie sie auf der Tastatur dieser Schreibmaschine (und auch fortgeschrittener *word processors*) eingetragen sind, eine eigenartige Faszination aus. Die Buchstaben gehören zu den ältesten uns erhaltenen Kulturemen. Obwohl sie sich im Verlauf der letzten drei bis vier Jahrtausende in verschiedene Alphabete verzweigt haben, ist ihnen ihre ursprüngliche Form noch immer anzusehen. Das A zeigt noch immer die Hörner des syriakischen Stiers, das B noch immer die Kuppeln des semitischen Hauses, das C (G) noch immer den Buckel des Kamels in der vorderasiatischen Wüste. Wenn wir mit den Buchstaben umgehen, sind wir noch immer mit dem Ursprung unserer Kultur verbunden, selbst wenn diese Buchstaben auf Computerschirmen erscheinen. Der Verlust des Buchstabenlesens wäre ein Bruch in der Tradition, von dessen Radikalität wir uns keine Vorstellung machen können. Unsere Kultur wäre dann buchstäblich (nämlich buchstabenlos) von Grund auf anders geworden. Das Gegenargument gegen das Gegenargument lautet demnach: Mag sein, daß das Buchstabenlesen für das gegenwärtige Bewußtsein unnötig geworden ist, und auch unnötig für ein gegen dieses neue Bewußtsein gerichtetes sprachliches Denken. Aber dies besagt nur, daß das Buchstabenlesen ein Luxus geworden ist, den sich einige (eine künftige Elite von *litterati*) werden leisten können. Und wir, die wir hier versammelt sind, leisten uns diesen Luxus. Nicht weil wir «Reaktionäre» sind, die neue Techniken nicht akzeptieren, im Gegenteil: Wir leisten uns den Luxus des Buchstabenlesens, gerade weil die neuen Techniken ihn unnötig machen. Denn sonderbarerweise verwandeln die neuen Techniken das Buchstabenlesen in jene Tätigkeit, die sie ursprünglich war: in ein elitäres, kontemplatives, gemächliches Unterfangen. Wir lesen Buchstaben, nicht weil dies von Nutzen ist, sondern im Gegenteil, um aus dem nützlichen Betrieb auszubrechen. Und das meint ja ursprünglich das Wort «Akademie»: einen Ort des Beschauens. Dank der neuen Techniken beginnt das buchstäbliche Lesen wieder akademisch zu werden.

(1989)

Hinweg vom Papier

Die alphanumerischen und ikonischen Botschaften beginnen, sich von materiellen Unterlagen, insbesondere vom Papier, loszulösen und ins elektromagnetische Feld hinüberzuwechseln. Sie fliegen ab, und sie werden beflügelt. Das wird für die künftige Kultur weitreichende Folgen haben. Kultur ist eine Vorrichtung zum Erzeugen, Weitergeben und Speichern von Informationen. Unterlagenlose Informationen werden anders erzeugt, anders verteilt und anders gespeichert als in Unterlagen gegrabene (zum Beispiel Schuhe) oder auf Unterlagen aufgetragene (zum Beispiel Texte). Der vorliegende Beitrag wird versuchen, die auf Grund der Elektromagnetisierung der alphabetischen Texte zu erwartende Veränderung im Erzeugen von Informationen ins Auge zu fassen – die zu erwartende Mutation der Kreativität beim Schreiben.

Ein einleitendes Wort zum Begriff «Kreativität»: Wenn man ihn von seinen mythischen und ideologischen Hüllen befreit (zum Beispiel von *creatio ex nihilo*), dann wird dieser Begriff wissenschaftlich zugänglich, vielleicht sogar quantifizierbar. Der Begriff bedeutet dann das Erzeugen vorher nicht dagewesener Informationen. Es zeigt sich, daß alle neuen Informationen auf vorangegangenen beruhen und daß sie «neu» sind, weil sie die vorangegangenen umstrukturieren und/oder fremde Informationselemente («Geräusche») in sie einbauen. Bei dieser Formulierung wird die Problematik der Kreativität nicht durchsichtiger, sondern komplexer. Es entstehen dabei Fragen wie: «Nach welchen Kriterien werden verfügbare Informationen permutiert?» – «Was sind Geräusche, und woher kommen sie?» – «In welchem Ausmaß spielt der Zufall beim Erzeugen von Informationen mit, und wieviel daran ist Absicht?» Und doch erlaubt diese Formulierung, so voller Probleme sie sein mag, eine Theorie der Kreativität in den Bereich des Möglichen zu rücken. Es wird zumindest denkbar, daß wir in Zukunft nicht mehr empirisch (dank Intuition, Inspiration usw.), sondern auf Grund einer Theorie werden schaffen können. Daß nicht mehr handwerklich, sondern technisch kreiert wird. In diesem Fall wäre mit einer Explosion der menschlichen Kreativität zu rechnen.

Beim Schreiben von kreativen alphabetischen Texten geht es um mindestens zwei Informationsebenen: die der Gedanken und die einer Sprache. Auf der Gedankenebene werden die im Gedächtnis des Schreibenden gelagerten Gedanken prozessiert (reformuliert, synthetisiert, kondensiert, ausgeführt usw.), um daraus einen neuen Gedanken zu machen. Auf der Sprachebene werden die phonetischen, rhythmischen, syntaktischen und semantischen Aspekte der Sprache prozessiert, um daraus neue Aussagen zu machen. Auf beiden Ebenen können Geräusche eingebaut werden: im Fall der Gedankenebene beispielsweise Elemente des Unbewußten, im Fall der Sprachebene Worte einer anderen Sprache. Dabei verschränken sich diese beiden Ebenen und bedingen einander gegenseitig. Diese vorläufig opake Komplexität des schöpferischen Schreibens erklärt, warum es bisher nicht gelungen ist, tatsächlich schöpferische *word processors* herzustellen. Versuche in dieser Richtung sind jedoch im Gange.

Schreibt man auf Papier, dann wird der kreative Text Zeilen bilden, die einem Schlußpunkt entgegenlaufen. Er wird «diskursiv» sein. Zwar wird der derart geschriebene Text ein Glied innerhalb einer Kulturkette sein. Er wird die in ihm erzeugte Information aus vorher erzeugten herstellen, und die Absicht haben, weitere Informationserzeugung hervorzurufen. Und doch wird sein diskursiver Charakter, sein eindeutiges Hinzielen auf einen Schlußpunkt, den auf Papier geschriebenen Text als ein in sich geschlossenes und abgeschlossenes «Werk» (zum Beispiel als ein Buch mit soundso vielen Seiten) erscheinen lassen. Und dies selbst dann, wenn die Absicht des Schreibenden gerade das Vermeiden von Abgeschlossenheit sein sollte. In diesem Fall nämlich wird der Text als abgebrochen, als ein «Fragment» erscheinen. Das widerspricht der kreativen Dynamik.

Schreibt man auf Papier, dann ist man gezwungen, seiner Kreativität Grenzen zu setzen. Und zwar nicht nur, weil die Zeilen ihrer Struktur nach einem Schlußpunkt entgegenlaufen, sondern auch, weil die materielle Unterlage (das Papier) Grenzen auflegt. Selbst die sogenannten «livres-fleuve» müssen irgendwann irgendwo irgendwie enden. Man kann sich diese Grenzen allerdings sehr weit setzen. Dann aber läuft man zweierlei Gefahr: Einerseits, daß die Kreativität in Leerlauf verfällt, daß einem beim Schreiben die schöpferische Puste ausgeht, und andererseits, daß man bei immer längeren Diskursen immer weniger Empfänger anspricht. Daher die oft mit Erfolg angewandte Strategie der bewußten Selbstbeschränkung: Man ballt seine Kreativität, um sie auf ein Minimum von Papier mit einem Minimum an Schriftzeichen aufzutragen. Die Strategie mag gut sein, die Kreativität jedoch wird dabei beschnitten.

Schreibt man hingegen ins elektromagnetische Feld, dann wird der kreative Text zwar auch Zeilen bilden, aber diese Zeilen werden nicht mehr eindeutig verlaufen. Sie sind «weich», plastisch, manipulierbar geworden. Man kann sie zum Beispiel aufbrechen, Fenster in ihnen öffnen, oder man kann sie rekursiv machen. Die in sie eingetragenen Schlußpunkte können ebensogut als Ausgangspunkte angesehen werden. Ein derart geschriebener Text wird «dialogisch» sein, und zwar zuerst einmal im Sinn eines Zwiegesprächs, das aus dem Innern des Schreibenden ins Feld hinausprojiziert wird. Der Text ist nicht mehr, wie auf dem Papier, das Resultat eines kreativen Prozesses, sondern er ist selbst dieser Prozeß, er ist selbst ein Prozessieren von Informationen zu neuen Informationen. Es ist vielleicht noch zu früh, untersuchen zu wollen, wie sich dieses Hinausprojizieren der kreativen Denk- und Spracharbeit aus dem Dunkel der Innerlichkeit in die Klarheit des Schirms auf die schöpferische Kraft auswirkt. Ob es die kritische Distanz, die man dadurch zur

eigenen Kreativität gewinnt, lähmt oder fördert. Der platonische Begriff des «inneren Dialogs», der hier zu einem äußeren wird, kann bei solchen Überlegungen helfen.
Der ins elektromagnetische Feld hineingeschriebene Text ist jedoch «dialogisch» in noch einem anderen Sinn dieses Wortes. Er ist nämlich nicht mehr an Empfänger gerichtet, die ihn in ihrem Gedächtnis speichern, ihn kritisieren (zersetzen) oder kommentieren (weiterführen). Vielmehr ist er an Empfänger gerichtet, die ihn prozessieren (manipulieren, umstülpen, verändern). Er ist an Empfänger gerichtet, die aus seiner Information eine neue Information herstellen sollen. Er ist an kreative Empfänger gerichtet. Der Schreibende ist nicht mehr darauf aus, eine in sich selbst geschlossene, fertige, «perfekte» neue Information herzustellen, sondern er ist bemüht, bereits vorhandene Informationen so umzustrukturieren und mit Geräuschen zu bereichern, daß andere damit kreativ weiterspielen können. Er ist bei seinem Schreiben für den kreativen Prozeß an sich engagiert und nicht mehr dafür, irgend etwas herzustellen. Und dasselbe gilt für die Empfänger seines Textes. Darum setzt der Schreibende seinem Text ein «Menü» voraus, das heißt eine Reihe von Vorschlägen, wie der empfangene Text laut Meinung des Schreibenden etwa manipuliert werden könnte. Der Empfänger kann sich nach diesem Menü richten, er kann aber ebensogut andere Richtlinien bei seiner Textmanipulation befolgen. Das Ausarbeiten des Menüs verlangt vom Schreibenden, sich in die Stellung des Empfängers zu versetzen, das heißt, seinen eigenen Text vom Standpunkt des Empfängers zu sehen, ihn kritisch zu analysieren. Diese weitere kritische Distanz muß auf die kreative Arbeit des Schreibenden selbst zurückschlagen, so daß Selbstkritik zu einem Teil der Kreativität wird.
Der Empfänger prozessiert die vom Schreibenden vorgeschlagene neue Information, indem er weitere Informationen und Geräusche hinzufügt. Dies tut er nicht nur, um eine neue Information herzustellen, sondern auch, um diese Information an den Schreibenden zurückzusenden und um mit anderen Empfängern des gleichen Textes in ein kreatives Wechselgespräch zu treten. So entstehen sich verzweigende, sich bün-

delnde und zurücklaufende Fäden, und aus der papiergebundenen, eindeutig laufenden Zeile ist ein Gewebe geworden – die Unidimensionalität des Schreibens ist in Pluridimensionalität aufgehoben worden. Damit verändert sich die Funktion des Verlegers radikal. Beim papiergebundenen Schreiben ist der Verleger ein Raster, ein Relais und eine Antenne: Die Strahlen der Texte kommen bei ihm an, er wählt unter ihnen jene aus, die «verlegt» werden sollen, er macht sie für ein Weiterstrahlen zurecht («druckreif») und strahlt sie dann als ein Bündel in den leeren Raum aus, um auf etwa vorbeigehende Empfänger (zum Beispiel in Buchläden) zu stoßen. Beim elektromagnetischen Schreiben wird der Verleger zum Brennpunkt des im Weben begriffenen Gewebes: zu einer Art von Datenbank, die mit immer neuen Informationen gefüttert wird, aus der diese Informationen rückgestrahlt werden und in der sie miteinander verglichen oder miteinander konfrontiert werden.

Beim unterlagenlosen Schreiben geht es nicht mehr darum, in sich geschlossene, «perfekte» Informationen (Werke) herzustellen, sondern darum, seine eigene Kreativität im Zwiegespräch mit anderen am langen Zügel zu führen. Das Ziel ist nicht mehr, irgend etwas herzustellen, sondern der Geste des Herstellens selbst freien Raum zu schaffen. Daher der eigenartige Taumel, der jene erfaßt, die sich auf dieses Abenteuer eingelassen haben. Es ist dabei nicht eigentlich von einem «offenen Werk» im Sinne Ecos zu sprechen, weil ja kein Werk beabsichtigt ist, sondern das Werken und Wirken. Eher ist davon zu sprechen, daß die Kreativität ihre bisher vom Papier gestutzten Flügel entfaltet.

Die Folgen einer derartigen Befreiung der Schaffenskraft auf dem Gebiet des Schreibens, wie auf vielen anderen Gebieten auch, sind vorläufig nicht abzusehen. Das erleichtert den Konservativen und Reaktionären, ihre Bedenken dagegen anzumelden. Man kann diese Bedenken zu drei Gruppen ordnen. Die erste Gruppe, die mythisch-magische, wendet ein, daß Kreativität ein geheimnisvoller Vorgang ist, daß nur einige wenige Menschen, «Genies», dazu fähig sind und daß daher nur in Einsamkeit kreiert wird. Der eben geschilderte Prozeß des dialogischen Schreibens habe mit «wahrer» Kreativität nichts gemein. Die zweite Gruppe, die romantisch-sentimentale, wendet ein, daß Kreativität ein gefühlsgeladener Ausbruch innerer Spannung ist und daß jede kritische Distanzierung diesen Ausbruch zurückdrängt. Der eben geschilderte Prozeß des dialogischen Schreibens sei eine Methode, die für Kreativität notwendige Naivität («Ursprünglichkeit») zu unterbinden. Die dritte Gruppe, die des «gesunden Menschenverstandes», wendet ein, es gehe beim geschilderten Prozeß des dialogischen Schreibens im Grunde um nichts Neues. Man habe schon immer so geschrieben; jedes Papierbuch sei Glied einer sich verzweigenden Kette von Texten, und dies habe sich eben nur technisch ein wenig «verbessert». Dieser angeblichen Verbesserung sei, wie allen technischen *fads* und *gadgets*, mit einer Dosis Mißtrauen zu begegnen. Da die Folgen der neuen Schreibart vorläufig nicht abzusehen sind, können diese Bedenken nicht leichtfertig zurückgewiesen werden. Es läßt sich drauf nur antworten, daß sehr ähnliche Bedenken der Industrierevolution gegenüber es nicht verhütet haben, daß diese unser Leben von Grund auf veränderte, wenngleich einige dieser Bedenken sich als berechtigt erwiesen haben mögen.

Zweifellos hingegen ist, daß das Schreiben durch Computer die Einstellung des Schreibenden und des Empfängers zum Text radikal verändert. Das schöpferische Engagement wird anders erlebt als vorher. Es ist eine neue Art von Selbstkritik und von Verantwortlichkeit dem anderen gegenüber hinzugekommen, und der Text hat eine neue Art von Eigenleben gewonnen. Kurz, man beginnt, wenn man auf diese Art schreibt, beim Schreiben dialogisch zu denken, zu schaffen, zu leben. Auch und vor allem in jenem Sinn, den Martin Buber gemeint hat.

(1987)

Eine Revolution der Bilder

Bilderstatus

Angenommen, man würde einem Menschen in Lascaux und einem im Florenz der Medici zu erklären versuchen, daß sich manche der gegenwärtigen Bilder bewegen. Das würde zu Mißverständnissen führen. Der Lascaux-Mensch würde meinen, daß solche Bilder von Höhle zu Höhle wandern. Und der Florentiner würde behaupten, daß sich auch seine Bilder bewegen, seit man begonnen hat, auf Leinwand statt auf Zimmerwand zu malen. Deshalb müßte man hinzufügen, daß die gegenwärtigen Bilderrahmen fast ebenso unbeweglich geblieben sind wie einst und daß sich in diesem buchstäblichen Sinn ihr Status nicht erheblich geändert hat: Es sind weiterhin Gegen-stände. Was in Bewegung geraten ist, ist das im Rahmen ersichtliche Schauspiel: Es ist nicht mehr starre Szene, sondern bewegter Vorgang. Daraus würde der Lascaux-Mensch schließen, daß sich in unseren Bildern Schatten bewegen, wie bei seinem Lagerfeuer auf Höhlenwänden. Man müßte ihm erzählen, daß unsere Schatten farbig sind und daß sie sich nicht nur entlang der Wandoberfläche bewegen, sondern auch aus dem Felsinnern aufzutauchen und dorthin zurückzukehren scheinen. Der Florentiner würde dann vielleicht meinen, solche Bilder seien eigentlich Fenster. Hierauf müßte man antworten, daß sich in solchen Bildern nicht nur – wie im Fenster – die beobachtete Aussicht bewegt, sondern auch das hinaussehende Auge, das in die Aussicht vordringen und auch einen größeren Abstand dazu nehmen kann.
Um die damit gestiftete Verwirrung noch zu vergrößern, könnte man hinzufügen, daß solche bewegten Bilder auch tönen. Zuerst würden wohl beide, der Mensch in Lascaux und der Florentiner, die Sache so verstehen, daß solche Bilder

beim Transport von Höhle zu Höhle oder von Kirche zu Kirche klappern. Später würden sie annehmen, daß die sich bewegenden Schatten vom Geheimnis des Schattenreichs flüstern. Man müßte ihnen erklären, daß die bewegten Gestalten im Bild laut reden, lachen und singen, daß der Donner im Bild kracht, die Regentropfen trommeln, und vor allem, daß – unerwarteterweise – der ganze Bildvorgang in andere, zum Beispiel musikalische Töne getaucht ist. Darauf würden wahrscheinlich beide, der Mensch in Lascaux entschieden und der Florentiner zögernd, von solchen Bildern behaupten, es seien alternative Realitäten, andere Wirklichkeiten.
Dem würde man nicht zustimmen können. Man würde darauf hinweisen müssen, daß derartige Bilder zwar sichtbar und hörbar sind, aber nicht riechbar und schmeckbar. Und vor allem darauf, daß wir uns an den Bildgestalten nicht stoßen können. Das würden die beiden nicht als Gegenargument akzeptieren. Der Mensch aus Lascaux würde behaupten, es gebe andere Realitäten als jene des wachen Erlebens, zum Beispiel die Traumwelt und das Totenreich, und derartige Bilder seien eben zu solchen anderen Wirklichkeiten hinzuzuzählen. Und der Florentiner, er habe nach unserer Schilderung Vertrauen zu unserer Bildtechnik gewonnen und sei überzeugt, wir würden in Zukunft riechbare, schmeckbare und auch tastbare Bilder herstellen können. Man wäre gezwungen, beiden zuzustimmen. Und erschwerend müßte man hinzufügen, daß wir eben beginnen, bisher Unersichtliches und Unerhörtes – zum Beispiel Algorithmen, in die vierte Dimension gekrümmte Körper oder Schwingungen jenseits unserer Sinnesfähigkeit – in derartigen Bildern zu sehen und zu hören. Darauf würden wohl beide, der Mensch aus Lascaux und der Florentiner, einstimmig erklären, an unserer Stelle würden sie nur noch solche Bilder und nicht mehr die vergleichsweise langweilige sinnliche Welt betrachten.
Hier müßte man einräumen, daß dies schon der Fall sei. Die Leute hocken tatsächlich die meiste Zeit vor den relativ unbeweglich gebliebenen Bilderrahmen, um sie anzustarren. Darauf würden beide fragen, wie denn die Bilder vor die Hockenden hingestellt werden. Die Antwort darauf würde

beide entsetzen. Man hätte nämlich zu sagen, daß die Bilder eigentlich gar nicht dort sind, wo die Leute hocken, sondern an einem für die Hockenden unzugänglichen Ort, und daß sie von dort aus in Richtung der Hockenden ausgestrahlt werden. Das Entsetzen der beiden Fragesteller hätte zwei Seiten. Die eine Seite: Wenn die sich bewegenden Bilder von einem unzugänglichen Ort aus in die relativ unbeweglichen Rahmen ausgestrahlt werden, dann bewegen sie sich als Ganzes und zugleich bewegt sich alles in ihnen. Es ist eine Doppelbewegung, bei welcher sich der Bildinhalt anders bewegt als das ganze Bild. Die andere Seite: Bei so einer Ausstrahlung starren zahlreiche Hockende durch zahlreiche Bilderrahmen hindurch im gleichen Augenblick ins gleiche Bild und durch das gleiche Bild hindurch auf den gleichen unzugänglichen Ort. Dort treffen all die Blicke aufeinander, aber ohne einander zu sehen. Das ist entsetzlich: daß alle diese Leute die gleiche Ansicht haben und gerade deshalb füreinander blind sind. Angesichts einer derartigen höllischen Schraube, die zu derartiger Blindheit führt, würden wohl beide Besucher aus der Vergangenheit nicht länger bei uns weilen wollen.

Die Bilderflut

Man würde zwar selbst am liebsten mit den beiden ziehen, um der blendenden und betäubenden Bilderflut zu entweichen und um die Bilder der Frührenaissance oder der frühen Stiere und Pferde zu genießen, aber so ein Ausflug kann nicht gelingen. Wohin immer man nämlich Exkursionen macht, dorthin schleppt man Apparate mit, aus denen die blendenden und betäubenden Bilderfluten strömen. Diese Apparate, die wir überall mitschleppen, müssen gar nicht mehr *vor* unseren Bäuchen baumeln. Wir haben sie alle bereits *im* Bauch, und sie knipsen, rollen und winden sich in unserem Inneren. Wir sind der tönenden Bilderflut ausgeliefert.

Wir können nicht gegen den Bilderstrom in Richtung der guten alten Bilder rudern, sondern müssen, wenn wir nicht ertrinken wollen, entweder schneller zu rudern versuchen als der Strom oder seitwärts in der Hoffnung, einen Ankerplatz zu finden. Da wir die guten alten Bilder nicht mehr herstellen können, müssen wir entweder noch weit neuere bewegte und tönende Bilder schaffen, als es die uns umspülenden sind, oder wir müssen «stille» Bilder herstellen, welche die Bilderflut überragen. Diese Behauptung kann nicht einfach so stehenbleiben, sondern muß gestützt werden. Zuerst muß plausibel gezeigt werden, warum wir zu den alten Bildern nicht zurückkehren können. Dann, wie wir die uns zu ertränken drohenden Bilder technisch, ästhetisch und existentiell überspielen können. Und schließlich, wie wir (und ob wir überhaupt) «stille» Bilder als Schutz und Rettung vor den bewegten und tönenden herstellen können.

Die guten alten Bilder wurden geschaffen, wann immer jemand Abstand von einem Gegenstand nahm, um ihn zu betrachten und das Erblickte für andere zugänglich zu machen. Dieser Schritt zurück vom Objektiven ins Subjektive und die darauffolgende Wendung ins Intersubjektive bilden eine außerordentlich komplexe Geste, und die beiden schon erwähnten historischen Beispiele können sie illustrieren. Der Mensch in Lascaux erblickte seinen Gegenstand, etwa ein Pferd, von einem subjektiven Standpunkt. Das war eine flüchtige und private Ansicht, und sie mußte festgehalten und veröffentlicht werden, um andere daran teilnehmen zu lassen. Um dies zu tun, verschlüsselte der Mensch in Lascaux das Erblickte in Symbole und übertrug diese Symbole mittels Erdfarben und Spatel auf eine Felswand. Wer den Code kannte und vor die Wand trat, der konnte die Ansicht entschlüsseln und die Botschaft empfangen. Die Geste des Florentiners unterschied sich davon nicht wesentlich, sondern nur in einer Hinsicht. Der Gegenstand, auf den der Florentiner sich bezog, war nicht ebenso objektiv, sondern bereits von vorangegangener Subjektivität durchtränkt. Es war etwa eine biblische Szene. Das bedeutet, daß der Code, in den der Florentiner seine Ansicht verschlüsselte, aus vorangegangenen Symbolen bestand, in welche er eigene einfügte. Anders gesagt: Das Bild in Lascaux ist prä-historisch und kann immer wieder von jedem Empfänger nach seiner eigenen Methode entschlüsselt werden; das Bild des Florentiners ist historisch, und man muß die Geschichte kennen, um es zu entziffern.

Auf diese Weise können Bilder nicht mehr hergestellt werden. Die moderne Wissenschaft hat seit Descartes Abstand vom Objektiven genommen, und seit der Erfindung der Fotografie hat sie Apparate bereitgestellt, um das Gesehene festzuhalten und zu kodifizieren. Wird die oben beschriebene komplexe Geste des Bildermachens «Imagination» genannt, so ist zu sagen, daß die moderne Wissenschaft und Technik die Imagination von Menschen in Apparate abgeschoben hat, um sie zu perfektionieren. Somit ist kein Mensch fähig, mit den Apparaten zu konkurrieren. Und die Sache ist noch vertrackter. Wann immer wir ein Bild in Lascaux und Florenz betrachten, nehmen wir den Standpunkt der Apparate ein, weil unser ganzes Weltbild von ihnen geprägt ist. Demnach empfangen, das heißt entschlüsseln wir die alten Bilder im Kontext des modernen Weltbilds: apparatisch.

Die telematische Informationsgesellschaft
Da uns die Flucht aus der Bilderflut zurück zu den alten Bildern verwehrt ist, können wir die Flucht nach vorne zu neuen Bildern versuchen. Was so entsetzlich an der Bilderflut ist, sind drei Momente: daß sie an einem für ihre Empfänger unerreichbaren Ort hergestellt werden, daß sie die Ansicht aller Empfänger gleichschalten und dabei die Empfänger füreinander blind machen und daß sie dabei realer wirken als alle übrigen Informationen, die wir durch andere Medien (inklusive unserer Sinne) empfangen. Das erste besagt, daß wir den Bildern verantwortungslos, aller Antwort unfähig, gegenüberstehen. Das zweite, daß wir dabei sind zu verdummen, zu vermassen und allen menschlichen Kontakt zu verlieren. Und das dritte, daß wir die weitaus meisten Erlebnisse, Kenntnisse, Urteile und Entscheidungen den Bildern zu verdanken haben, daß wir demnach von den Bildern existentiell abhängig sind. Betrachtet man die Sache näher, dann stellt man fest, daß alle drei entsetzlichen Momente nicht in den Bildern selbst, sondern in der Art liegen, wie die Bilder geschaltet sind, um ihre Empfänger zu erreichen. Das Entsetzen liegt in der «Kommunikationsstruktur» oder – um es einfacher zu sagen – in den materiellen und/oder immateriellen Kabeln.

Könnte man die Kabel umschalten, dann wäre das Entsetzen behoben. Es würde sich dabei aber herausstellen, daß sich dadurch auch die Bilder verändern.

Vereinfachend läßt sich die gegenwärtig vorherrschende Schaltungsart so beschreiben: Die Bilder werden von einem «Sender» hergestellt und von dort an «Empfänger» bündelförmig mittels Kabeln verteilt, welche nur in einer Richtung – zum Empfänger – übermitteln. Das hat zur Folge, daß die Empfänger «verantwortungslos» sind, weil die Kabel deren etwaige Antworten nicht übermitteln. Daß die Empfänger zugleich alle die gleiche Botschaft empfangen und daher die gleichen Ansichten haben. Daß sie einander nicht erblicken, weil die Kabel keine Querschaltungen gestatten. Und daß die Bilder als Realitäten empfangen werden, weil die Schaltung keine Kritik an den Bildern zuläßt. Würde man die Bilder umschalten, nämlich in eine Vernetzung von reversiblen Kabeln, dann wäre das Entsetzen behoben. Jeder Empfänger wäre verantwortlich, weil er zugleich auch Sender und von daher an der Herstellung der Bilder aktiv beteiligt wäre. In jeden Vernetzungsknoten würden die Bilder prozessiert werden, und daher hätte jeder Empfänger eine andere Ansicht als alle übrigen mit ihm Vernetzten. Alle Beteiligten wären miteinander in ständiger dialogischer Verbindung. Und der Wirklichkeitsgehalt der Bilder wäre dank dieses Dialogs einer ständigen Kritik unterworfen. Das Umschalten der Bündel in Netze und das Reversibilisieren der Kabel heißen «telematische Informationsgesellschaft».

Dazu ist zuerst zu sagen, daß die eben geschilderte entsetzliche Schaltungsmethode nicht nur bewegte tönende Bilder, sondern auch anders verschlüsselte Informationen schalten kann. Die verbündelte Schaltung beginnt mit dem Buchdruck, besonders bei Zeitungen und Zeitschriften, und sie kennzeichnet ebenso die Verbreitung von «stillen» Fotos wie von Radiotönen. Zweitens ist dazu zu sagen, daß die Vernetzung von reversiblen Kabeln keine Utopie ist, sondern spätestens seit der Einrichtung des Postverkehrs tatsächlich funktioniert. Sie hat im Telefon- und Telegrafennetz ihre technische Reife erreicht. Doch erst im reversiblen Vernetzen von Computerterminals und Plottern fügt sie bewegte tönende Bilder hinzu. Dennoch: Obwohl die verbündelnde Schaltungsmethode jahrhundertealt ist und obwohl die Umschaltung ins Netz schon längst vonstatten geht, ist erst gegenwärtig der volle Einfluß ersichtlich, nämlich das Umschalten von bewegten tönenden Bildern aus Filmen und Fernsehen in vernetzte synthetische Computerbilder.

Wir können den gewaltigen Umbruch, der auf dieses Umschalten folgen wird, bereits jetzt an den vorwiegend jungen Menschen beobachten, die vor den Terminals hocken, und an den Bildern, die sie dabei dialogisch erzeugen. Diese am Horizont der Jahrtausendwende auftauchende neue Generation von Bildermachern und Bilderverbrauchern hat – auf ihrer Flucht nach vorne aus der Bilderflut – das Entsetzen der Verantwortungslosigkeit, Vermassung, Verblödung und Entfremdung tatsächlich überwunden. Sie ist dabei, eine neue Gesellschaftsstruktur und damit auch Realitätsstruktur zu schaffen. Und die neuen, synthetischen Bilder, in denen abstraktes Denken ansichtig und hörbar wird und die im Verlauf des neuen kreativen Dialogs hergestellt werden, sind nicht nur ästhetisch, sondern auch ontologisch und epistemologisch weder mit guten alten noch mit den gegenwärtig uns umspülenden Bildern vergleichbar.

Stille Bilder

Aber nicht nur diese Flucht nach vorne ins neue Jahrtausend aus der entsetzlichen gegenwärtigen Bilderflut steht uns offen, nachdem uns die Apparate den Weg zu den Bildern der Vergangenheit unmöglich gemacht haben. Es gibt noch einen anderen Ausweg, nämlich das Herstellen von «stillen» Bildern, welche hinterlistigerweise die bilderspeiended Apparate überlisten sollen. Um diesen scheinbar simplen, tatsächlich aber äußerst komplexen Umweg aus der Bilderflut in die kontemplative Stille verstehen zu können, müssen zuerst der Begriff «Apparat» und dann der Begriff «List» bedacht sein. Apparate sind technische Vorrichtungen, und Technik ist Anwendung wissenschaftlicher Erkenntnisse auf Phänomene. Wissenschaftliche Erkenntnisse sind solche, welche dank eines methodisch durchgeführten Abstandnehmens von den Phänomenen gewonnen werden. Daher sind Apparate Vorrichtungen, in welchen der wissenschaftliche Abstand von den Phänomenen technisch umgedreht wird. Anders gesagt, es sind Vorrichtungen, in welchen aus Abstraktem ins Konkrete gedreht wird – zum Beispiel aus mathematischen Gleichungen in Bilder, wie im Fall von Fotoapparaten. Gleichungen der Optik, der Chemie, der Mechanik und ähnliche werden mittels Fotoapparaten als Bilder sichtbar; oder die Phänomene, aus welchen die Gleichungen abstrahiert wurden, erscheinen konkret auf Fotos.

Aus dieser (viel zu verkürzten) Schilderung wird ersichtlich, daß apparatische technische Bilder wie Fotos (und alle auf sie folgenden) im Vergleich zu alten Bildern umgekehrt eingestellt sind. Die alten sind subjektive Abstraktionen von Phänomenen, die technischen sind Konkretionen von objektiven Abstraktionen. Aus dieser Umkehrung sind die meisten Mißverständnisse beim Empfang der technischen Bilder zu erklären. Vor allem jenes, das in den technischen Bildern «objektive Bilder der Umwelt» zu sehen glaubt. Fotos, Filme, Videos und überhaupt alle technischen Bilder werden von Apparaten hergestellt, welche objektive Erkenntnis programmgemäß kodifizieren. Nur wer diesen Code kennt, kann solche Bilder tatsächlich entziffern. Da dies wissenschaftliche Kenntnisse voraussetzt, ist der «normale» Empfänger ein Analphabet in bezug auf diese Bilder. Der Fernsehzuschauer weiß beinahe nichts von den Regeln der Elektromechanik, Optik und Akustik, auf welchen der Apparat beruht, und entziffert die Bilder daher nicht, sondern hält sie eben für objektiv richtig.

Diesem allgemeinen Bilderanalphabetismus zum Trotz (oder gerade auf Grund dieses Analphabetismus) wird die apparatische Sichtweise zwingend. Wir schauen alle, als ob wir ständig durch eine Kamera blicken würden. Zwar ist inzwischen die Objektivität der wissenschaftlichen Erkenntnis, so wie sie sich in den Apparaten konkretisiert, von verschiedenen Seiten her in Frage gestellt worden, aber diese Fragen dringen nicht bis zum Empfänger von Bildern und Tönen vor. Es läßt sich daher sagen, daß das Entsetzliche der Bilderflut, von dem die Rede war, unterlaufen werden könnte, wenn es gelingen sollte, die die Bilderflut speienden Apparate zu überlisten.

Dem Begriff «List» ist auf dem Umweg über das Lateinische und Griechische am besten beizukommen. Es gibt das lateinische *ars*, das auch etwa «Gelenkigkeit» meint, wobei zum Beispiel an das Handgelenk zu denken ist. Ein mit dem Substantiv *ars* verwandtes Verb ist «artikulieren», «deutlich aussprechen», aber auch übertragen «die Hand drehen und wenden». Vor allem übersetzt man *ars* als «Kunst», aber man sollte dabei die Bedeutung «Wendigkeit» nicht vergessen. Das griechische Äquivalent zu *ars* ist *techné*. Und *techné* läßt sich auf *mechané*, im Sinn von Wendigkeit im Bearbeiten beziehen. Also auch *mechané techné*. Der Ursprung von *mechané* ist das uralte *magh*, das wir im deutschen «Macht» und «mögen» wiedererkennen. Der ganze Kontext wird deutlich, wenn von Odysseus, dem Planer des Trojanischen Pferdes, gesagt wird, er sei *polyméchanos*, was ihn als Erfinder bezeichnet und mit «der Listenreiche» übersetzt wird.

Apparate sind listige Vorrichtungen. Es sind Maschinen, sie funktionieren mechanisch, es sind Machinationen, kurz, sie sind technisch. Um es deutsch zu sagen: Apparate sind künstlich. Und gerade weil sie listig, mechanisch, technisch, also künstlich sind, können sie dank akrobatischer Artistik, dank purzelbaumschlagender Kunst über-listet werden. Daran sind jene engagiert, die gegenwärtig «stille» Bilder herstellen, auch wenn sie sich selbst dessen nicht immer bewußt sein sollten. Jedes gegenwärtig erzeugte «stille» Bild – mit welcher Methode und mit welcher Absicht auch immer hergestellt – ist ein Versuch, Apparate zu überlisten. Solch ein Bild weigert sich, bündelförmig verteilt zu werden, weil es sich strukturell gegen den Apparat stemmt. Die Akrobaten, die diese Bilder inmitten der Bilderflut herstellen und standhaft daraus heraushalten, verdienen den Namen «Künstler» im eigentlichen Sinn, nämlich «listige Umdreher und Wender» der die entsetzliche Bilderflut ausspeienden Apparate.

Strategien und Fotografie

Der weitaus größte Teil aller Fotos (und es sind ihrer unüberblickbar viele) bezeugt die im Fotoapparat vorprogrammierte Absicht. Es geht um Bilder, die listigerweise – technisch – hergestellt wurden, um den Anschein von Objektivität im Empfänger auszulösen. Derartige Fotos hätten eigentlich auch ohne Intervention eines Fotografen hergestellt werden können, dank Selbstauslöser, denn ihre eigentlichen Hersteller sind der Techniker, der die Kamera entworfen hat, und die Industrie, die den Techniker angestellt hat. Das wird bei sogenannten Amateurfotos deutlich. Der Knipser hat nichts anderes getan als der Selbstauslöser: Befolgung der immer einfacher und verbraucherfreundlicher werdenden Gebrauchsanweisung. Aber auch die weitaus größte Zahl der sogenannten «künstlerischen» Fotos gehört zu dieser Bildart. Der künstlerische Fotograf versucht, aus dem Kameraprogramm etwas herauszuholen, das bisher noch nicht herausgeholt wurde: Er versucht, «originelle» Bilder zu machen. Aber auch der Selbstauslöser wird dies tun, wenn man ihm genügend Zeit läßt. Und er knipst ja weit schneller als künstlerische Fotografen.

Es gibt jedoch eine ganz kleine Zahl von Fotos, auf denen die genau umgekehrte Absicht zu sehen ist. Es geht dabei um den Versuch, das listige Kameraprogramm zu überlisten und den Apparat zu zwingen, etwas zu tun, wofür er nicht gebaut ist. Die Absicht der Hersteller solcher Fotos ist, Bilder zu schaffen, die quer zur Bilderflut stehen, Bilder, die die Apparate zwingen, gegen ihren eigenen apparatischen Fortschritt zu funktionieren. Das Ausstellen und das Betrachten solcher Bilder errichtet eine Insel im Bilderozean, auf welche man nicht nur flüchtet, sondern von wo aus man versuchen kann, die entglittenen Zügel der Apparate wieder in den Griff zu bekommen. Hier stellt sich die Frage, warum gerade Fotos und nicht auch andere technische Bilder – etwa Videos oder Hologramme – auf diese Weise überlistet werden sollten. Das scheint auf den ersten Blick eine falsch gestellte Frage zu sein, denn gibt es nicht allerorts Ausstellungen von technischen Bildern, welche eben dieses Überlisten der Apparate versuchen? Aber näher betrachtet, ist die Frage dennoch richtig. Alle bilderzeugenden Apparate außer der Fotokamera sind noch nicht gänzlich ausgewertet worden und bergen in sich noch Überraschungen für ihre Benutzer. Das gilt auch für die Filmkamera: Man kann noch experimentell filmen. Und alle die oben erwähnten Ausstellungen sind solchen Experimenten und Apparaten gewidmet. Aber die Fotokamera ist als völlig durchschaut, ja, als redundant anzusehen, und viele Fotografen sprechen vom heranbrechenden Ende des Fotografierens. Wenn jemand gegenwärtig «experimentelle» Fotos macht, so deshalb, weil er nicht begriffen hat, daß die «durchschaute Kamera» nichts mehr hergibt, womit zu experimentieren wäre. Es gilt vielmehr, einen bereits völlig automatisierbaren und daher träge weiterlaufenden und weiterhin Millionen von Bildern speienden Apparat zu überlisten.

Aber es gibt noch eine andere Erklärung dafür, warum gerade Fotos für ein Überlisten der Technik gut sind. Fotokameras sind, wie alle ihre Nachkommen, bildermachende Apparate, und Fotos sind auf ähnliche Methoden vervielfältigbare und verbreitbare Bilder wie alle technischen Bilder. Aber Fotos sind still und haften an einer Oberfläche, während alle übrigen technischen Bilder sich entweder bewegen oder tönen oder beides, oder sogar in die dritte Dimension ausbrechen und Volumina werden. Daher sehen Fotos auf den ersten Blick so aus, als seien es «alte» Bilder, und tatsächlich gibt es vor-apparatische Bilder (zum Beispiel Lithographien), die eine Brücke zwischen den «alten» Bildern und den Fotos bilden. Wenn man daher die Fotokamera überlistet, zwingt man sie seltsamerweise, gegen das in ihr enthaltene Programm so etwas wie ein altes Bild zu erzeugen. Die Hersteller derartiger Fotos versuchen gleichsam, einen Apparat dazu zu zwingen, zurück nach Lascaux zu gelangen.

Transapparatische Bilder

Die Versuchung ist groß, diese Sichtweise auch auf jene Bilder auszudehnen, die gegenwärtig apparatlos, mit einer seit Lascaux im Grunde wenig veränderten Methode hergestellt werden. Aus der hier eingenommenen Perspektive, die die

gegenwärtige Bilderszene vor allem als eine von Apparaten erzeugte Springflut begreift, erscheinen derartige Bilder als Ausbruchsversuche, die in die gleiche Richtung wie die Fotoarbeiten zu weisen scheinen. Man soll dieser Deutung jedoch zu widerstehen versuchen. Nicht deshalb, weil die offizielle Kritik vorgibt, die Geschichte der Bilder sei seit Lascaux (oder doch zumindest seit Beginn unserer Zivilisation) trotz der Erfindung der Apparate keineswegs zu Ende. Für diese Kritik mögen die Apparate auf das Bildermachen zwar einen Einfluß gehabt haben, aber prinzipiell schreibt sie für das 19. und 20. Jahrhundert eine Geschichte der bildenden Künste fort, wie sie sie für das 17. und 18. Jahrhundert entwarf. Tendenzen und Stile werden darin unterschieden, und gegenwärtige Gemälde werden mit ähnlichen ästhetischen Kriterien beurteilt wie etwa barocke. Diese Kritik muß, wenn sie konsistent sein will, den technischen Bildern den Status «Bild» eigentlich absprechen oder zumindest behaupten, daß sie keine «Kunst» seien. Sie muß erklären, daß seit der Erfindung der Apparate die «eigentlichen» Bilder immer mehr aus dem Alltag verdrängt, immer elitärer werden und daß es für die Gesellschaft immer schwieriger wird, sie zu entziffern. Man muß sich jedoch nicht auf die offizielle Kritik beziehen, um in den apparatlos hergestellten Bildern keinen Ausbruch, und zwar «nach hinten», in etwas «Reaktionäres» zu sehen.
Denn es ist ja deutlich, daß die gegenwärtig apparatlos hergestellten Bilder eben doch nicht so sind wie die alten. Es geht bei ihnen nicht um die Fortschreibung der Geschichte. Sie sind im Bewußtsein hergestellt worden, daß die technischen Bilder einen Großteil dessen übernommen haben, was die alten Bilder früher zu leisten hatten. Die Hersteller der apparatlosen Bilder suchen nach Lücken, welche die Apparate bisher freigelassen haben. Sie suchen danach, was die Apparate zu machen nicht fähig sind. Es ist daher irreführend (und für die Bildermacher beleidigend), diese Bilder als ein weiteres Glied einer Tausende von Jahren währenden Bilderkette zu betrachten. Diese Kette ist mit der Erfindung der Fotokamera abgebrochen worden, auch wenn sich nicht alle Maler des 19. und 20. Jahrhunderts darüber Rechenschaft abgelegt

und so weitergemalt haben, als seien Foto und Film nicht erfunden worden. Gegenwärtig wird jedoch deutlich, daß sich die Hersteller apparatloser Bilder der ihnen gestellten Aufgabe durchaus bewußt sind.

Die Erfinder der bilderzeugenden Apparate hatten die Absicht, die Imagination vom Menschen auf Maschinen abzuwälzen, und sie verfolgten dabei zwei Ziele: Erstens wollten sie eine wirksame Imagination erreichen, und zweitens wollten sie den Menschen zu einer anderen und neuen Einbildungskraft hinführen. Beide Ziele sind nicht nur erreicht, sondern übertroffen. Die in den technischen Bildern wirkende Imagination ist so gewaltig, daß wir die Bilder nicht nur für die Realität nehmen, sondern auch in ihrer Funktion leben. Und die neue Einbildungskraft, nämlich die Fähigkeit, abstrakteste Begriffe wie Algorithmen mittels Apparaten ins Bild zu setzen, beginnt uns gegenwärtig zu erlauben, Erkenntnisse als Bilder zu sehen, also ästhetisch zu erleben. Dennoch sind nicht alle menschlichen Imaginationskapazitäten durch Apparate ersetzbar. Was unersetzbar ist, sollen die gegenwärtig hergestellten apparatlosen Bilder zeigen.

Das ist eine gewaltige Aufgabe, die solchen Bildern zukommt. Es geht nicht darum, Lückenbüßer zu sein und Apparate zu ersetzen. Es geht im Gegenteil darum zu zeigen, was an der menschlichen Imagination einzigartig ist, unersetzlich und nicht simulierbar. Es gibt nur wenige Menschen, die gegenwärtig ernsthaft versuchen, die Grenzen des Apparatischen aufzuzeigen, denn um dies zu erreichen, muß man vorher das apparatisch Mögliche vollauf anerkannt haben. (Die meisten Menschen begnügen sich damit zu behaupten, ihre Taten könnten von Apparaten nicht ebensogut ausgeführt werden, während sich zeigen ließe, daß oft genau das Gegenteil der Fall ist.) Zu den wenigen Menschen, die bemüht sind, die apparatischen Kompetenzen völlig auszubeuten, um dann darüber hinauszuschreiten, gehören die apparatlosen Bildermacher. Nach solchen Kriterien, und nicht nach jenen der offiziellen Kunstkritik, sind derartige Bilder zu beurteilen, falls man ihnen im Kontext der Bilderflut Gerechtigkeit zukommen lassen will: Es sind transapparatische Bilder.

Man kann sagen, daß diese Bilder – ebenso wie Fotoarbeiten – hergestellt werden, um die Apparate zu überlisten. Doch es sind zwei verschiedene Strategien, zwei entgegengesetzte Listen. Fotoarbeiten werden gemacht, um Apparate zu zwingen, etwas zu leisten, wofür sie nicht programmiert sind. Und apparatlose Bilder, um die Grenzen des Apparatischen aufzuzeigen und darüber hinauszugehen. Beide Bilderarten sind still: Es ist die Stille vor und nach dem Sturm.

(1991)

Bilder in den Neuen Medien

Ein Bild ist unter anderem Botschaft: Es hat einen Sender und sucht nach einem Empfänger. Diese Suche ist eine Frage des Transportierens. Bilder sind Oberflächen. Wie kann man Oberflächen transportieren? Das hängt von den Körpern ab, auf deren Oberflächen die Bilder aufgetragen wurden. Sind diese Körper Höhlenwände (wie in Lascaux), dann sind sie untransportierbar. In solchen Fällen müssen die Empfänger zu den Bildern hintransportiert werden. Es gibt bequemer transportierbare bildertragende Körper, zum Beispiel Holztafeln und gerahmte Leinwand. In solchen Fällen kann man eine Mischtransportmethode verwenden: man transportiert die Bilder zu einem Sammelplatz – etwa einer Kirche oder einer Ausstellung –, und dann transportiert man die Empfänger dorthin. Allerdings erlauben solche Fälle auch eine andere Methode: Ein Einzelner kann einen derartigen bildtragenden transportierbaren Körper erwerben (kaufen, stehlen, erobern) und so zum exklusiven Empfänger der Botschaft werden. Kürzlich hat man etwas Neues erfunden: körperlose Bilder, «reine» Oberflächen, und alle vorangegangenen Bilder lassen sich in derartige Bilder übersetzen (umkodieren). In diesem Fall müssen die Empfänger nicht mehr transportiert werden: Derartige Bilder können beliebig vervielfältigt und an jeden einzelnen Empfänger, wo immer er sich befinden mag, ausgestrahlt werden. Die Transportfrage ist allerdings etwas komplizierter als hier geschildert: So sind Fotografien und Filme Übergangsphänomene zwischen gerahmten Leinwänden und körperlosen Bildern. Die Tendenz jedoch ist eindeutig: Die Bilder werden immer transportierbarer und die Empfänger immer immobiler.
Diese Tendenz ist für die gegenwärtige Kulturrevolution

überhaupt kennzeichnend: Alle Botschaften (Informationen) können vervielfältigt und an unbewegliche Empfänger ausgestrahlt werden. Es handelt sich dabei in der Tat um eine Kulturrevolution, nicht nur um eine neue Technik. Um dies zu zeigen, sollen drei Bilder-Situationen miteinander verglichen werden: Ein Stierbild in einer Höhle, ein vor einer Malerwerkstatt ausgestelltes Bild und ein Bild auf einem im Schlafzimmer stehenden Fernsehschirm.

Stierjagd ist lebenswichtig. Man soll sie nicht blindlings (wie etwa ein Schakal es tut) betreiben. Man muß sie von außen (aus der Subjektivität) betrachten und sich nach dem Gesehenen orientieren. Dann wird man besser jagen. Aber das Gesehene ist flüchtig: Es muß an einer Felswand festgehalten werden, und zwar so, daß auch andere sich daran orientieren können. Das Stierbild an der Felswand ist eine festgehaltene Erkenntnis, ein festgehaltenes Erlebnis, eine festgehaltene Wertung, und es ist ein Modell für künftiges intersubjektives Erkennen, Erleben und Verhalten, für die künftige Stierjagd. Es ist «Bild» im eigentlichen Sinn dieses Wortes. Ein etwaiger Transport dieses Bildes kommt gar nicht in Frage: Die Empfänger, etwa der Stamm, müssen sich um das Bild versammeln, um angesichts des Bildes die künftige Stierjagd zu üben, zum Beispiel tanzend.
Der Maler hat gelernt, seine Erlebnisse, Erkenntnisse und Werte in farbige Flächen zu kodieren. Dieser Code ist wie auch derjenige des Alphabets oder der musikalischen Töne von Generation zu Generation übermittelt worden: Der Maler schwimmt in einer Geschichte. Er ist in seinem Privatraum darum bemüht, in diesen allgemeinen, intersubjektiven Code das für ihn Spezifische (seine eigenen Erlebnisse usw.) zu fügen. Durch diese «Geräusche» wird der Code bereichert. Das ist sein Beitrag zur Geschichte. Ist nun das hergestellte Bild einigermaßen fertig – ganz perfekt kann es nicht sein, weil sowohl Code als auch Material sich gegen Perfektion wehren –, muß es aus dem Privaten ins Öffentliche transportiert werden, um in die Geschichte dringen zu können. Der Malermeister stellt sein Bild vor seinem Haus auf dem

Marktplatz aus, damit die Vorübergehenden es kritisieren, das heißt den Wert des Bildes im doppelten Sinn feststellen können: einmal im Sinn seiner Verwendbarkeit für künftige Geschichte (Tauschwert), zum anderen im Sinn seines Perfektionsgrades (Eigenwert). Der Maler malt Bilder, weil er an der Geschichte engagiert ist, nämlich daran, Privates zu publizieren. Dafür und davon lebt er.

Um eine komplexe Gesellschaft, wie es die nachindustrielle ist, verwalten zu können, muß man ihr Verhalten voraussehen können. Die geeignete Methode ist, ihr Verhaltensmodelle vorzuschreiben. Bilder sind, wie in der Höhlensituation erkennbar, gute Verhaltensmodelle. Sie haben den zusätzlichen Vorteil, daß sie auch als Erlebnis- und Erkenntnismodelle funktionieren. Also stellt die Verwaltung Spezialisten an, um derartige Bilder herzustellen. Diesen Spezialisten stellt man andere Spezialisten zur Seite, welche die Bilder in die Gesellschaft transportieren oder den Wirkungsgrad der Bilder messen. Diese Spezialisten sind nicht die eigentlichen Sender, sondern die Funktionäre der Sendung.

Der paläolithische Jäger kriecht in die schwer zugängliche, dunkle und geheimnisvolle Höhle, um aus der offenen Tundra «zu sich zu kommen». Er sucht und findet dort Bilder, die ihm erlauben, sich in der Tundra nicht zu verlieren. Er kann sich dort im Geheimen, und gemeinsam mit den anderen, an den Bildern orientieren. Die Welt gewinnt für ihn so einen Sinn; erst die Bilder, wie sie dort an der Felswand im Fackellicht flimmern, machen aus ihm einen Jäger, sie sind eine Offenbarung seiner selbst und der Welt, sie sind «heilig».

Der Stadtbürger verläßt sein Privathaus und geht auf den Marktplatz – oder überhaupt in einen öffentlichen Raum wie die Kirche –, um an der Geschichte teilzunehmen. Er sucht Publikationen, darunter auch Bilder. Jede Publikation verlangt nach seiner Kritik, das heißt nach Integration in die in ihm gespeicherten, historischen Informationen. Je schwieriger diese Integration ist, je «origineller» die Publikation ist, desto interessanter ist sie auch. Und je weniger «originell» sie ist, desto bequemer kann ihre Integration vonstatten gehen. Das ist das Kriterium jeder Informationskritik, auch der-

jenigen von Bildern. Will sich der Stadtbürger bereichern, dann kauft er ein originelles Bild und trägt es nach Hause, um es dort verarbeiten zu können. Die in ihm gespeicherten Informationen – das heißt er selbst – werden dadurch verändert. Will er jedoch das Opfer des Kaufs vermeiden, kann er sich mit dem Erhaschen der Bildinformation im Vorübergehen begnügen. Das ist das Risiko des Malers, denn er lebt ja von den Opfern.
Der nachindustrielle Funktionär (Mann oder Frau) und die Kinder des Funktionärs lassen sich von Bildschirmbildern berieseln. Da die sogenannte «Freizeit» – die scheinbar funktionslose Zeit – immer größer wird, nimmt diese Berieselung immer größere Dimensionen an und erweist sich als funktionell wirksam. Der scheinbar nicht funktionierende Funktionär – zum Beispiel der auf einem bequemen Stuhl ausgestreckte, in ein Objekt verwandelte Angestellte – wird von den Bildern dazu programmiert, als Produzent und Konsument von Dingen und Ansichten auf spezifische Art zu funktionieren. Dabei sind die Bilder so programmiert, daß sie jede Kritik des Empfängers auf ein Minimum reduzieren. Um dies zu erreichen, gibt es verschiedene Methoden, zum Beispiel eine Bildinflation, welche jede Auswahl verunmöglicht, oder eine Beschleunigung der Bilderfolge. Es ist für den Empfänger nicht tunlich, die Berieselung durch Abstellung des Apparats zu unterbrechen, um vom Objekt zum Subjekt zu werden. Denn damit würde er seine Funktion aufgeben und aus der Gesellschaft ausscheiden.

Bei näherer Betrachtung der miteinander verglichenen Situationen bedauert man, daß in allen dreien von «Bild» gesprochen wurde, denn das Wort hat in jeder Situation eine völlig andere Bedeutung. In der ersten bedeutet es eine durch das Zurücktreten aus der Lebenswelt gewonnene Offenbarung. In der zweiten einen privaten Beitrag zur öffentlichen Geschichte, welcher verlangt, von anderen verarbeitet zu werden. In der dritten eine Methode, das Verhalten von Funktionären der nach-industriellen Gesellschaft zu programmieren. Aber es ist unvermeidlich, in allen drei Fällen von «Bild» zu sprechen, und dies nicht nur, weil die prä-historische und historische Bedeutung von «Bild» in der gegenwärtigen – «nachgeschichtlichen» – mitschwingt. Die auf dem Schirm aufflammenden Bilder bergen in sich Reste der prähistorischen Sakralität und des historischen Engagements, und zwar sowohl im politischen wie im ästhetischen Sinn dieses Wortes. Genau das macht die Beurteilung der gegenwärtigen Lage so schwierig.

Es gibt die Tendenz, den Empfang der Schirmbilder mit jenem der Höhlenbilder zu verwechseln: als stießen uns die neuen Bilder in eine prähistorische, weil unkritische Lage zurück und als seien sie deshalb entpolitisierend. Und es gibt die andere Tendenz, diesen Empfang mit jenem der ausgestellten Bilder zu verwechseln: als seien die neuen Bilder noch immer Sendungen von ästhetisch und politisch Engagierten, nur nicht mehr kaufbare Originale, sondern jetzt allgemein zugängliche Multiplen. Jede dieser beiden Tendenzen führt zu einer anderen Beurteilung der Lage, die erste zu einer pessimistischen, die zweite zu einer optimistischen. Beide sind im Irrtum. Wir müssen die gegenwärtige Lage nach ihren eigenen Charakteristiken zu beurteilen versuchen, wenn wir dabei auch die vorangegangenen Bedeutungen von «Bild» nicht aus dem Auge verlieren sollten. Dann kommen wir vielleicht zu folgendem Urteil:

So wie die Bilder gegenwärtig transportiert werden, müssen sie die eben geschilderte Funktion von Verhaltensprogrammen erfüllen: Sie müssen ihre Empfänger in Objekte verwandeln, und das ist auch die Absicht hinter diesem Transportieren. Aber die gegenwärtige Transportmethode entspricht nicht notwendigerweise der Technik der neuen Medien, sondern eben nur der Absicht hinter ihr. Die Medien können ebensogut – oder vielleicht sogar noch wirksamer – anders geschaltet werden: nicht wie Bündel, welche einen Sender mit zahllosen Empfängern verbinden, sondern als Netze, welche die einzelnen durch reversible Kabel miteinander verbinden – also nicht nach der Art des Fernsehens, sondern des Telefonnetzes. Bilder müssen nicht aufgrund irgendeiner technischen Notwendigkeit ausgestrahlt werden, sie können ebensogut hin- und hergeschickt werden. Die gegenwärtige Bilder-Situation ist daher nur als eine technische Möglichkeit unter anderen anzusehen.

Die Absicht hinter dem Bildertransport, wie er gegenwärtig geschieht, ist zwar machtvoll, aber nicht unüberwindbar. Überall zeigen sich Ansätze zu einer Umschaltung des Bildertransports, vor allem auf dem Gebiet der Computerbilder. Dort können wir beobachten, wie Bilder von einem Sender an einen Empfänger ausgesandt werden, um von diesem verarbeitet und zurückgesandt zu werden. Diese Ansätze zu einer Umschaltung zeigen, wie es technisch möglich ist, die Absicht hinter der gegenwärtigen Schaltung zu überspielen. Diese Ansätze zeigen, daß es möglich ist, die politische, wirtschaftliche und soziale «Macht» technisch außer Kraft zu setzen.

Sollte diese Umschaltung gelingen, würde der Begriff «Bild» eine vierte, neue Bedeutung gewinnen. Es handelte sich dann um eine körperlose Oberfläche, auf welcher durch die Zusammenarbeit vieler Beteiligten Bedeutungen entworfen werden könnten. Damit wären aber auch die vorangegangenen Bedeutungen von «Bild» auf einer neuen Ebene «aufgehoben». Das Bild bliebe, wie gegenwärtig, allgemein zugänglich, es bliebe ein bequem transportierbares Multipel. Es hätte sein politisches, erkenntnistheoretisches und ästhetisches Potential wiedergewonnen, wie zu jener Zeit, in der Maler seine Hersteller waren. Und vielleicht würde es sogar etwas von seinem ursprünglichen sakralen Charakter wiedergewinnen. Das alles ist technisch gegenwärtig möglich.

Das Gesagte ist nicht nur für Bilder, sondern für die künftige Existenz überhaupt von Bedeutung. So wie sie gegenwärtig geschaltet sind, machen die neuen Medien Bilder zu Verhaltensmodellen und Menschen zu Objekten, aber sie können anders geschaltet werden und damit Bilder in Bedeutungsträger und Menschen zu gemeinsamen Entwerfern von Bedeutung verwandeln.

(1989)

Filmerzeugung und Filmverbrauch

Die beiden folgenden quasi-phänomenologischen Beschreibungen haben vor, den hier vorgeschlagenen Begriff der «Techno-Imagination» in den Griff zu bekommen. «Techno-Imagination» soll die Fähigkeit genannt werden, durch Apparate erzeugte Bilder («Technobilder») zu verschlüsseln und zu entziffern. Diesem Aufsatz liegt die Hypothese zugrunde, daß sich diese Fähigkeit von der traditionellen Imagination radikal unterscheidet. Das «Lesen» und «Schreiben» von Technobildern (Fotografien, Filmen, Fernsehprogrammen usw.) stellt ganz andere Forderungen als das von klassischen Bildern (Höhlenmalereien, Mosaiken, Glasfenstern usw.).

Gegenwärtig sind es Technobilder und nicht mehr, wie noch vor kurzer Zeit, Texte, welche in der uns umgebenden kodifizierten Welt die meisten Botschaften tragen. Nimmt man eine solche Diagnose für den Augenblick an, dann wird die Fähigkeit, Technobilder zu erzeugen und zu verbrauchen, die «Techno-Imagination», für das Leben, ja das Überleben geradezu unerläßlich. Alles scheint aber dafür zu sprechen, daß es mit unserer Techno-Imagination nicht gut steht; daß wir nicht fähig sind, die unsere Welt betreffenden Botschaften «richtig» zu senden und zu empfangen; daß wir für die Gegenwart nicht «richtig vorprogrammiert» sind: vergleichbar nicht nur Analphabeten in einer von Texten beherrschten kodifizierten Welt, sondern auch Schriftstellern, welche weder Grammatik noch Orthographie beherrschen.

Eine der möglichen «Erklärungen» unserer Krise ist, daß wir uns in der Welt, in die wir geworfen wurden, aufgrund unseres Mangels an Techno-Imagination nicht orientieren können. Nimmt man aber an, daß jedem Codetyp ein besonderes Existenzklima entspricht – etwa den traditionellen Bildern das magische und den Texten das historische Dasein –, so läßt sich sagen, daß wir im allgemeinen unfähig sind, die von Technobildern geforderte Daseinsebene einzunehmen, also etwa das historische Bewußtseinsniveau zu überschreiten. In einer weitgehend nach-historisch kodifizierten Welt, in einer Welt von Technobildern, sind wir vom Elternhaus, von der Schule, von der hergebrachten Kultur überhaupt, für ein geschichtliches Dasein vorprogrammiert, und unsere Erlebnis-, Denk- und Wertkategorien stimmen daher nicht mehr.

I. *Filmerzeugung*

Spricht man vom Filmen, kommt man nicht umhin, es mit seinem «Vater», dem Fotografieren, zu vergleichen. Bei einem solchen Vergleich springt eine Reihe von Unterschieden ins Auge. Zum Beispiel sind die fotografischen Bilder unbewegt und stumm, und die filmischen scheinen sich zu bewegen, und sie tönen. Solche und ähnliche Unterschiede gehen aber am Wesentlichen (am «Eidos») des Filmens vorbei, und es gilt doch, dieses Wesentliche zu fassen. Filmen ist ein Behandeln von Ereignissen und Fotografieren ein Behandeln von Szenen. Stimmt diese Behauptung, stimmt es, daß das «Bedeutungsuniversum» des Filmens ein Kontext von Prozessen ist und das «Bedeutungsuniversum» des Fotografierens ein Kontext von Sachlagen, müssen sich alle übrigen Unterschiede auf diesen Kern zurückführen lassen. Wenn die Bedeutung des Filmens eine ganz andere ist als die des Fotografierens, wenn das Filmen eine «wellenartige» und das Fotografieren eine «sandkornartige» Welt bedeutet, dann ist das Vergleichen zwischen beiden ein Übersetzen aus einer Welt in eine andere – ein Problem, das uns zum Beispiel von der Optik her bekannt ist. Ein derartiges Vergleichenmüssen zwischen strukturell unvergleichlichen Welten ist übrigens für unsere Situation insgesamt charakteristisch.

Bei der Betrachtung des Fotografierens muß man sich auf die Bewegungen des mit einem Apparat versehenen Fotografen – oder des mit einem Fotografen versehenen Apparates – konzentrieren. Es sind Bewegungen, welche als ein hüpfendes Suchen nach Standpunkten einer Szene gegenüber gedeutet werden können. Dabei ist dieses Suchen komplex bedingt, und zwar von der Szene selbst, von der Konstruktion des Apparates und von der Absicht des Fotografen. Versteht man unter «Ideologie» das Beharren auf einem spezifischen Standpunkt, dann ist das Fotografieren eine nach-ideologische Bewegung. Denn beim Fotografieren erscheint nicht nur jede Szene als von einem Schwarm ebenbürtiger Standpunkte umgeben, sondern es stellt sich dabei auch heraus, daß sich die Szene desto besser enthüllt, je zahlreicher die Standpunkte sind, die ihr gegenüber eingenommen werden. Trotzdem handelt es sich bei einer solchen Überholung der Ideologien nicht um Wertfreiheit: Der Fotograf besitzt Kriterien, die ihm erlauben, unter den möglichen Standpunkten zu wählen.

Beim Vergleich des Fotografen mit dem Kameramann stellt man fest, daß sich das hüpfende in ein gleitendes Suchen verwandelt. Beim Filmen wird das fotografische Quanteln zum Fließen: es werden Bewegungen wie *travelling, scanning, close-up* usw. möglich. Entschließt man sich, das Suchen nach Standpunkten «Zweifel» zu nennen, dann läßt sich sagen, daß der filmische im Vergleich zum fotografischen Zweifel weniger «cartesisch» ist, weniger methodisch: eher zögernd, zum Beispiel beim *zooming*. Der Kameramann springt nicht von einem Schluß in den anderen, sondern er läßt seine Entschlüsse unentschlossen verschwimmen.

Am Wesentlichen des Filmens geht der Vergleich des Kameramanns mit dem Fotografen jedoch vorbei. Denn der Fotograf und sein Apparat erzeugen die Fotografie, während der Kameramann mit seiner Kamera nur das Rohmaterial für die spätere Erzeugung des Films liefert. Zwar kann das Filmband, dieser Streifen von linear aneinandergereihten Fotografien und Tonspuren, als geronnener zögernder Zweifel angesehen werden, und in diesem Sinn als Überholung der Ideologien in eine andere als die fotografische Richtung: An ihm ist eine andere als die fotografische Techno-Imagination zu erkennen. Aber der eigentliche Erzeuger des Films, der Mann mit der Schere und dem Klebstoff, der über dem Filmstreifen steht, um ihn zu behandeln, muß über eine noch ganz anders geartete Techno-Imagination verfügen, will er seiner Aufgabe nachkommen.

Die unter Filmkritikern geläufige Diskussion über die Anzahl der filmischen Dimensionen (sind es die zwei der Leinwand, die drei des Schalles, ist es die lineare Zeit des Filmabrollens, die Fächerzeit der gemeinten Filmgeschichte usw.) hat für den «Filmproduzenten» keine primäre Bedeutung. Vom Standpunkt des Cutters aus ist der Film zweidimensional, denn er ist ein aus Technobildern bestehender Streifen. Ein Halsband-ähnliches Kettengefüge, dessen Glieder gleich Perlen gezählt, nachgezählt, kalkuliert werden können. Doch ist der Filmstreifen nicht einfach einem Abakus vergleichbar: Seine Perlen, die Technobilder, sind nicht nur zählbar, sie können auch, dank Schere und Klebstoff, umgeordnet werden. Zwar ist also der Filmstreifen ein linearer Code – wie etwa das Alphabet oder die arabischen Zahlen –, aber er ist für den «Filmproduzenten» auch kein Text, der «gelesen» – das heißt: körnergleich aufgelesen – sein will, sondern er ist ein Prätext für das Erzeugen von Filmen.

Der «Filmproduzent» befindet sich dem Streifen gegenüber an einem Ort, der die Linearität – die Schrift, den linearen Kalkül, die lineare Logik, kurz: die historische Zeit – transzendiert; denn die Linearität ist, von diesem Ort aus gesehen, das Rohmaterial, das es von «außen» zu behandeln gilt. Der Cutter-Produzent handelt nicht, wie der Held, innerhalb der Geschichte (der Zeile), um sie zu verändern, sondern Geschichte ist für ihn ein Prätext, um daraus von außen her eine Botschaft zu machen. In manchen Aspekten ist sein Standort mit dem des jüdisch-christlichen Gottes vergleichbar. Gleich jenem sieht er den Anfang und das Ende der Geschichte (des Filmstreifens) gleichzeitig vor sich und kann Wunder tun, nämlich von außen eingreifen. Doch überschreitet seine Macht die Allmacht jenes Gottes bei weitem. Er kann Ereignisse wiederholen, sie rückwärts ablaufen lassen, Phasen überspringen wie das Pferd im Schachspiel, vom Vergangenen ins Zukünftige und vom Zukünftigen in Vergangenes springen, den Zeitablauf beschleunigen und hemmen, Anfang und Ende der linearen Zeit zusammenkleben und so aus der Geschichte einen Zyklus machen, kurz mit der Linearität spielen. Anders als der jüdisch-christliche Gott, aber auch anders als der unbewegte Beweger des Aristoteles, ist der «Filmproduzent» ein Komponist der Geschichte, dessen Ziel es ist, aus der linearen Zeit des Filmstreifens eine andere zu komponieren, und zwar eine Zeit, welche als Geschichte auf Leinwände projiziert wird. Wie der Musikkomponist ist er an einem Spiel engagiert; seine Akkorde sind die aus Szenen zusammengefügten Ereignisse. Seine *Flash-backs*, *Slow-downs*, Zeitlupen usw. sind Spiel mit der Zeitzeile, sind Zeitkreise, Zeitspiralen, Zeitellipsen. Daher ist die von ihm komponierte Zeit mehr als magisch: der Zeitkreis der ewigen Wiederkehr, der Geburt, des Todes und der Wiedergeburt, ist nur eine unter den Zeitformen, die ihm zur Verfügung stehen. Die zyklische Zeit der Magie und die lineare Zeit der Geschichte sind für ihn zwei unter zahlreichen möglichen Zeitstrukturen, und seine Techno-Imagination übersteigt gleichermaßen die Imagination der Magie wie die Begriffsketten des kausalen Denkens.

Beim Erzeugen von Filmen muß man also zwischen zwei Ebenen des Handelns deutlich unterscheiden. Auf der einen befinden sich die Handlungen der Filmschauspieler, der Visagisten, der Regisseure, der Kameraleute, der Beleuchter, kurz all jener, welche dazu beitragen, dem «Filmproduzenten» den Filmstreifen zu liefern. Auf der zweiten Ebene handelt der «Filmproduzent» selbst mit Klebstoff und Schere. Es wäre aber voreilig, die erste Ebene schlicht mit der Ebene des historischen Handelns, mit «Drama» gleichsetzen zu wollen. Erstens spielen die einzelnen Handelnden schwer miteinander vergleichbare historische Rollen: Der Schauspieler steht an einem anderen «historischen» Ort als der Kameramann oder der Visagist. Zweitens aber ist alles Handeln auf dieser Ebene auf jenes andere, «transzendente» Handeln des «Filmproduzenten» ausgerichtet. Diese erste Ebene bildet einen Apparat, innerhalb dessen Funktionäre auf verschiedene Arten beschäftigt sind, dem Filmproduzenten dessen Rohmaterial zu liefern. Mit anderen Worten, nach der Emergenz der zweiten Ebene, derjenigen der filmischen Techno-Imagination, läuft die Geschichte nicht länger so weiter wie vorher.

Für das historische Bewußtsein ist Sein ein Werden. Für die filmische Techno-Imagination ist Werden eine Illusion, welche durch eine spezifische, genau kalkulierbare Projektionsgeschwindigkeit diskreter, reihenförmig geordneter Bilder auf eine Leinwand erweckt wird. Dies bedeutet nun nicht, daß der Filmproduzent etwa die einzelnen Bilder für «wirklicher» hielte als die Bewegungen, die er auf der Leinwand entstehen läßt. Auch die einzelnen Fotografien auf dem Filmstreifen durchblickt er als Trompe-l'œil und behandelt sie dementsprechend. Der ontologische Streit zwischen Parmenides und Heraklit hat auf seiner Handlungsebene alle Bedeutung verloren. Denn ebenso wie die Sandkörner der Szenen als Prozesse auf die Leinwand projiziert werden können, kann der Projektionsapparat die Wellen der Ereignisse auf der Leinwand zur Szene einfrieren lassen. Das Übersteigen dieses ontologischen Streits durch die filmische Praxis reflektiert sich auf der Ebene des einstigen historischen Handelns: Es verliert den Glauben an die «Wirklichkeit» des Werdens (des Fortschritts, der Entwicklung) und damit den Boden unter den Füßen. Denn man kommt nicht um das Wissen herum, daß jede historische Tat, jeder «Heroismus» im Projektionsapparat zu einem stehenden Bild eingefroren werden kann, zu einem «Idol», ebenso wie es möglich ist, alle Idole durch den Projektionsapparat in Bewegung, ins Gleiten zu versetzen.

Und doch ist es falsch, in der filmischen Techno-Imagination eine «formale Transzendenz» und im Filmproduzenten einen «Technokraten», einen Manipulator, erkennen zu wollen. Er behandelt zwar den Filmstreifen (die Geschichte) von außen, aber nicht die Schauspieler, die Kameramänner, die Visagisten. Sie sind ihm keine Marionetten, und der Film ist kein Puppentheater, bei dem er die Fäden ziehen könnte. Sein Standpunkt ist nicht «formal», sondern er engagiert sich an der Geschichte, nur eben anders als der Held, der *drontes*: nämlich von außen. Wie der Held versucht er, die «Welt» zu verändern, nur eben nicht dramatisch, sondern als Spieler.

Auch er besitzt ein Projekt, wie die «Welt» (die zu projizierende Geschichte) sein soll, nur ist dieses Projekt von einem anderen Standpunkt aus als dem des Helden entworfen, wenn es auch für die Handlungen der ersten Ebene, der ehemals historischen, unerläßlich ist. Der «Filmproduzent» ist ebensowenig autonom gegenüber Schauspieler und Kameramann wie diese ihm gegenüber. Sein post-historisches Bewußtsein, seine Techno-Imagination, ist nicht ein Auslöschen, sondern eben ein «Aufheben» des historischen Bewußtseins. Die uns bedrohende Technokratie ist nicht ein Symptom der Techno-Imagination, sondern im Gegenteil ihres Fehlens. Technokraten sind schlechte Filmproduzenten, und die Funktionäre, die «Apparatschiks», sind schlechte Filmschauspieler und Visagisten.

Trotz der Allgegenwart von Filmen (und anderen Technobildern) ist es den meisten von uns (auch den Filmproduzenten und Filmschauspielern) nicht gelungen, das diesen Bildern entsprechende Bewußtseinsniveau zu erreichen. Die meisten unserer Filme sind «schlecht», da aus historischem Bewußtsein geboren. Die Technokratie und der Apparat bedrohen uns, weil wir kaum fähig sind, uns von der Geschichte in die Techno-Imagination zu schwingen.

II. *Filmverbrauch*

Der Kinosaal wird oft, und mit Recht, als eine Höhle, also als Uterus und Grab, als die alles verschlingende Große Mutter verstanden. Und tatsächlich kann Platons Mythus der Höhle als erste Filmkritik aufgefaßt werden. Ohne die sakralen Konnotationen einer solchen Auffassung in Frage stellen zu wollen, ja im Gegenteil, bereitwillig zugebend, daß das Kino innerhalb der gegenwärtigen kodifizierten Welt eine der mittelalterlichen Kirche vergleichbare Stelle einnimmt, muß der hier unternommene Versuch einen anderen Weg zum Phänomen «Kino» einschlagen, will er sein Ziel, den Verbrauch von Filmen, nicht aus den Augen verlieren. Zu diesem Zweck ist es angebrachter, den Kinosaal zunächst als eine der wenigen uns noch verbleibenden Stellen anzusehen, an denen wir uns vor der steigenden Springflut der Technobilder verbergen können: als eine Art Arche Noah.

In der Tat herrscht hier, bevor die Leinwand zu schimmern und die Lautsprecher laut zu sprechen beginnen, Dunkelheit und Stille. Die Tag und Nacht von allen Seiten auf uns einströmenden Bilder und Töne, die scham- und hemmungslosen Verführungen und Winke, die uns allerorts zerstreuen, haben vor dem Kinoeingang halt gemacht, und wir dürfen uns konzentrieren. Das ist der Grund, warum früher das Kino mit dem Theater verwechselt wurde, zum Beispiel «Lichtbildtheater» hieß. Wiewohl das Kino eine ganz andere Kommunikationsstruktur als das Theater hat – es gibt bei ihm keinen «Sender» auf einer Bühne, sondern einen «Überträger» von Botschaften abwesender Sender –, hat es mit dem Theater doch gemeinsam, ein Ort konzentrierter Kontemplation zu sein. Eine derartige konzentrierte Beschaulichkeit heißt griechisch *theoria*, ein Wort, aus dessen Wurzel auch das Wort «Theater» stammt. Der Film ist die für unsere Lage charakteristische Kunstform, weil er uns an einem der wenigen Orte geboten wird, an denen wir der Theorie frönen können. Allerdings herrscht, wie noch zu zeigen sein wird, im Kino die Theorie nur in den Pausen zwischen den Programmen, mit der Absicht, uns desto besser praktisch programmieren zu können.

Übrigens ist der Kinosaal kein Enkel des klassischen Theaters, sondern der Basilika, und dieser Umstand will bedacht sein. Die klassische Basilika, jene kuppelbedeckte Halle, wie sie uns im römischen Pantheon noch heute zugänglich ist, war ursprünglich eine Art Supermarkt, die später zu Tempel und Kirche umfunktioniert wurde. In unserer kodifizierten Welt dient die Basilika beiden, aber jetzt voneinander räumlich getrennten Funktionen: als Supermarkt und als Kino. Der Konsum von Technobildern läßt sich dann richtig erfassen, wenn man die Synchronisation dieser beiden Funktionen der Basilikaform betrachtet. Die Tatsache, daß Supermarkt und Kino in den *Shopping Centers* räumlich zusammenzurücken beginnen, kann diese Betrachtung erleichtern.

Der Supermarkt ist ein kuppelüberdachtes Labyrinth aus Technobildern, das den Zweck hat, seine Verbraucher zu verschlingen, seine Konsumenten zu konsumieren. Er hat weit geöffnete Tore, um die Illusion des freien Zutritts, also eines öffentlichen Raums, zu erwecken. Er gibt sich als «Markt, Marktplatz», also als *agora* einer *polis*. Aber das ist ein Köder. Ein echter Marktplatz ist ein politischer Raum, weil er den Austausch von Dingen und Meinungen, «Dialoge», gestattet. Der Supermarkt schließt Dialoge aus, und sei es nur, weil er von «weißen und schwarzen Geräuschen», von ausgestrahlten Farben und Tönen erfüllt ist. In diesem Sinn ist er ein privater Raum, nämlich ein Raum für Privatmenschen (griechisch: *idiotes*). Aber vor allem handelt es sich bei den offenen Toren um Köder, weil zwar der Eingang, nicht aber der Ausgang frei ist. Um dem Labyrinth zu entschlüpfen, muß ihm am Ausgang ein Lösegeld geopfert werden, und zu diesem Zweck steht man Schlange. Diese mythologische Schilderung des Supermarkts beabsichtigt, ihn als den privatesten aller Räume zu entlarven: als Gefängnis. Er dient nicht dem Austausch von Gütern und Informationen, sondern er zwingt den Verbrauch spezifischer Güter und Informationen auf: Er ist kein Markt, allerdings ist er super.

Funktionell ist das Kino die andere Seite des Supermarkts. Sein Eingang ist ein enges Schlupfloch, wo Schlange gestanden und der Obulus geopfert wird, welcher gestattet, an den Mysterien in seinem dunklen Inneren teilzunehmen. Dieser initiatorische Charakter des Kinoeingangs wird von den funkelnd und zwinkernd einladenden Lichtern über ihm nicht geleugnet, sondern unterstrichen. Hingegen öffnet das Kino seine Tore weit, wenn das Programm beendet ist, um die nun programmierten Gläubigen massenhaft ausströmen zu lassen. Die Schlange vor dem Eingang des Kinos und vor dem Ausgang des Supermarkts ist das gleiche Tier: linienförmig geknetete Masse. Das Eintrittsgeld im Kino und das Austrittsgeld im Supermarkt sind die beiden Seiten der gleichen Münze. Im Kino wird man programmiert, um in den Supermarkt zu strömen, und aus dem Supermarkt wird man entlassen, um im Kino für den nächsten Supermarktbesuch programmiert zu werden – das ist der Metabolismus der Konsumgesellschaft. So drehen sich die mythisch-magischen Flügel des Ventilators der Technobilder innerhalb der Masse, um sie in der Bewegung des Fortschritts zu halten.

Der Bauch des Kinos hingegen ist nicht wie der des Supermarktes labyrinthisch, im Gegenteil: Geometrisch geordnete und arithmetisch numerierte Sitze erwarten dort den Eintretenden, ausgedehnte Sachen erwarten cartesisch denkende Sachen. Sobald das Programm allerdings beginnt, strecken sich die Zuschauer auf ihre Sitzen gemütlich aus und werden so selbst zu ausgedehnten Sachen. Dieses Wunder der *adaequatio intellectus et rei* geschieht dank der riesigen Schatten, welche nun auf der schillernden Silberwand erscheinen, während Schallwellen sich schaukelnd an den technosonorierten Wänden und an der Kuppel der Kinobasilika brechen. Irgendwo hinter und über den Köpfen der dem Programm Hingegebenen funktioniert ein von einem Funktionär bedienter Apparat, der «Projektionsapparat», und er wirft die vom Filmproduzenten entworfene Geschichtskomposition gegen die Leinwand und in den Schallteich der Kaverne. Die Empfänger wissen von diesem Apparat und von seinen verschiedenen, vorkalkulierten Funktionen, denn viele unter ihnen besitzen zu Hause ähnliche, wenn auch kleinere Apparate. Aber sie wenden ihm ihre Köpfe nur zu, wenn er schlecht funktioniert, wenn zum Beispiel die Schatten auf der Leinwand hüpfen, statt zu gleiten, und dann tun sie dies verärgert. Anders als der Gefangene im platonischen Höhlenmythus wollen sie sich von der Illusion nicht befreien, sondern in ihr verharren.

Genaugenommen handelt es sich um ein schier unglaubliches Verhalten. Wie ist es möglich, daß Menschen in einem so hohen Grad mit einem Apparat kollaborieren, von dem sie wissen, daß er sie in passive Empfänger, in ausgedehnte Sachen, in Masse verwandelt? Selbstredend gibt es für dieses unglaubliche Verhalten der Kollaborateure eine vernünftige Erklärung. Man weiß, daß der Apparat dort hinten über den Köpfen nicht der wahre Sender der Botschaft ist, sondern nur das letzte Glied einer Kette, welche das Kino mit dem wahren

Sender verbindet. Man weiß, daß der Filmstreifen, der in diesem Apparat läuft, nicht eine Originalbotschaft ist, sondern ein Stereotyp eines unzugänglichen Prototyps, und daß es zahlreiche identische Stereotypen gibt, welche in zahlreichen Kinos «auf der ganzen Welt» laufen. Man weiß also, daß jede «Revolution», jedes Umdrehen der Köpfe gegen den Projektionsapparat und die in ihm laufende Botschaft ein verzweifelt unvernünftiges Unterfangen wäre. Man kann sich von der Herrschaft des Apparats nicht befreien, indem man Projektionsapparate zerbricht oder Filmstreifen verbrennt, denn die Zentren des Apparats bleiben davon unberührt und sind unzugänglich. Das Kino ist demnach ein Ort, welcher jede Revolution vernünftigerweise ausschließt. Das liegt auch in seiner Absicht.

Aber diese vernünftige Erklärung stimmt nicht. Die Kinobesucher sind nicht aus Verzweiflung über die Unmöglichkeit einer Revolution gegen den Apparat seine Kollaboratoere. Sie wollen von ihm beherrscht werden. Sie gehen ins Kino und zahlen dafür, um die vom Apparat erzeugte Illusion zu genießen, sie zu verbrauchen. Sie suchen sich unter den angebotenen Kinoprogrammen bewußt eines aus, um davon programmiert zu werden. Daher ist es ein Fehler, von einer Magie der Technobilder ohne Einschränkung zu sprechen. Das Kino funktioniert nicht wie das malaiische Schattentheater, bei dem die Gläubigen an die Schatten glauben. Die Kinobesucher sind Gläubige, nicht guten, sondern bösen Glaubens: Sie wissen es besser, wollen es aber nicht wissen. Das ist nicht Magie, sondern etwas Neues.

Der Mangel an Techno-Imagination bei den Kinobesuchern, ihr böser Glaube an die Technobilder, der ihnen nicht gestattet, sie richtig zu entziffern, ist allerdings verständlich. Es ist unmöglich, wissen zu wollen, was die Technobilder bedeuten, ohne dabei alle hergebrachten Werte aufs Spiel zu setzen. Denn die Technobilder kennzeichnet, daß sich in ihnen das Verhältnis zwischen der sogenannten Wirklichkeit und dem Symbolsystem (dem Code) umdreht. Alle früheren Codes – inklusive der traditionellen Bilder und linearen Texte – sind Träger von Botschaften hinsichtlich einer Welt, die es zu ver-

ändern gilt. Sie sollen der Orientierung des Menschen für eine derartige Weltveränderung dienen. Die Technobilder hingegen sind Folgen einer Manipulation der Welt, welche die Absicht hat, Bilder herzustellen. Die Welt ist für die Technobilder nicht Ziel, sondern Rohmaterial. Sie vermitteln nicht zwischen Mensch und Welt – wie es alle vorangegangen Codes taten –, sondern sie benutzen die Welt, damit diese zwischen ihnen und den Menschen vermittle.
Beispiele für diese verhängnisvolle Umkehrung können bei jedem Kinobesuch gesammelt werden, wenn man nur den Mut aufbringt, sich für die Techno-Imagination zu öffnen. Die in der Wochenschau gezeigten Ereignisse interessieren nicht als solche, sondern als eine der Quellen für den Filmstreifen, den der Produzent mit Schere und Klebstoff behandelt. Die Menschen, die man in der Tagesschau sieht – nicht nur Staatspräsidenten und Sportler, sondern auch Terroristen und Wissenschaftler – sind nicht historisch handelnde «Helden», sondern Filmschauspieler, die mit einem Auge immer in die Kamera blinzeln. Der Mond ist von amerikanischen Astronauten «erobert» worden, damit man dies und die Ansprache Nixons auf der Leinwand sehen kann, und Terroristen entführen Flugzeuge, um dabei gefilmt zu werden. Nicht nur sind die Technobilder der große Voyeur, der hinter dem Schlüsselloch lauert, sondern die historischen Taten werden von Leuten vollbracht, die auf dieses Schlüsselloch schielen. Die Geschichte läuft gegenwärtig im Hinblick auf Technobilder: sie ist ein zu schneidender und zu klebender Filmstreifen, und erst dieses Schneiden und Kleben gibt ihr Bedeutung.

Es ist daher unsinnig geworden, hergebrachte ontologische Unterscheidungen – etwa zwischen Wirklichkeit und Fiktion – treffen zu wollen. Ein Dokumentarfilm, ein engagierter Film, ein realistischer Film, eine Hollywoodkomödie und eine Wochenschau bewegen sich alle auf der gleichen Wirklichkeitsebene, nämlich auf jener, auf welcher Szenen zu Ereignissen, also Geschichten, komponiert werden. Die Funktionäre dieser Kompositionen sind in allen Fällen Schauspieler, auch wenn es sich um Dokumentarfilme und Wochenschau handelt. Denn die Ereignisse im Iran und die

Entdeckungen im chemischen Labor sind für den Film ebenso Vorwand wie das Drehbuch zu einem Musical, und alle Beteiligten, vom persischen Mullah und Chemieprofessor bis zum Kinobesucher, wissen, daß es so ist.

Es handelt sich aber um ein außerordentlich peinliches Wissen. Denn da überhaupt alles filmbar ist, vom inframolekularen Prozeß bis zur chinesischen Kulturrevolution, von den ersten geschlechtlichen Regungen bis zur Entscheidung, Mönch zu werden, spielt sich für den Wissenden überhaupt alles unter der Perspektive der Techno-Imagination ab. Damit wird nicht nur jedes Engagement an der Geschichte überholt und verwandelt sich in Engagement an Technobildern, sondern alle historischen Werte – zum Beispiel die des Humanismus – brechen wie Kartenhäuser zusammen. Daher ist es nicht verwunderlich, daß die meisten von uns sich mit Händen und Füßen dagegen wehren, sich dieses Wissen von der Funktion der Technobilder bewußt zu machen: Das ist der wahre Grund für den Mangel an Techno-Imagination, für den bösen Glauben an Technobilder bei den Kinobesuchern. Es ist besser, sich von Kinoprogrammen programmieren zu lassen, als zu wissen, was diese Programme tatsächlich bedeuten: das Ende der Geschichte. Aber ein solches Verhalten bedeutet selbstverständlich, mit dem uns programmierenden Apparat zu kollaborieren.

Die Techno-Imagination sowohl der Produzenten wie der Konsumenten von Filmen, und von Technobildern überhaupt, ist unzulänglich, weil der verständliche Unwillen besteht, die in den Technobildern schlummernden nachgeschichtlichen Potentialitäten zu wecken und voll ins Spiel zu bringen. Angesichts dieses Unwillens ist es sinnlos, von diesen Potentialitäten überhaupt zu sprechen: zum Beispiel nur von einem dialogischen Film als Träger politischer Entscheidungen, von einem das krisenhafte Schulsystem überholenden Kinosystem, von einem Film als echtem Kunstlabor. Es ist sinnlos, denn das Kino ist gegenwärtig so, wie es seine Erzeuger und Verbraucher wollen: eine Verschleierung der Möglichkeiten, die der filmischen Techno-Imagination offenstehen.

Folge dieses kollektiven Augenschließens, dieser stummen Verschwörung mit dem Apparat gegen die Zukunft, ist die Bedrohung durch einen von menschlichen Entscheidungen immer autonomer werdenden Apparat. Nur dank einer ausgebildeten Techno-Imagination könnten die Menschen die Apparate wieder unter ihre Herrschaft bekommen.

(1979)

Für eine Phänomenologie des Fernsehens

Die Behauptung ist nicht übertrieben, daß unter den Instrumenten, welche gegenwärtig zur Verfügung stehen, das Fernsehen ebenso entscheidend für die Zukunft sein kann wie die Nuklearbombe und der Computer. Die Art, wie dieses Instrument verwendet werden wird, ist daher ein grundlegendes Problem, das man ebensowenig wie das Problem der Verwendung der Bombe und des Computers den Technikern überlassen kann: Vielmehr ist geboten, die Frage des Fernsehens und seiner Verwendung von verschiedenen Ebenen aus und so tief wie möglich zu beleuchten, um die Reichweite und das «Wesen» dieses Instruments zu erkennen. Die Reichweite des Fernsehens – die in ihm verborgenen Möglichkeiten – sind noch unabsehbar, und das «Wesen» des Fernsehens – die Absicht, mit der es ursprünglich entworfen wurde – droht trotz der relativen Jugend des Instruments in Vergessenheit zu geraten.
Nicht etwa, daß bisher dem Fernsehen nicht genügend Aufmerksamkeit gewidmet worden wäre. Im Gegenteil, besonders unter einigen Kommunikologen und Soziologen besteht die Tendenz, das Fernsehen zu autonomisieren, das Phänomen aus seinem gesellschaftlichen Kontext zu reißen und es so zu einer Art selbsttätigen und selbstentscheidenden Götzen zu erheben – eine Idolatrie, wie sie auch in bezug auf den Computer im Gange ist. Durch dieses Verdrängen des Instrumentalcharakters des Fernsehens, und damit der Tatsache, daß hinter jedem Instrument Menschen stehen, die es besitzen und infolgedessen zum eigenen Vorteil benutzen oder benutzen lassen, entsteht die Gefahr, das Problem aus dem Bereich der Wissenschaft in den der Mythologie zu verschieben. Charakteristisch für diese Gefahr ist die – allerdings be-

wußt polemische – Behauptung McLuhans, das Medium selbst sei die Botschaft. Aber trotz dieser Tendenz zur Idolatrie, und trotz der zum Teil gründlichen Untersuchungen des Phänomens seitens der Kommunikologie, der Soziologie, der Kunstkritik und anderer Disziplinen, ist es bisher nie zu einer echten grundlegenden interdisziplinären Diskussion des Fernsehens gekommen.

Daher war die Initiative des «*electronic intermix*», zusammen mit der *Rockefeller Foundation* und dem Staat New York im *Museum of Modern Art* in New York im Januar dieses Jahres eine Konferenz über «*The Future of Television*» einzuberufen, sehr zu begrüßen. Die dort versammelten Fernsehtechniker, Fernsehmanipulatoren, Videomanipulatoren, Kritiker, Kommunikationstheoretiker, Soziologen, Philosophen usw. haben zumindest einen ersten interdisziplinären Kontakt herstellen können, und wenn sich dabei das Problem nicht klärte, so wurde doch allen bewußt, wie weit verzweigt es ist und wie tief die Wurzeln sind, mit denen es im Boden unserer Kultur haftet.

Der Autor der vorliegenden Abhandlung hat an der Konferenz teilgenommen. Sein Beitrag bestand in dem Versuch, die phänomenologische Methode auf das «Fernsehen» anzuwenden, und zwar nicht so sehr auf das Fernsehen als «Kommunikationsstruktur», also auf jenes Gefüge, das Sender und Empfänger von Botschaften umfaßt und über beide hinausgeht, sondern auf das Fernsehen, so wie es sich dem Empfänger darbietet, also als Kiste in einem Wohnraum. Die Absicht dabei war, das «Wesen» (*eidos*) des Phänomens «Fernsehen» vom Standpunkt des Empfängers aus zu überraschen.

Die phänomenologische Methode ist im Grunde eine spezifische Schau der Dinge, die darauf abzielt, an ihnen Aspekte aufzudecken, welche der üblichen Sicht durch Gewohnheit verdeckt sind. Wenn man mit dieser Methode die uns umgebenden Dinge anschaut, dann kann man sie in drei Gruppen ordnen, wenn dieses Ordnen auch immer prekär bleibt: in Dinge, die man in ihrer Gesamtheit «Kultur» nennen könnte; in Dinge, die man in ihrer Gesamtheit «Natur» nennen könnte; und in «Dinge», in denen sich der Betrachter selbst erkennt, weil sie ihm keinen Widerstand leisten – also keine echten «Dinge» sind –, sondern die ihren Betrachter ihrerseits zu erkennen versuchen: die «anderen», die man in ihrer Gesamtheit «Gesellschaft» nennen könnte.

Wendet man diese Methode auf die Fernsehkiste an, dann erweist sie sich ziemlich eindeutig als Instrument, als Werkzeug. Man kann hinter ihr einen menschlichen Entwurf entdecken. Dieser Entwurf ist das «Wesen» der Kiste, und die Aufgabe des Phänomenologen ist es, dieses Wesen so klar wie möglich ins Bewußtsein zu rücken, nicht nur, um die Kiste zu «erkennen», sondern vor allem, um sie wesensgerecht, als Werkzeug, das sie ist, zu verwenden. Dabei zeigt sich sofort, daß die erwähnten Tendenzen zu einer Autonomisierung des Fernsehens Folgen einer Projektion des «anderen» in das Phänomen des Fernsehens sind und so dessen Wesen verdekken. Sie sind von vornherein als «schlechter Standpunkt» zu verwerfen.

Um das Resultat der Untersuchung vorwegzunehmen: Sie erweist, daß der gegenwärtige Gebrauch des Fernsehens dem ihm zugrundeliegenden Entwurf zuwiderläuft, daß man es in diesem Sinn mißbraucht und daß, wenn man es seinem Wesen gemäß gebrauchen würde, seine Funktion eine ganz andere, und mindestens ebenso wichtige wie die gegenwärtige, wäre. Wenn man einen Hammer verwendet, nicht um Nägel in die Wand zu schlagen, sondern um anderen die Köpfe einzuschlagen, dann hat man den Hammer in gewissem Sinn richtig verwendet. Er funktioniert bei diesem Gebrauch sehr gut, also ist dieser Gebrauch eine der ihm inhärenten Möglichkeiten. Und doch handelt es sich um einen Mißbrauch. Denn es ist charakteristisch für menschliche Entwürfe, daß sie Absichten verfolgen. Sie haben «ethische» Dimensionen. In der Absicht des Entwurfs des Hammers liegt es nicht, Köpfe einzuschlagen. (Allerdings gab und gibt es Hammer mit derlei Absichten, was die Problematik aller «ethischen» Fragen beweist.) Die gegenwärtige Verwendung des Fernsehens ist nicht ein funktioneller, sondern ein «ethischer» Mißbrauch dieses Werkzeugs.

Gegenwärtig wird das Fernsehen verwendet, um den Empfänger seiner Botschaften zu einem spezifischen Verhalten zu führen, nämlich zum Verbrauch jener physischen und gcistigen Güter, an denen die Besitzer des Fernsehsystems interessiert sind. Dabei ist dieser Gebrauch weitgehend unabhängig vom politischen, sozialen und ökonomischen System, in dem er sich abspielt. Mit anderen Worten, grundsätzlich funktioniert das Fernsehen in Amerika, Europa, Rußland, der Dritten Welt (aber vielleicht nicht in China) auf die gleiche Weise, was übrigens eine der Mitursachen der Tendenz ist, das Fernsehen zu autonomisieren. Die Frage, warum der Gebrauch des Fernsehens weitgehend von «Ideologien» unabhängig zu sein scheint, soll hier unbeantwortet bleiben. Es ist aber klar, daß sie ein gründliches Studium erfordert.

Beschreibung:
Unter den Möbeln eines Wohnraums steht eine Kiste. Sie hat ein fensterähnliches Glas und verschiedene Knöpfe. Werden die Knöpfe zweckmäßig behandelt, entströmen der Kiste kino-ähnliche Bilder und Töne. Die Knopfbehandlung ist einfach, aber die Gründe, warum sie zum Funktionieren der Kiste führt, sind nicht leicht ersichtlich. Ein solches System ist strukturell komplex und funktionell einfach. Nach der Spieltheorie ist «Funktion» die Summe der Regeln, die die möglichen «Strategien» dem System gegenüber ordnen, und «Struktur» die Summe der Regeln, nach denen sich die Elemente des Systems ordnen. Bei strukturell komplexen und funktionell einfachen Spielen, wie zum Beispiel auch dem Auto, besteht die Gefahr, daß der «Spieler» zum Spielball des Spiels wird, weil er zwar ihm geheimnisvolle Kräfte zu meistern scheint, aber von diesen Kräften, eben weil sie für ihn geheimnisvoll bleiben, verschluckt werden kann. Es sind «magische» Spiele.
Die Raumbewohner sitzen um die Kiste in einem Halbkreis herum, um die ihr entströmenden Bilder und Töne zu empfangen. Der Halbkreis (*theatron*) ist eine Struktur, welche dem Kreis (*amphitheatron*), zum Beispiel dem traditionellen Familienkreis, entgegensteht. Im Zentrum des Halbkreises,

auf der «Szene», steht ein Handelnder (Akteur), und in diesem Zentrum spielt sich die Handlung ab (Drama). Die im Halbkreis Sitzenden sind Zuschauer. Der Kreis hingegen ist ein Platz (*agora, forum*), auf dem etwas, zum Beispiel Meinungen (*doxai*), ausgetauscht werden. Daher beruht die Ansicht einiger Psychologen, das Fernsehen ersetze die traditionelle Mutter, auf einem strukturellen Irrtum. Vielmehr führt das Fernsehen zu einer «Familienstruktur», welche radikal neu ist.

Die Bilder und Töne, die der Kiste entströmen, «bedeuten» etwas für die Empfänger. Sie bilden einen Code. Ein Code ist ein System, in dem sich Symbole regelmäßig ordnen. Der Empfänger kann die Bilder und Töne dekodieren und so ihre Bedeutung, ihre Botschaft lesen. Der Typ des Codes ist für ein Verständnis des Fernsehens wichtig. Bis vor kurzem verfügte der Westen im wesentlichen über zwei Typen von Codes: ein- und zweidimensionale, von den dreidimensionalen, wie der Skulptur und Architektur, einmal abgesehen. Zweidimensionale Codes, zum Beispiel Landkarten und Gemälde, sind Bilder, welche ihre Bedeutung «abbilden». Sie werden dank der Imagination (Einbildungskraft) gelesen. Eindimensionale Codes, zum Beispiel das Alphabet und die gesprochene Sprache, sind aus Punkten bestehende Linien, welche ihre Bedeutung «abtasten». Sie werden begrifflich (konzeptuell) gelesen. Das Fernsehen ist wie auch der Film ein Code, in dem zweidimensionale Elemente (Bilder) sich in eine Linie (die Bildfolge) ordnen. Ihr Lesen kann entweder eine neue Art Bilderlesen, also ein Rückfall in den Analphabetismus, oder aber ein Lesen sein, bei dem sich das begriffliche Denken auf die Ebene der Imagination erhebt und andererseits die Imagination die Struktur des begrifflichen Denkens annimmt. Beim heutigen Gebrauch der Television ist nur die erste der beiden Lesarten möglich.

Nach ihrer Dekodierung bedeuten die Bilder und Töne dem Empfänger Ereignisse dort draußen. Diese Bedeutung wird aber nur gewonnen, wenn der Empfänger sein Wissen von der Struktur des Fernsehens ausklammert, was ihm das Fernsehen selbst weitgehend erleichtert. Er weiß, daß die Kiste über ein Kanal genanntes Glied mit einer Stelle verbunden ist, an der die Bilder und Töne von Spezialisten behandelt werden, und daß dieses Glied nur ein Teil einer ihm nicht überblickbaren Kette ist, welche die Kiste höchst mittelbar mit den Ereignissen verbindet, die ihre Bilder und Töne bedeuten. Sonach weiß er, daß zwischen Bedeutung und Bedeutetem ein kostspieliger Prozeß liegt, der von jemandem bezahlt wird, und daß dieser Jemand ein Interesse daran haben muß, welche Botschaft als Endprodukt dieses Prozesses herauskommt. Der magische Charakter der Kiste läßt den Emfänger dieses Wissen für den Augenblick des Empfangs vergessen. Er liest die Botschaft der Kiste als direkte Vermittlung («Medium») zwischen sich und den Ereignissen in der Welt dort draußen.

Die Botschaft «zielt» in verschiedene Richtungen. Ontologisch gibt sie vor, auf zwei Ebenen, als Darstellung und als Vorstellung der Welt, zu fließen. In die erste Kategorie gehören Programme wie Wochenschau, Ansprachen von Politikern und Live-Sendungen, in die zweite Programme wie Filme und Fernsehspiele.

Bei der Darstellung befindet sich die Botschaft auf derselben Wirklichkeitsebene wie ihre Bedeutung, bei der Vorstellung entsteht ein Bruch zwischen der Ebene der Botschaft und ihrer Bedeutung. Daher sind Darstellungen «wahr» oder «falsch» – echte und falsche Symptome – und Vorstellungen «fiktiv» – auf Vereinbarung beruhend. Beim Fernsehen ist das Kriterium zur Unterscheidung zwischen den beiden Botschaftstypen nicht aus der Botschaft selbst, sondern aus einem vom Fernsehen gelieferten Kommentar zur Botschaft zu ersehen. Jede Fernsehbotschaft hat einen fiktiven Charakter. Alle Bilder und Töne erscheinen, als wären sie Symbole. Aber es gibt Kommentare, welche von einigen Bildern behaupten, sie seien Symptome. Zum Beispiel kann man den Bildern einer Mondlandung nicht entnehmen, ob sie im Laboratorium oder auf dem Mond aufgenommen wurden, und den Bildern eines Sportereignisses nicht, ob es sich um Sportler oder Schauspieler handelt, welche Sportler vorstellen. Der Ansager gibt dem Lesen den Schlüssel. Aber er kann selbst ein

Schauspieler sein, der einen Ansager vorstellt. Dadurch wird die ganze Welt, welche das Fernsehen vorstellt – auch wenn es sie angeblich darstellt –, fiktiv. Die Folge ist ambivalent zu werten: Entweder verliert für den Empfänger der Unterschied zwischen Wirklichkeit und Fiktion jede Bedeutung oder er überläßt die Unterscheidung einem anderen. Beides sind Symptome einer perniziösen Entfremdung.

Epistemologisch gibt die Botschaft ebenfalls vor, auf zwei Ebenen, der subjektiven und der objektiven, zu fließen. In die erste Kategorie gehören Werbesendungen, in die zweite alle anderen Programme. Die subjektiven Botschaften übermitteln dem Empfänger Verhaltensmodelle, die im Interesse des Senders liegen; die objektiven übermitteln Erkenntnismodelle, zum Beispiel Mondlandungen, und Erlebnismodelle, zum Beispiel Filme. Verhaltensmodelle sind Imperative; Erkenntnismodelle sind Indikative; Erlebnismodelle sind Implikationen. Eine Analyse der Fernsehprogramme ergibt, daß sich hinter allen Erkenntnis- und Erlebnismodellen der gesendeten Botschaften immer Verhaltensmodelle verbergen. Alle Programme sind im Grunde Werbung. Die Tatsache, daß die Werbung dem Empfänger oft verborgen bleibt, verstärkt ihre Wirkung: sie wirkt «subliminar». Die Welt erscheint dem Empfänger durchs Fernsehen als eine Serie zum Teil für ihn verborgener Imperative, also, laut Kelsen, «magisch-mythisch». Nur liegen diese Imperative im Interesse der Besitzer des Fernsehsystems, nicht in irgendeiner «Transzendenz». Dies führt zur Verdinglichung («Reifikation») und Verwerkzeugung («Instrumentalisierung») des Empfängers, und dies ist im Grunde das Motiv aller Fernsehbotschaft.

Ethisch gibt die Botschaft vor, dem Empfänger die Kontrolle über den Empfang zu überlassen, ihm also «Freiheit» zu bieten. Er kann die Kiste ein- und ausschalten und zwischen verschiedenen Kanälen wählen. Tatsächlich verhält es sich anders. Ganz abgesehen davon, daß die Freiheit der Wahl nicht existentielle Freiheit ist, bietet die Kiste auch keine echte Wahlfreiheit. Im gegenwärtigen Kontext hat das Fernsehen die Funktion vieler traditioneller Kommunikationsmittel übernommen oder ist im Begriff, sie zu übernehmen, zum Beispiel die Funktion der Familie, der Nachbarschaft, des Kinos, Theaters usw. Das Ausschalten der Kiste bedeutet also den Verzicht auf eine wichtige Kommunikationsmethode und kommt im Hinblick auf «Freiheit» dem Verzicht auf Schule nahe. Zwar senden die verschiedenen zur Verfügung stehenden Kanäle verschiedene Erkenntnis- und Erlebnismodelle (verschiedene Programme), aber die grundlegenden Verhaltensmodelle sind allen gemeinsam. Daher ist die «Freiheit», die die Kiste bietet, illusorisch. Im Gegenteil bedingt sie den Empfänger unter Vorspiegelung von Freiheit.

Politisch zielt die Botschaft auf eine Entpolitisierung des Empfängers. Strukturell ist das politische Leben ein rhythmisches Vorstoßen aus dem privaten Raum in den öffentlichen. Die *res publica* setzt eine *res privata* voraus, das *forum* einen *domus;* denn der öffentliche Raum ist ein leerer Raum zwischen privaten Räumen und von den privaten Räumen aus zu füllen. «Politisieren» heißt publizieren. Das Fernsehen dreht dieses Verhältnis um: Es ist ein Vorstoß des Öffentlichen ins Private. Es publiziert nicht das Private, sondern privatisiert das Publike. Der Politiker wird zu einem ungeladenen Gast im Privatraum. Dadurch wird er zwar als Privatperson sehr zweifelhafter Art angenommen, aber er verliert in doppelter Hinsicht seine politischen Dimensionen. Erstens erlaubt die Kiste, die den Politiker in den Privatraum projiziert, keinen Dialog mit ihm, und der Dialog ist die Struktur des politischen Lebens. Und zweitens sind die Millionen von Kisten, die in der Gesellschaft verteilt sind, zwar alle mit demselben Sender (dem Politiker), aber nicht untereinander verbunden. Sie erlauben also keinen Dialog zwischen den Empfängern über das vom Politiker Gesagte. Das hat eine doppelte Folge: Es führt einerseits zur Vereinsamung, zur Entpolitisierung des Empfängers und andererseits zur allgemeinen Invasion des Privaten, zum Totalitarismus. Auch dies ist ein Motiv aller Fernsehbotschaft.

Ästhetisch zielt die Botschaft auf eine sich überstürzende Serie einander überholender Erlebnismodelle, bei ständig gleichbleibenden unterschwelligen Verhaltensmodellen. Sie bietet immer neue «ästhetische» Genüsse, wobei das Neue

immer «besser» ist als das gerade Überholte. Diese sensationalistische Ästhetik – in manchen Kontexten «Massenkunst» genannt – führt beim Empfänger zu einer unstillbaren Gier nach immer neuem fiktionalen Erleben. Sie konditioniert ihn zu einem idealen, weil bodenlosen Verbraucher. Da dabei das grundlegende Verhaltensmodell immer das Modell des Verbraucherverhaltens bleibt, wird das Fernsehen so zu einem wirksamen Instrument seiner Besitzer.
Allen diesen Zielen der Fernsehbotschaft liegt jedoch die Tatsache zugrunde, daß die Kiste zwar Botschaften empfängt, aber nicht sendet. Sie verurteilt damit den Empfänger zu einem passiven Leben. Um die Fernsehkiste ist eine neue Form des kontemplativen, beschaulichen, andächtigen Lebens im Entstehen: eine neue Religionsform.

Fernsehen als Fenster zum Blicken auf die Welt:
Der «wesentliche» Teil der betrachteten Kiste ist eine Kathodenröhre hinter einem Glas. Das «Wesen» der Fernsehkiste ist eine neue Art von Fenster, wobei allerdings, wie René Berger richtig erkennt, sich die Röhre vom Fenster durch das Licht unterscheidet, das von ihr ausstrahlt. Das Kathodenlicht ist eines der wenigen Lichter auf Erden, das nicht einmal indirekt von der Sonne stammt, und hat daher einen anderen, einen «kalten» Charakter.
Die Absicht, mit der das Fernsehen entworfen wurde, war, einen neuen Typ von Fenster zu erzeugen. Denn das traditionelle Fenster genügt als Werkzeug nicht mehr. Fenster sind Löcher in Wänden. Wände sind Instrumente zum Schutz gegen draußen. Fenster sind unter anderem Instrumente zum Herausschauen. Auch Türen sind Löcher in Wänden. Sie dienen dem periodischen Vorstoß nach draußen und der Rückkehr nach drinnen. Die drei Werkzeuge müssen synchronisiert werden, sollen sie sinnvoll funktionieren. Zum Beispiel so: Ausblick aus dem Fenster (Orientierung), gefolgt vom Vorstoß aus der Tür (orientiertes Engagement), gefolgt von der Rückkehr in die vier Wände (Einkehr). Dies ist der Rhythmus des menschlichen Lebens, und ohne Wände, Fen-

ster und Türen kann der Mensch nicht sinnvoll leben. Sie sind lebenswichtige Instrumente.

Wände sind Vorbedingungen für Fenster. Aber zwischen beiden besteht ein Feedback. Wände sind kahl und können übermalt werden. Wandmalereien sind «künstliche» Fenster. Sie stellen vor, was sich durch das Fenster darstellt oder darstellen könnte, oder was man sich wünscht, daß sich darstellt. Filme sind verbesserte Wandmalereien, weil sich in ihnen die Bilder bewegen und sprechen. Aber sie sind Vorstellungen geblieben: Der Film ist eine Kunstform.

Das Gesagte ist für die Erkenntnis des Fernsehens wichtig: Niemand verwechselt zwar ein Fenster mit einer Wandmalerei, aber viele verwechseln das Fernsehen mit einem «Kino im Heim». Denn erstens ist Film und Fernsehen der Code, in Bildfolge gereihte Bilder, gemeinsam, und zweitens ist die Technik des Fernsehens weitgehend von der Technik des Films übernommen worden. Aber diese Verwechslung ist verhängnisvoll, weil sie nicht erlaubt, das Fensterwesen des Fernsehens und damit die in ihm enthaltenen Möglichkeiten zu erkennen.

Fenster sind Instrumente, um auf die Welt zu blicken, aber aus zwei Gründen mangelhafte Instrumente. Erstens sieht man durch das Fenster nur Phänomene, die nicht zu groß oder zu klein sein und die sich nicht allzu rasch bewegen dürfen. Und zweitens hat das Fenster einen starren Rahmen und bietet nur eine spezifische und beschränkte Ansicht. Der erste Mangel ist in Kantischen Termini ein «phänomenaler», der zweite ein «kategorischer» zu nennen. Um diese Mängel zu überwinden, um den Parameter der Phänomene zu erweitern, die sich durch das Fenster hindurch darstellen, und um die Kategorien der Wahrnehmung der Phänomene biegsamer und damit reicher zu machen, ist das Fernsehen entworfen worden. Es ist als verbessertes Fenster entworfen worden, und soll es diesem seinem Wesen entsprechen, muß es eine Wahrnehmungsform werden, die uns vom Modell des traditionellen Fensters befreit und der Wahrnehmung bisher kaum geahnte Möglichkeiten bietet. So erlaubt die dem Fernsehen inhärente Technik – in den Begriffen der Spieltheorie: die diesem Spiel entsprechende «Strategie» –, sehr große und sehr kleine Phänomene und sehr langsame und sehr schnelle Bewegungen dieser Phänomene wahrzunehmen. Sie erlaubt weiterhin, der traditionellen Wahrnehmung unzugängliche Phänomene wahrzunehmen, zum Beispiel in lebenden Organismen vor sich gehende Prozesse usw. Sie erlaubt, Modelle dynamisch wahrzunehmen, zum Beispiel statistische Bewegungen, Bewegungen von Gleichungen, von Molekularmodellen usw., und den Phänomenen gegenüber verschiedene Standpunkte einzunehmen, zum Beispiel durch *travelling*, *close-up*, *scanning* usw. Kurz gesagt und um mit Kant zu sprechen, sie erlaubt, die Kategorien der Wahrnehmung bewußt zu manipulieren. Damit würde eine neue «reine Vernunft» möglich, nämlich «Wahrnehmung als bewußtes Eingreifen in die Phänomene». Das allerdings hätte, wenn wir bei Kant bleiben wollen, unvorhersehbare Folgen, denn es hieße gewissermaßen, die Wahrnehmung «praktisch» zu transzendieren. Ein weites Feld für philosophische Untersuchungen ist damit eröffnet und soll hier nur vage angedeutet werden.

Der fundamentale Grund für diese mögliche Revolution in unserer Wahrnehmungsform liegt im Code des Fernsehens. Um zu wiederholen: Es ist ein linearer Code, dessen Elemente zweidimensional sind, genauer, das Repertoire des Codes sind Bilder und Töne und seine Struktur die Linie. Repertoire ist die Summe der Elemente eines Systems und Struktur die Summe der Regeln, nach denen sich die Elemente im System ordnen. Nun ist für das Dekodieren zweidimensionaler Elemente die Imagination und für das Dekodieren eindimensionaler Strukturen die Konzeption entscheidend. Daher ermöglicht der Fernsehcode ein zugleich imaginatives und konzeptuelles Perzipieren, eine noch nie dagewesene Situation. In ihr werden nämlich alle Prozesse «vorstellbar» und alle Vorstellungen «prozessierbar». Wenn «vorstellende Wahrnehmung» die «prähistorische» Wahrnehmungsform ist und «konzipierende prozessuelle Wahrnehmung» die «historische», dann kann man beim Fernsehen von der Möglichkeit einer «posthistorischen Wahrnehmungsform» sprechen.

Das Gesagte muß selbstverständlich in der Zukunft ausgearbeitet und präzisiert werden. So ist das Verhältnis zwischen Bildern und Tönen im Fernsehcode äußerst problematisch, und zwar sowohl vom theoretischen wie vom praktischen Standpunkt. Denn zweifellos sind die Fernsehbilder zwar zweidimensional, setzen sich aber nicht aus Linien, sondern aus Punkten zusammen. Die Töne jedoch eröffnen eine dritte Dimension, sie füllen den Raum, und wir sind in sie getaucht, während wir den Bildern gegenübersitzen. Dieses Mißverhältnis zwischen Bild und Ton muß in der Zukunft für unsere Wahrnehmungsform entscheidende Folgen haben, denn durch *electronic intermix* ist es dem Fernsehen möglich, Töne sichtbar und Bilder hörbar zu machen.

Überhaupt soll nicht geleugnet werden, daß es überall – und vor allem in den Vereinigten Staaten – Ansätze zu einer Verwendung des Fernsehens als neuer Wahrnehmungsform gibt, vor allem auf den Gebieten der Medizin, der Nuklearphysik, der Molekularbiologie einerseits und der Manipulation von Videos andererseits. Auch sind in Amerika Tendenzen zu einer neuen Form von «Dokumentation» vorhanden, wobei es interessant ist zu sehen, wie die betreffenden «Techniker» unbewußt zu phänomenologischen Methoden greifen. Aber trotzdem bleibt es richtig, daß es grundsätzlich unmöglich ist, das Fernsehen bewußt als Wahrnehmungsform zu behandeln, wenn man nicht vorher sein Fensterwesen klar erkannt hat. Es ist unmöglich, ein Werkzeug voll zu benützen, dessen Wesen man nicht verstanden hat.

Aus den schon erwähnten Gründen, die sowohl historischer wie strukturaler Natur sind, wird das Fernsehen beinahe ausschließlich als eine Art Film behandelt – das heißt als «Vorstellungsform», nicht als «Darstellungsform»; als «Kunst», nicht als «Wahrnehmung»; als Medium für Erlebnismodelle, nicht für Erkenntnismodelle. Charakteristischerweise betrachten sich selbst die Experimentatoren, welche das Fernsehen in Richtung Wahrnehmung manipulieren, nicht als Forscher, sondern als Künstler. Zum Beispiel Nam June Paik – der wahrscheinlich radikalste von ihnen –, der in einem atemberaubenden Experiment auf einem Videotape die rechte mit

der linken Hand zur Deckung bringt und damit gleichsam aus der dritten Dimension visuell hinausschreitet. Hier ist es Aufgabe der Phänomenologie, Klarheit zu schaffen, und das heißt zu zeigen, daß beim Fernsehen dieselben Techniken ein ganz anderes Ziel verfolgen müssen als beim Film und daß sie sich darum in einer ganz anderen Richtung entwickeln müssen.
Existentiell sind Darstellung und Vorstellung, Kunst und Erkenntnis der Wirklichkeit selbstverständlich überhaupt nicht zu trennen. Kunst ist eine gewaltige Methode, die Wirklichkeit zu erkennen, und es ist, im strikten Sinn dieses Wortes, eine Kunst, die Wirklichkeit zu erkennen. Praktisch gesagt, Bilder sind eine Art, die Wirklichkeit wahrzunehmen, und Bilder werden als Wirklichkeit wahrgenommen. Trotzdem ist es das Ziel einer jeden ontologischen Analyse, Wirklichkeitsebenen zu unterscheiden, und zwischen der «Wirklichkeit tout court» – was immer das sein mag – und der Fiktion zu unterscheiden. Zwar kann der Film auch der Wahrnehmung dienen, zum Beispiel als Dokumentarfilm, und kann das Fernsehen auch der Kunst dienen, zum Beispiel in Gestalt von Fernsehspielen, aber dies sind marginale Möglichkeiten. Sie sind den beiden Medien zwar nicht wesensfremd, machen aber nicht den Kern ihres Wesens aus. Im gegebenen Augenblick, in dem der Film das Fernsehen überschattet, ist es geboten, die Unterschiede zwischen beiden zu betonen, nicht ihre Ähnlichkeiten.
Dabei bietet das Fernsehen ungeahnte Möglichkeiten einer Kunstkritik, weil es nämlich einerseits das Kunstwerk dynamisch und visuell kommentieren kann und andererseits ein Überholen des Museums nicht nur «imaginär» (im Sinne von Malraux), sondern auch konzeptuell ermöglicht. Diese Möglichkeit des Fernsehens zur Kunstkritik in Form einer dynamischen «Videothek» setzt die Einsicht voraus, das Fernsehen eben als Wahrnehmungsform der Kunst, nicht als Kunstform zu betrachten.
Eine derartige neue Anwendung des Fernsehens würde die gegenwärtige Entfremdung des Empfängers brechen. Er würde von neuem der Wirklichkeit ansichtig werden, und

zwar mit einer vorher nie erreichten Weite und Tiefe. Das käme der Herausforderung gleich, die wahrgenommene Wirklichkeit verändern zu wollen. Sollte, mit anderen Worten, das Fernsehen wie ein Fenster funktionieren, dann würde der Empfänger nach einer Tür suchen, um sich in der Welt zu engagieren, und mangels einer solchen Tür würde er versuchen, in die ihn umgebenden Wände Türen zu schlagen. Es liegt aber nicht im Interesse derer, welche das Fernsehsystem besitzen und kontrollieren, den passiven Verbraucher in einen aktiven Veränderer verwandelt zu sehen. Einen Vorgeschmack für den zu erwartenden Widerstand seitens der Entscheidungsgewalt können wir durch die Erfahrung der amerikanischen Underground-Videoszene gewinnen. Die dort erzeugten Dokumentarvideos – zum Beispiel ganz banale Straßenszenen – werden entweder totgeschwiegen, oder vom offiziellen Fernsehsystem absorbiert und damit in Fiktionen verwandelt. Das Video unterscheidet nämlich unter anderem vom Film, daß es sofort verwendbar ist – also nicht «ediert» wird – und trotzdem erlaubt, vom Empfänger manipuliert zu werden. Das kann zu einer aktiven Wahrnehmung, zur Partizipation an der Handlung führen. Wird aber das Video als Fernsehprogramm gezeigt, verliert es diesen Charakter. Vom Standpunkt der Entscheidungsgewalt wird es weit harmloser.

Selbst wenn man jedoch das Fernsehen in diesem Sinn als Wahrnehmungsform benützen sollte, bliebe die Tatsache bestehen, daß die Kiste, so wie wir sie heute kennen, zwar empfängt, aber nicht sendet. Die zum Zweck der Wahrnehmung manipulierten Phänomene werden von anderen manipuliert, nicht vom Empfänger. Der Empfänger bliebe also in hohem Maße, wenn auch auf andere Weise, zur passiven Betrachtung verurteilt. Auf diese Art ist das «Fensterwesen» des Fernsehens nicht erschöpft; dazu wäre eine zusätzliche Änderung seiner Benutzung notwendig.

Fernsehen als Fenster zum Sprechen mit anderen:
Die Fernsehkiste sieht zwar wie ein Radio aus, das auch Bilder sendet, aber ihr Name, «Television», deutet darauf, daß es in der Absicht ihres Entwurfs lag, nicht ein verbessertes Radio, sondern ein verbessertes Telefon zu erzeugen. Mit anderen Worten, die Kiste sieht nicht so aus, wie sie nach der Absicht des ihr zugrunde liegenden Entwurfs aussehen sollte. Einige Mühe zugegeben, kann eine genauere Betrachtung des Telefons an ihm eine Weiterentwicklung jenes Aspekts des traditionellen Fensters wahrnehmen, durch es hindurch mit anderen sprechen zu können.

Grundsätzlich gibt es zwei Kommunikationssysteme: das Netz und den Rundfunk. Im Rundfunksystem ist ein zentraler Sender strahlenförmig und eindeutig («univok») mit einer Anzahl von peripheralen Empfängern verbunden. Der Kommunikationsprozeß in solch einem System heißt «Diskurs». Im Netzsystem ist eine Anzahl von Teilnehmern «bi-univok» so miteinander verbunden, daß alle Beteiligten senden und empfangen können. Der Kommunikationsprozeß in solch einem System heißt «Dialog». Der Zweck des ersten Systems ist, vorhandene Informationen zu verteilen – Abraham Moles nennt dies eine «Informationskonserve». Der Zweck des zweiten Systems ist, aus vorhandenen Teilinformationen neue zu synthetisieren. Anders gesagt, beim ersten System wird eine in einem «Sendegedächtnis» aufbewahrte Information an andere «Gedächtnisse» gesendet; beim zweiten System wird eine Information erarbeitet, die vorher nur bruchstückhaft – und daher andersartig – in den beteiligten Gedächtnissen gelagert war. Der negativ entropische Charakter der menschlichen Kommunikation ist eine Folge des Zusammenspiels beider Systeme: Im zweiten wird Information erhöht, im ersten gespeichert. Beispiele mehr oder weniger reiner Netzsysteme sind die Post und das Telefonnetz, Beispiele mehr oder weniger reiner Rundfunksysteme das Radio und die Presse.

Jedem der beiden Systeme entspricht eine eigentümliche Stimmung. Dem dialogischen Netzsystem entspricht die Stimmung der Verantwortung (Möglichkeit zur Antwort) und der Tätigkeit (Ausarbeitung von Informationen). Dem diskursiven Rundfunksystem entspricht die Stimmung der Autorität und des Konservativismus (Speicherung einer anerkannten Information) und des Konsums (Verschlucken und Verdauen von Informationen). Die Geschichte des Westens pendelt zwischen der Vorherrschaft des einen oder des anderen der beiden Systeme. Ein Modell für das Rundfunksystem ist die Kirche, ein anderes der Absolutismus. Ein Modell für das Netz ist der Liberalismus, ein anderes die Sowjetunion.

Aus der Sicht der Spieltheorie allerdings ist zwischen Systemen grundsätzlich nach einem anderen Kriterium zu unterscheiden: dem zwischen offenen und geschlossenen Systemen. Systeme sind offen, wenn eine Änderung ihres Repertoires keine Änderung ihrer Struktur erfordert; im entgegengesetzten Fall sind sie geschlossen. Um ein Beispiel zu geben: Die (deutsche) Sprache ist ein offenes «Spiel», weil man ihr Lexikon (ihr Repertoire) ändern kann, ohne notwendigerweise auch ihre Grammatik (ihre Struktur) zu ändern. Das Schachspiel hingegen ist ein geschlossenes Spiel, weil jede Änderung des Repertoires (zum Beispiel die Einführung neuer Steine oder eines neuen Bretts) eine Änderung der Struktur (der Spielregeln) erfordert.

Es besteht die Neigung, diese beiden formalen Kriterien – das strukturale und das funktionelle – folgendermaßen zur Deckung zu bringen: Rundfunksysteme sind offene Spiele, Netze geschlossene Spiele. An Rundfunksysteme lassen sich beliebig viele Empfänger – aber nicht Sender! – anschließen, ohne daß sich deren Struktur ändern müßte. Will man jedoch die Anzahl der an einem Netz Beteiligten erhöhen, zeigen sich immer wieder Schwellen, von denen ab die Struktur des Systems eine Reformulierung erfordert. Insofern sie die Spieltheorie mit der Kommunikationstheorie zur Deckung bringt, ist diese Sichtweise ästhetisch, und insofern sie die gegenwärtige Spaltung von Massenkultur und Elitekultur theoretisch fundiert, ist sie ideologisch attraktiv; mit anderen Worten, sie rechtfertigt formal die gegenwärtige Situation, in der die Elite in Wissenschaft, Kunst, Politik usw. dialogisch Informationen erarbeitet , während sich die Masse darauf beschränkt,

diese Information zu speichern und zu verbrauchen – und zwar in imperativischer Form zu verbrauchen. Trotz ihrer doppelten Attraktivität ist die These aber falsch, und die «Offenheit» mancher Netze – wie eben des Telefonnetzes – ist der Gegenbeweis, an dem man schlecht vorbei kann. Es ist keine feststehende Tatsache, daß die dialogische Ausarbeitung von Informationen strukturell und strategisch nur wenigen Auserwählten gestattet sein muß, sondern strukturell und strategisch, das heißt theoretisch, ist die Demokratie (Dialog aller mit allen) möglich. Sie ist nur praktisch unmöglich, weil wir keine dafür geeigneten Netze besitzen.
An besagter Neigung fällt ein seltsamer Widerspruch ins Auge. Einerseits wird behauptet, die Trennung von Massenkultur und elitärer Kultur sei theoretisch immer gegeben und keine wie immer geartete Verwendung des Fernsehens könne daran etwas ändern. Andererseits aber behaupten einige Verfechter dieser Ansicht, das Fernsehen und vergleichbare «Rundfunksysteme» seien der Demokratie behilflich, denn sie besäßen sozusagen «dialogische Öffnungen» (Feedbacks), durch die hindurch sich die Empfänger unter Zuhilfenahme anderer Medien dialogisch betätigen können (zum Beispiel durch Telefonanrufe bei Sendern, durch Briefe an den Herausgeber usw.). Man kann aber nicht beides haben. Entweder sind dialogische Netze theoretisch geschlossen, und dann haben solche «Öffnungen» nur die Funktion einer absichtlichen Verschleierung der Geschlossenheit dem Empfänger gegenüber – und das ist in der gegenwärtigen Lage tatsächlich der Fall; oder aber dialogische Netze können geöffnet werden, und dann ist die Umwandlung des Fernsehens insgesamt von einem Rundfunksystem in ein Netz möglich, und der gegenwärtige Gebrauch ist inklusive der Feedback-Stellen ein Mißbrauch.
Nimmt man den Namen «Television» ernst – und Namen sind aus phänomenologischer Sicht ernst zu nehmen –, dann ist das Fernsehen, ebenso wie das Telefon, für ein Netzsystem entworfen worden. Durch die industrielle Revolution ist das traditionelle Fenster als Instrument für Gespräche mit anderen dort draußen so gut wie vernichtet worden. Es funktio-

niert nur in Dörfern oder kleinen Städten. In der gegenwärtigen Situation gibt es dafür zu viele «Geräusche». Dadurch ist dem Dialog ein wichtiges Medium genommen. Die Folge ist einerseits Vereinsamung (Massifizierung) und andererseits die Vorherrschaft des Diskurses – unter anderem infolge des gegenwärtigen Gebrauchs der Rundfunksysteme. Die Verdrängung des Dialogs durch den Diskurs im Hinblick auf Elitebildung – Parlamente, Komitees, Studiengruppen, elitäre Ausstellungen usw. – ist überhaupt für die industrielle Revolution charakteristisch. Sie bedeutet das Ende der Volkskultur (Folklore) und das Aufkommen der manipulierten Masse.

Nicht nur um die Mehrheit zu entmassifizieren, sondern auch um die Minderheit vor einer Isolation von ihrer gesellschaftlichen Grundlage zu retten, versuchte man im 19. Jahrhundert, bessere Fenster zu entwerfen: Einerseits das Postsystem, welches dank der diskursiven Verbreitung des Alphabets (Schule) möglich, andererseits und etwas später das Telefonsystem, welches technisch möglich wurde. Aber beide Entwürfe besaßen einen gemeinsamen Mangel, obwohl es sich beim ersten um ein «visuelles» und beim zweiten um ein «auditives» Medium handelt: Beiden liegen lineare Codes zugrunde – der Post das Alphabet, dem Telefon die gesprochene Sprache. Trotz des dialogischen und offenen Charakters ihrer Netze ist es deshalb beiden Systemen nicht gelungen, die Vereinsamung der Massen zu durchbrechen.

Die okzidentale Kommunikation bedient sich traditionell zweier Codetypen: dem zweidimensionalen imaginativen und dem eindimensionalen konzeptuellen. Zweidimensionale Codes übermitteln Bilder (Gestalten) der Phänomene. Eindimensionale tasten die Phänomene ab und verwandeln sie in Prozesse. Bei Dialogen durchs Fenster sind beide Codetypen sozusagen parallel in Aktion. Durch Dekodierung des eindimensionalen Codes können die Gesprächspartner die jeweilige konzeptuelle Botschaft verstehen, durch Dekodierung des zweidimensionalen Codes können sie sich gegenseitig erkennen. Das Zusammentreffen der beiden Codetypen im traditionellen Fensterdialog überwindet zum

Teil die Einsamkeit der Partner (selbstverständlich nicht ihre grundsätzliche Einsamkeit zum Tod, aber davon ist hier nicht die Rede). Fehlt aber wie bei Briefen und Telefongesprächen der imaginative Code, so bleibt die Einsamkeit der Partner unangetastet. Der Dialog beschränkt sich dann auf den Austausch einer eindimensionalen, konzeptuellen Botschaft. Die gegenwärtige Überlastung des Post- und Telefonnetzes durch verzweifelte Versuche, die Einsamkeit zu brechen, belegt das.

Im 20. Jahrhundert wurde es technisch möglich, ein Medium zu entwerfen, in dem sich beide Codetypen nicht nur zusammenführen lassen, sondern einander auf die oben skizzierte Weise ergänzen. Ein Medium also, das die nachindustrielle Gesellschaft dank eines verbesserten Fensters in ein «kosmisches Dorf» verwandeln könnte (allerdings nicht im Sinn von McLuhan, dem ein kosmisches diskursives Sparta, nicht ein dialogisches Athen vorschwebt). Das ist nicht geschehen, weil das Fernsehen nicht als Telefon (Netz), sondern als Radio (Rundfunk) angewandt wurde. Darum sieht die Kiste so aus, wie sie aussicht.

Wie könnte sie anders aussehen, oder besser, wie sollte sie aussehen? Einige Antworten auf diese Frage existieren bereits. Sie könnte wie ein Telefon mit einem Bildschirm aussehen. Keine sehr glückliche Antwort, denn sie verfehlt das Wesen des Fernsehens, wie die kutschenähnlichen Autos am Jahrhundertanfang das Wesen der Autos verfehlten. Sie könnte so aussehen wie eine mit Bildschirm versehene und mit einem Computer rückgekoppelte Schreibmaschine, wie sie beim «programmierten Unterricht» eingesetzt wird. Wie die Kiste tatsächlich aussehen wird, wenn der Durchbruch zu einem offenen Fernsehnetz gelingen sollte, entzieht sich unseren heutigen Vorstellungen fast völlig. Denn dem Fernsehen sind dialogische Möglichkeiten inhärent, die wir vorläufig nur ahnen können.

Eines ist sicher: Der Fernsehcode macht Dialoge möglich, die nicht nur ganz andere Themen besprechen können als die heutigen, sondern auch auf eine ganz andere Weise: Dialoge mit einem weiter gefaßten Spektrum an Phänomenen und anderen Kategorien zur Wahrnehmung dieser Phänomene. Aber obwohl das Instrument schon in unseren Händen ist, bleibt es beinahe Science-fiction, das Resultat seiner wesensgerechten Verwendung beschreiben zu wollen.

Sollte der Durchbruch zu einem offenen Fernsehnetz gelingen, an dem ebensoviele Partner teilnehmen würden wie am gegenwärtigen Fernsehrundfunk oder am gegenwärtigen Post- und Telefonnetz, dann würde sich die Struktur der Gesellschaft grundsätzlich geändert haben. Alle Fenster stünden dann allen offen, um mit allen zu sprechen, und zwar über eine auf neue Art wahrgenommene Wirklichkeit zu sprechen. Dies käme einer allgemeinen Politisierung gleich, denn die Gesellschaft wäre dann um eine kosmische *agora* versammelt, und jeder könnte publizieren. Überall würden neue Informationen entstehen, allerdings auch ein neues Problem: Herrscht heute Mangel an Dialog, dann würde dort Mangel an Diskurs bestehen. Mit der allgemeinen Politisierung bestünde die Tendenz, den privaten Raum zu entleeren. Diese Gefahr wird bereits heute von einigen Theoretikern angeführt, um gegen eine derartige mögliche Öffnung des Fernsehens zu polemisieren. Zwar ist dieses Argument wahrscheinlich wahr, aber sicher ist es verfrüht. Nicht diese Gefahr, sondern die der allgemeinen Massifizierung ist dringend ins Auge zu fassen, allerdings in einem Kontext, der sich vor unseren Augen, die nicht begreifen können oder wollen, täglich ändert. Der Begriff «entfremdete und einsame Masse», der so mühselig im Lauf der letzten Jahrzehnte ausgearbeitet wurde, muß vielleicht angesichts solcher Änderungen aufgegeben werden. Die Bevölkerungsexplosion hat nicht nur das Schwergewicht der Menschheit geographisch verlagert, sondern vor allem die Masse durch quantitative Steigerung qualitativ verändert. Ein in vier bis fünf Milliarden von Exemplaren verfügbarer Mensch ist ein anderes Wesen als der «alte Mensch», wiewohl uns für diese sprunghafte Verwandlung noch viele Maßstäbe fehlen. Eine solche Masse ist vielleicht nicht mehr «entfremdet und einsam», sondern hat ganz andere und noch nicht abzuschätzende Eigenschaften. Eine dieser Eigenschaften ist wahrscheinlich ihr endemischer – und periodisch epidemischer – Hunger. Die Frage also, ob man an der Funktion des Fernsehens etwas ändern kann, bekommt ihren prospektiven Sinn erst, wenn man sich dessen bewußt wird, daß in den Begriffen «Massenkommunikation» und «Massenkultur» das Wort «Masse» eine neue Bedeutung gewinnt, welche bei weitem noch nicht geklärt ist.

(1974)

QUBE und die Frage der Freiheit

Télérama, die Zeitschrift, welche die Programme der drei französischen Fernsehsender veröffentlicht, bringt in ihrer Ausgabe vom 13. Januar 1979 einen Bericht über den Versuch mit einem neuen Fernsehsystem in Columbus, Ohio. Der Bericht ist ziemlich oberflächlich, und der berichtete Versuch ist nicht einer der bemerkenswertesten unter den augenblicklich angestellten. Aber gerade weil der Bericht so simpel ist und der Versuch beinahe schon alltäglich, sollte diesem Ereignis volle Aufmerksamkeit geschenkt werden. Die im Fernsehsystem schlummernden Möglichkeiten verlangen nach neuer Beurteilung, und dies nicht nur in jenem Sinn, in welchem zum Beispiel Soziologen und Politologen die Folgen der jüngst vom deutschen Fernsehen ausgestrahlten Serie «Holocaust» analysieren. Es verbergen sich nämlich im Fernsehen noch ganz andere Tendenzen, die sich auf ein Bewußtwerden der Beteiligten richten.
Es handelt sich um folgendes: Die Firma *Warner Communication Inc.* hat am 1. Dezember 1977 in Columbus, Ohio, die erste kommerzielle Fernsehanlage eingerichtet, an welcher sich die Empfänger beteiligen können. Sie heißt QUBE, (*question your tube* – «stell deinen Fernsehschirm in Frage»). Es gibt gegenwärtig 25 000 Abonnenten, also ungefähr 100 000 Beteiligte. Sie verfügen über einen gewöhnlichen Empfänger und über eine Klaviatur, mit der die gewünschten Sendungen abgerufen werden können.
Die Klaviatur hat 18 Tasten und drei Spalten zu je zehn Feldern. Wer die Spalte «P» drückt, muß für den Empfang zahlen. Die beiden anderen Spalten sind kostenlos. Die Felder tragen folgende Titel: «P» (*premium*): Programmliste; Film; Film; Klassisches; Besser leben; Sonderereignisse; Darbie-

tungen; *drive-in;* besondere Vorstellungen; Pornographien.
«C» (*community*): Columbus direkt; Sport; *pinwheel;* Nachrichten; Wetter; alte Filme; Ankäufe; Religion; QUBE-Universität; Kultur und Unterricht. «T» (*television*): verschiedene Sender des Staates Ohio.
Obwohl die Bedeutung einiger dieser Titel nicht völlig klar ist, kann die Manipulation der Klaviatur doch erschlossen werden. Drückt man zum Beispiel auf die Tasten P und 10, empfängt man einen Pornofilm, und muß dafür etwas zahlen. Drückt man C und 10, empfängt man zum Beispiel kostenlos einen Mathematikkurs. Und drückt man T und 10, empfängt man kostenlos ein Programm der Fernsehsender von Columbus. Ausschlaggebend für das System sind aber die fünf rechtsstehenden Tasten. Leider ist ihre Funktion im erwähnten Bericht nicht genau beschrieben, doch kann man mit ziemlicher Sicherheit das Folgende sagen:
Diese Tasten sind dank einem Computer, welcher das System zusammenfaßt, so mit der Spalte «C» gekoppelt, daß sie die Wahl unter verschiedenen, auf dem Schirm gezeigten Gegenständen und eine Beteiligung an der Auswahl erlauben. Werden zum Beispiel auf dem Schirm, nach einem Druck auf die Tasten C und 7, fünf verschiedene Kleider gezeigt und drückt der Benutzer dann die Taste III, so liefert das betreffende Kleidergeschäft das entsprechende Kleid ins Haus. Oder: Zeigt man auf dem Schirm vier Kandidaten für die Verwaltung der öffentlichen Parkanlagen von Columbus (nach Druck auf C und 1), kann man rechts die dem vorgezogenen Kandidaten entsprechende Taste drücken, was einer Wahlbeteiligung gleichkommt. Wird von der Mehrzahl der Wähler die «leere» Taste V gedrückt, so sind die Wahlen ungültig; es müssen neue Kandidaten aufgestellt werden. Der zitierte Bericht erwähnt diese Beispiele, doch lassen sich auch andere denken. Wie wäre es, wenn beispielsweise die Tasten C und 1 die Beteiligung an Schwurgerichten und die Tasten C und 9 die an Hochschulprüfungen gestatteten? Angeklagte könnten auf diese Weise von zu Hause aus freigesprochen, ein Doktorat zu Hause abgelegt werden.
Télérama befragte eine Arbeiter- und eine Kleinbürger-

familie. Die Zeitschrift wollte das Funktionieren des Systems überprüfen. Die soziokulturellen Unterschiede sind demnach offenkundig, da die Arbeiterfamilie in den entsprechenden Sparten andere Programme wählt als die bürgerliche. Hingegen sind beide Familien, dank QUBE, stark am politischen, kulturellen und sozialen Leben der Stadt beteiligt: Beide wählen beinahe täglich. Der Kommentar, den *Télérama* dazu abgibt, ist aufschlußreich: Der einzige tatsächlich dabei Nutztragende sei die Firma Warner. Es handelt sich um ein Beispiel dafür, wie schwer es Europäern fällt, die Übersiedlung der okzidentalen Kultur in die Vereinigten Staaten zuzugeben, und wie sie versuchen, dieses Eingeständnis durch die Betonung der vulgären und «materialistischen» Aspekte der amerikanischen Szene zu vermeiden.

Trotzdem ist klar, daß wir hier vor einer zukunftsträchtigen Tendenz stehen. Auf die zahlreichen Möglichkeiten dieses Systems auf dem Gebiet der Politik, des Unterrichts, der Kunst, der Justiz, der Pädagogik usw. sei hier nicht weiter eingegangen. Der vorliegende Artikel wird sich auf einen einzigen Aspekt von QUBE beschränken müssen. Doch sei noch ein besonderer Punkt erwähnt: Die rechten Tasten erlauben eine Wahl unter vier Alternativen und das Ablehnen aller. Dies öffnet einen Parameter für sogenannte «selbstverzweigende Entscheidungen», das heißt für Reihen von Entscheidungen, welche in Baumstruktur aufeinander folgen; eine dynamische und fortschreitende Entscheidungsstruktur, wie wir sie aus dem Diskurs der Wissenschaft und der Technik kennen.

Die Existenzanalyse unterscheidet zwischen zwei Daseinsformen: der aktiven und der passiven, der erzeugenden und der verbrauchenden, der praktischen und der theoretischen, der öffentlichen und der privaten. Diese beiden Lebensarten werden meist dialektisch verstanden, was die griechischen und die lateinischen Bezeichnungen dafür belegen: *scholé – ascholia* und *otium – negotium* (etwa: «Muße – Mangel an Muße»). Die meisten außerwestlichen Kulturen und die westliche Kultur der Vergangenheit schätzen das beschauliche private Leben höher als das tätige öffentliche. So verleiht der jüdische Sabbat den Werktagen ihren Sinn, die griechische Theorie ist das Ziel der erkennenden Tätigkeit, und die Klosterschule ist Fundament und Ideal des mittelalterlichen Lebens. Die protestantische Schaffensmoral hat diese Werte umgestülpt, und so dient in der Neuzeit der Konsum der Produktion, die Theorie der Praxis, und das Private als Ausgangspunkt für ein Engagement im öffentlichen Leben.

Die gleiche Analyse ist weitgehend der Ansicht, daß wir gegenwärtig Zeugen einer Rückstülpung dieser Werte sind, einer Rückwertung also. Danach befänden wir uns an der Schwelle einer Kultur des Konsums, der Freizeit, der Depolitisierung, kurz der Masse. Der Fernsehschirm ist das von einer solchen These bevorzugte Beispiel: der im Privatraum den Schirm betrachtende Massenmensch, das in einem neuen Sinn beschauliche Leben. Um mit Hannah Arendt zu sprechen: Der Apparat verschlinge gegenwärtig allen öffentlichen Raum, um ihn in den Privatraum des Konsumenten zu speien. Betrachtet man jedoch QUBE, kann man zu einer anderen Beurteilung der gegenwärtigen Tendenzen kommen. Dann nämlich sieht man einen Apparat, der ein Daseinsniveau herstellt, auf welchem die Unterscheidung zwischen öffentlich und privat, zwischen Handlung und Leidenschaft, Praxis und Theorie allen Sinn verliert. Die Abonnenten von QUBE beteiligen sich am öffentlichen Leben gerade dann, wenn sie daheim sind; sind sie dagegen in Fabrik oder Büro, fühlen sie sich von den «Geschäften der Stadt» – «vom Drama der Republik» – abgeschnitten. Für sie müssen die erwähnten Existenzkategorien fallengelassen werden.

Solange man mit solchen Kategorien operiert, wird die Wahl zwischen den beiden Lebensformen als der kritische Moment des Lebens erscheinen. Als die Möglichkeit nämlich, sein Leben zu ändern. Wie entscheidet man sich etwa, Bäcker zu werden, oder Kommunist, oder aufs Land zu ziehen? Ins Kloster zu gehen, sich einer Idee zu opfern, sich das Leben zu nehmen? Was hier in Frage steht, ist selbstredend die Freiheit. Trotz aller Theorien der Entscheidung einerseits, und allen Analysen eines Camus oder Sartre auf der anderen, bleibt diese Frage im Dunkeln, das heißt in den Nebeln vom Typ «Berufung» und «Schicksal». Sobald man jedoch solche Kategorien fallenläßt und die Klaviatur von QUBE betrachtet, verschiebt sich das Problem der Freiheit aus dem Gebiet der Metaphysik in jenen Bereich, in welchem phänomenologische Analysen möglich sind. Die Frage der Freiheit wird: Warum drücke ich auf diese statt auf jene Taste? Hier schaltet sich die Theorie der Handlungen von Abraham Moles* ein, allerdings auf eine vom Autor selbst nicht beabsichtigte Weise.

Wir wissen, daß der entscheidende Akt die Form eines Tastendrucks annehmen kann: Camus analysierte die Geste des den Pistolenhahn drückenden Selbstmörders. Wir alle haben vom roten Knopf gehört und gelesen, der den amerikanischen Präsidenten überallhin begleitet: Wird er gedrückt, bedeutet das den Tod eines Teils der Menschheit. Aber was hier neu ist (und die Grundlage der Theorie von Moles bildet), ist die Tatsache, daß die QUBE-Klaviatur jedem erlaubt, im Alltag eine Miniaturausgabe des Selbstmörders von Camus und des amerikanischen Präsidenten zu sein.

Man mag der Ansicht sein, daß der Versuch, die Frage der Freiheit aus den Tasten einer Klaviatur ablesen zu wollen, einer Profanierung gleichkomme. Etwa einer Desakralisation des Geheimnisses der Sünde oder der Stimme des Gewissens. Das wäre ein Irrtum. Wir neigen dazu, das Heilige mit dem Dunklen und das Profane mit dem Selbstverständlichen zu verwechseln. Und die Klaviatur von QUBE erscheint uns als etwas Selbstverständliches, als eine «weiße Kiste». Aber könnte es nicht sein, daß das Heilige gerade in unserer selbstverständlichen Fähigkeit besteht, auf diesen statt auf jenen Knopf zu drücken? Übrigens ist die QUBE-Klaviatur mit ihren drei Tasten-Typen gar nicht so einfach. Jedenfalls bilden die von ihr gebotenen Entscheidungsmöglichkeiten und die sie einschließenden, verborgenen Motive eine «schwarze Kiste», geräumig genug, den Rahmen dieses Artikels zu sprengen. Man kann daher ruhig behaupten, daß eine Analyse

---

* *Théorie des actes*, 1977, zusammen mit Elisabeth Rohmer.

der QUBE-Klaviatur eine Analyse der Freiheit bedeutet. Damit wird die Freiheit nicht profaniert, abgesehen davon, daß ein Sakralisieren der Freiheit dieser nie sehr zuträglich gewesen ist.

Die QUBE-Klaviatur erlaubt, Existenzentscheidungen in punktartige, atomare Entscheidungen zu zerlegen, etwa in das, was Moles die «*actomes*» nennt. Dank dieser Zerstäubung der Entscheidungen kann das System QUBE die aktive und die passive Lebensform zu einem neuen Existenzniveau synthetisieren. Die Entscheidung, sich einen Pornofilm anzusehn oder für Herrn X als Leiter eines Sportklubs zu stimmen, hat nicht das existentielle Gewicht, das Entscheidungen für den Terrorismus oder die reine Forschung haben. Dennoch ist der kumulative Effekt derartiger Entscheidungen nicht nur dem von existentiellen Entscheidungen gleichwertig, er übersteigt sie sogar. Die Entscheidung, sich das Leben zu nehmen, scheint wichtiger zu sein als die, sich einen alten Film anzusehn. Bedenkt man aber den kumulativen Effekt der Entscheidungen des zweiten Typs, muß man das Gegenteil annehmen: Der Selbstmörder entscheidet sich zwischen den Alternativen, Subjekt oder Objekt zu sein, während sich der QUBE-Abonnent täglich immer wieder entscheidet, zugleich Subjekt und Objekt zu sein. In diesem Sinn führt die Zerstäubung der Entscheidungen zu einer Existenzform jenseits des Selbstmords.

Aber dies ist nicht die einzige Verwandlung der Daseinsstimmung, welche von der Miniaturisierung der Entscheidungen erreicht wird. Es ist zwar wahr, daß die Entscheidungen auf der QUBE-Klaviatur weniger gewichtig sind als die im Leben vor und außerhalb von QUBE getroffenen, aber nicht weniger wahr ist, daß die QUBE-Entscheidungen unmittelbarer wirken. Zwischen meiner Entscheidung, zu heiraten, meinen Feind zu töten oder Mönch zu werden, und der Wirklichkeit, auf welche sich diese Entscheidung bezieht, steht eine Reihe von Taten. Diese Reihe bildet einen zeitlichen und existenziellen Abgrund, also einen Abstand zwischen mir und den Folgen meiner Entscheidung. Dieser Abgrund bewirkt, daß meine Entscheidung zweifelhaft bleibt, (wiewohl «zweifelhafte Entscheidung» ein Widerspruch in sich ist), und ich berücksichtige dies in meinen «Berechnungen» beim Entscheiden (um im Universum von Abraham Moles zu bleiben). Wenn ich mich hingegen im QUBE-System für eine Antwort bei einem Mathematikkurs entscheide, erfahre ich sofort, ob sie falsch war; wenn ich dort an einem Schwurgericht teilnehme, erfahre ich sofort, ob der Angeklagte freigesprochen wurde; und wenn ich dort für einen Volksschuldirektor stimme, erfahre ich sofort, ob mein Kandidat gesiegt hat. Da meine Entscheidung augenblicklich wirksam ist, trage ich eine unmittelbare Verantwortung für den Druck auf die Taste.

Die unmittelbare Wirksamkeit atomisierter Entscheidungen zeigt sich auf noch andere Weise. Lebensentscheidungen vor und außerhalb von QUBE haben nur dann eine Wirkung, wenn ihnen eine Reihe von Taten – und von Rückwirkungen auf diese Taten seitens der Wirklichkeit – folgen. Diese Taten (und die Reaktionen darauf) vermitteln zwischen Entscheidung und Wirklichkeit und verändern beide. Im QUBE-System hingegen ist die Entscheidung die Tat selbst; sie besteht im Druck auf die Taste. Die dem Tastendruck folgenden Handlungen werden vom Apparat ausgeführt; sie sind also autonom. Sie erfolgen unabhängig von jeder weiteren Entscheidung des Tastendrückers. In diesem Sinn sind sie «automatisch». Entscheidung und Tat fallen zusammen; es hat also jeden Sinn verloren, zwischen Handeln und Erleiden unterscheiden zu wollen. Der am QUBE-System Beteiligte ist ein «reines Entscheidungszentrum», eine «reine Freiheit» in einem Sinn, in dem er bisher nur auf Engel bezogen wurde: für ihn heißt «sich entscheiden» auch schon «gehandelt haben».

Autonomie und Automatik der Handlungen, welche im Apparat durch den entscheidenden Tastendruck ausgelöst werden, verdienten es, an konkreten Beispielen beleuchtet zu werden. Damit gerieten wir aber unversehens an den Rand der Futurologie. Statt dessen sei ein anderer Aspekt des Problems angeschnitten: Wer amerikanischer Präsident sein soll, scheint eine bedeutendere Frage zu sein, als die, wer in einem

Fußballklub in Columbus, Ohio, Präsident wird. Aber meine Teilnahme an der Wahl des zweiten ist unmittelbarer, schwerwiegender und wirkungsvoller als die an der Wahl des ersten. In diesem Sinne ist meine den Fußballklub betreffende Entscheidung «konkreter», nämlich weniger symbolisch, also verantwortungsvoller. Daher ist die Frage nach dem Fußballklubleiter existentiell bedeutungsvoller als die Frage nach dem amerikanischen Präsidenten. Wenn also das QUBE-System durch Zerstäubung der Entscheidungen den öffentlichen Raum in Staub verwandelt – den amerikanischen Präsidenten in Tausende von Klubleitern zerstäubt –, stellt es damit die «direkte Dorfdemokratie» wieder her, in der jede Entscheidung existentielles Gewicht hat. Mit dem Unterschied zum Dorf, daß es im System auch möglich ist, dank Autonomie und Automatik des Apparats nicht-existentielle Entscheidungen zu treffen – den amerikanischen Präsidenten zu wählen. Das bedeutet, daß im QUBE-System die Kompetenz eines jeden Beteiligten und das Gewicht einer jeden Kompetenz, von aller Ideologie befreit, klar an den Tag tritt. «Entideologisierte Demokratie» also.

Die Zerstäubung der Entscheidungen im QUBE-System hat indessen keine Verengung des Horizonts der Beteiligten zur Folge. Die Lebenswelt des an QUBE Beteiligten ist keineswegs ärmer als die des Empfängers von Massenmedien. (Siehe die Beschreibung der QUBE-Klaviatur.) Er ist nicht weniger an den Ereignissen im Iran interessiert und weiß ebensoviel von den Entdeckungen auf dem Gebiet der Genetik. Hingegen ist er sich der Grenzen seiner Fähigkeit, die Welt zu ändern, weit bewußter: Seine Klaviatur zeigt diese Grenzen. Er weiß, auf welchen Teil seiner Lebenswelt er wirken kann und welches Gewicht seine diesbezüglichen Entscheidungen haben. Durch dieses Bewußtsein der eigenen Begrenztheit überholt er die Dialektik von Theorie und Praxis: Er trifft seine Entscheidungen im Hinblick auf seine gesamte Weltanschauung (also theoretisch), aber auch im Hinblick auf die Wirkung seiner Entscheidung (also praktisch). Und da seine Entscheidung zugleich auch seine Tat ist, kann man bei ihm von theoretischer Praxis und praktischer Theo-

rie sprechen. Von handelnder Beschaulichkeit und beschaulicher Handlung.
Läßt man seiner Phantasie freien Lauf, und stellt man sich ein außerordentlich verbessertes QUBE-System vor, an dem ein großer Teil der Menschheit teilnimmt, dann kann man die zerstäubten Entscheidungen auf eine Ebene der Integration projizieren. Die sogenannten «geschichtlichen» Entscheidungen wären dann Integrale von Differentialentscheidungen, oder: «leben» hieße dann, entscheidend an der Geschichte teilnehmen. Aber ein solch zügelloser Flug der Vorstellungskraft ist nicht nötig, will man die Bedeutung des in Columbus, Ohio, vor sich gehenden Experimentes erfassen. Für die Abonnenten des QUBE-Systems ist die Muße jetzt schon der Ort wirksamer Entscheidungen, die Betrachtung des Bildschirms ist für sie jetzt schon der Ort ihres politischen, sozialen und kulturellen Engagements, und ihr Privatraum ist für sie jetzt schon die Republik, die öffentliche Sache. Wir stehen in Columbus, Ohio, jetzt schon einer neuen Lebensform gegenüber.
Die geläufigen Prophetien sehen im Apparat ein Instrument der Vermassung, der Depolitisierung und des Totalitarismus. Die Analyse des QUBE-Systems zeigt einen Apparat als Instrument der Zerstäubung, der Politisierung und der direkten Demokratie. Der Apparat der geläufigen Prophetien funktioniert im Klima der Verantwortungslosigkeit, der Apparat aus der QUBE-Sicht erzeugt das verantwortungsvolle Bewußtsein der Grenzen eines jeden. Diese zweite Sicht des heranrückenden Apparats mag noch beunruhigender sein als die erste. Man muß sie jedoch ins Auge fassen. Nicht nur wegen der gegenwärtigen Experimente in Columbus, Ohio, sondern auch wegen ähnlicher Vorgänge anderswo in den Vereinigten Staaten, in Kanada, in Japan und auch in Europa.
Diese zweite Sicht des kommenden Apparats läßt sich so zusammenfassen: Gegenwärtig lebt der Mensch auf zwei Daseinsebenen, auf der des tätigen und der des beschaulichen Lebens. Er muß sich zwischen den beiden Ebenen grundsätzlich, aber auch täglich, entscheiden. Diese Entscheidungen bilden seinen Lebensrhythmus. Systeme vom Typ QUBE

synthetisieren diese beiden Ebenen, um daraus einen Kubus zu formen. In diesem so entstehenden dreidimensionalen Lebensraum, in dem sowohl der private wie der öffentliche Raum aufgehoben sind, muß der künftige Mensch seine Entscheidungen treffen. Ob uns dies recht ist oder nicht: Die Lebenswelt ist dabei, eine neue Dimension zu gewinnen.

(*1979*)

Das Politische im Zeitalter der technischen Bilder

Die rumänische Revolution ist selbstverständlich an sich interessant. Das Thema dieses Essays wird trotzdem einer noch interessanteren Frage gewidmet sein: Erlaubt uns die Rolle, welche das Fernsehen im Laufe der Revolution gespielt zu haben scheint, neue politische Kategorien für die unmittelbare Zukunft zu antizipieren? Die Hypothese, die ich Ihnen zur Erwägung vorlegen möchte, ist die folgende: Ursprünglich wurden technische Bilder wie Fotografien dazu verwendet, politische Ereignisse zu «dokumentieren», was bedeutet, daß sie einige Aspekte dieser Ereignisse zur künftigen Prüfung festhielten. Nach dem 2. Weltkrieg war es das Ziel einer zunehmenden Anzahl politischer Ereignisse, durch technische Bilder wie Film oder Fernsehen festgehalten zu werden, was bedeutet, daß diese Bilder zum politischen Zweck wurden. Die rumänische Revolution legt nun den Schluß nahe, daß Fernsehbilder politische Ereignisse auslösen können, was wiederum bedeutet, daß diese Bilder zum Motor politischen Handelns werden. Die hier vorgelegte Hypothese stellt unsere traditionellen politischen Kategorien in Frage. In der Tat stellt sich die Frage, ob der Begriff der «Politik» selbst überhaupt noch einer Situation angemessen ist, in der Bilder der dominante Code der Kommunikation sind.
Bilder sind ein sehr alter Code, zumindest so alt wie unsere Gattung, möglicherweise sogar älter. Aber die vor-geschichtlichen, vor-politischen Bilder sollen hier nicht untersucht werden. Sie dienten dazu, ihre Empfänger mit einer Art von Anleitung zu versorgen, wie sie sich in einer Welt zu verhalten hätten, die als szenisch erfahren wurde. Zum Beispiel: Die Höhlenmalereien in Lascaux sollten zeigen, wie man Pferde

jagt. Es ist wichtig zu beachten, daß diese Bilder eine magische Struktur aufwiesen: Sie bedeuteten Szenen, nicht Ereignisse; Vorfälle, nicht Prozesse; sie waren – in diesem radikalen Sinne – vor-historisch, und für viele Jahrtausende funktionierten sie gut: Geschichte und Politik waren für die Menschen nicht notwendig, um ein gutes Leben zu führen.

Es gab allerdings eine innere Dialektik dieser Bilder, die schließlich dazu führte, daß sie einigermaßen nutzlos wurden. Es ist diese innere Dialektik, die charakteristisch für jede Vermittlung ist: Anstatt die Welt, die sie bedeuten, zu zeigen, verbargen sie diese Welt. So kam es, daß die Empfänger dieser Bilder ihre Erfahrung der Welt dazu benutzten, sich innerhalb der imaginären Welt zu orientieren, anstatt ihre Erfahrung mit Bildern für die Orientierung in der Welt zu nutzen. Diese Umkehrung des Verhältnisses «Bild – Realität», welche die Menschen in Funktion von Bildern leben ließ, ist, was die Propheten «Idolatrie» nannten und was die moderne Philosophie «Entfremdung» nennt. Es ist wichtig, das zu beachten, weil die Bilder des Fernsehens während der rumänischen Revolution die magische, vorgeschichtliche Funktion möglicherweise wieder einnehmen konnten.

Um dieser entfremdenden magischen Funktion der Bilder entgegenzuwirken, wurde die Linearschrift erfunden. Die Zeilen der Texte explizierten die Oberfläche der Bilder (sie erklärten sie), und durch die Beschreibung der Bilder hindurch erlaubten die Texte ihren Empfängern, die Realität wiederzuentdecken, auf welche die imaginäre Welt verwies. Mit der Erfindung der Linearschrift war die eigentliche Geschichte geboren. Weil die Zeilen der Texte die magische Oberfläche aufrollten, verwandelten sie die Szenen in lineares Geschehen, und so entstand die lineare, gerichtete, geschichtliche Zeit.

Das existentielle Klima wurde durch diese Umkodierung von Oberflächen in Linien radikal verändert, weil das Leben nun nicht länger ein Kreislauf der ewigen Wiederkehr war, sondern zu einer Serie unwiderruflicher Augenblicke wurde, welche dramatische Entscheidungen erforderten. Das politische Bewußtsein war geboren. Es ist wichtig zu begreifen, daß ein solches Bewußtsein in seinen Strukturen anti-bildlich ist, weil es anti-magisch ist.

Nun ist das politische Bewußtsein, obwohl es strukturell auf linearen Texten basiert, auch von einer spezifischen Kommunikationsstruktur abhängig, nämlich von dem, was man «Diskurs» nennt, bei dem man zwischen dem Sender und dem Empfänger einer Information unterscheiden kann. Um es einfach zu formulieren: Texte sind Informationen, die privat ausgearbeitet und dann veröffentlicht werden. Diese Informationen werden dem Empfänger im öffentlichen Raum (in der «Republik») zugänglich. Auf diese Weise etabliert diese spezifische Kommunikationsstruktur private Räume, in denen Information hergestellt wird, und öffentliche Räume, wo diese Information empfangen wird. Und sie etabliert darüber hinaus einen ganz bestimmten Rhythmus: Menschen verlassen ihre Privatsphäre (ihre Küchen, *oikai*) und betreten den öffentlichen Raum (die Agora, das Forum), um informiert zu werden, und sie kehren nach Hause zurück, um diese Informationen zu speichern und zu verarbeiten. Das ist das politische Leben, und das ist, was Hegel das «unglückliche Bewußtsein» genannt hat: Wenn ich in die Welt hinausgehe, verliere ich mich, und wenn ich heimkehre, um mich selbst zu finden, verliere ich die Welt. So ist das politische Bewußtsein anti-bildlich, und es ist auf dramatische Weise unglücklich.

Aber niemals blieb das politische Bewußtsein ohne Herausforderung durch Bilder, durch Magie. Als die Texte begannen, die Bilder zu erklären, um sie wegzuerklären, drangen die Bilder in Texte ein, um sie zu illustrieren. Als die Texte Ereignisse zu Geschehen aufrollten, gefroren die Bilder die Texte wieder zu Ereignissen, und so wurde das Bewußtsein zu einem Schlachtfeld zwischen Historizität und Magie. Es ist diese tragische innere Spannung, die während des Mittelalters die Gestalt des Konfliktes zwischen Christen- und Heidentum annahm, und sie wurde sogar noch gewaltsamer, als sich die moderne Wissenschaft herauszubilden begann.

Wissenschaft ist ein alphanumerischer Diskurs, der im privaten Raum (zum Beispiel im Laboratorium) ausgearbeitet und dann im öffentlichen Raum publiziert wird, und der sich der Magie radikal entgegenstellt. Daher wurde die Bedeutung der Wissenschaft desto unvorstellbarer, je mehr der wissenschaftliche Diskurs voranschritt. In diesem eigenartigen Sinne ist Wissenschaft politisches Bewußtsein in seinem Reinzustand. Es ist die wahrhaftige Befreiung von auferlegten Bedingungen und, im Fall ihrer technischen Anwendung, die Methode, um ein gutes Leben zu ermöglichen. Aber nachdem die Realität, über die uns die Wissenschaft informiert, immer unvorstellbarer (obgleich perfekt verständlich) wird, vermögen sie wenige zu ertragen. Nur sehr wenige können im öffentlichen Licht der Vernunft ohne die Hilfe privater Magie leben, wie sie von den infiltrierenden Bildern bereitgestellt wird. Das ist der Grund, warum technische Bilder – zuerst Photos, dann Filme, Videos, Fernsehen und schließlich (in jüngster Zeit) Computermonitore – erfunden wurden.

Diese Bilder sind Produkte des wissenschaftlichen und technischen Diskurses, und in diesem Sinne sind sie politische Produkte, Produkte eines öffentlichen Raumes. Aber sie haben etwas radikal Anti-Politisches an sich. Nicht nur sind sie (wie alle Bilder) zweidimensionale Oberflächen und verweisen derart auf Ereignisse und nicht auf Geschehen; im Unterschied zu allen vorangegangenen Bildern zerstören sie auch alle öffentlichen Räume. Sie lösen traditionelle Kommunikationsstrukturen auf und etablieren das, was man gewöhnlich als die «Kommunikationsrevolution» bezeichnet.

Früher wurden Informationen im öffentlichen Raum publiziert, und die Menschen mußten ihr Heim verlassen, um an sie heranzukommen – in die Schule gehen, in Konzerte, zu Vorträgen und in Supermärkte. Früher waren die Menschen «politisch engagiert», ob sie es nun wollten oder nicht. Aber heute werden die Informationen direkt von privaten Räumen aus in private Räume übertragen, und die Menschen müssen zuhause bleiben, um an sie heranzukommen – um fernzusehen, nach programmierten Kursen zu lernen und sogar Waren über Minitel oder ähnliche Hilfsmittel zu kaufen. Die Leute werden «politisch desengagiert», weil der öffentliche Raum, das Forum, nutzlos wird. In diesem Sinne wird behauptet, daß das Politische tot ist und die Geschichte in die

Nachgeschichte übergeht, wo nichts fortschreitet und alles bloß passiert.

Nun ist dieser Kampf zwischen Wissenschaft und politischem Bewußtsein auf der einen und dem, was man heute «Medien» nennt, auf der anderen Seite komplexer als hier angedeutet. Zu Beginn (in der Mitte des 19. Jahrhunderts) sah es so aus, als ob Wissenschaft und Politik den neuen Typus des Bildes für ihre eigenen Zwecke nutzen würden und es dieser Umstand wäre, dem er seine Erfindung verdankte. Fotos wurden gebraucht, um Ereignisse zu Szenen zu transkodieren, um diese Ereignisse für das Gedächtnis zugänglich zu machen und damit auch einer zukünftigen Verwendung. Aber selbst das ist eine Vereinfachung, weil Fotos als Kunstform verstanden wurden. So begannen die neuen Bilder die Unterschiede zwischen Wissenschaft, Politik und Kunst zu verwischen. Fotos waren wissenschaftliche Produkte, welche der Politik dienen und künstlerisch sein sollten. Diese Verwischung der Unterschiede ist ein wichtiger Faktor der beginnenden De-Politisierung. Noch ein Beobachter des 19. Jahrhunderts mag geglaubt haben, daß technische Bilder – wenngleich sie keines öffentlichen Raumes bedürfen, um empfangen zu werden – nach wie vor helfen würden, das politische Bewußtsein zu stärken, etwa als Illustrationen in Zeitungen und vergleichbaren Textformen.

Trotzdem wurden bereits damals von aufmerksamen Beobachtern Zweifel hinsichtlich des Status dieser Bilder angemeldet. Wenn ich eine Fotografie von einem politischen Ereignis betrachte, sehe ich es nicht als Teil eines Prozesses von Ursache und Wirkung, sondern als eine bestimmte Szene, und auf diese Weise wird mein politisches Bewußtsein getrübt. Natürlich kann ich den Text lesen, der das Foto begleitet, und derart ein politisches, kritisches Verständnis zurückgewinnen. Aber es ist eine Tatsache, daß Bilder existentiell stärker als Texte sind, und ich verwende den Text nicht, um das Foto zu verstehen, sondern gebrauche umgekehrt das Foto, um mir den Text einzubilden, und verliere so mein politisches Bewußtsein.

In der ersten Hälfte dieses Jahrhunderts begannen Politiker, diese Macht des Imaginären über das Begriffliche, der Magie über die Geschichte zu benutzen. Historische Ereignisse begannen dahingehend manipuliert zu werden, Bilder zu ergeben, die in ihren Empfängern ein magisches Verhalten im Interesse dieser Politiker hervorrufen sollten. Der Faschismus, zum Beispiel, wäre ohne einen solchen Gebrauch von Fotos und Film nicht möglich gewesen.

Als die neuen Bilder technisch sogar noch perfekter wurden, wurde auch ihr politischer Gebrauch für anti-politische Zwecke noch üblicher. So läßt sich zum Beispiel sagen, daß der Hauptgrund für Mondlandungen oder Flugzeugentführungen darin besteht, im Fernsehen übertragen zu werden und damit ein bestimmtes Verhalten bei den Bildempfängern hervorzurufen. Man kann sagen, daß dies der Anfang vom Ende der Geschichte ist: Sie war nicht länger eine lineare Abfolge von Ereignissen, sondern wurde nun zum Input der Bilderproduktion. Und die Ereignisse beschleunigten sich immer mehr, weil sie sich selbst in die Richtung von Bildern stürzten, welche ihnen eine anti-geschichtliche, magische Bedeutung verleihen sollten. Naiverweise nannte man das die «Macht der Medien» und speziell die des Fernsehens. Naiv, weil die Bilder nach wie vor im Dienste der Politik standen, wenngleich einer Politik, die nicht mehr länger politisch im traditionellen Sinne des Begriffs war.

Gegenwärtig sind wir hier versammelt, um zu versuchen zu verstehen, was während der rumänischen Revolution geschehen ist. Wenn die hier vorgestellten Überlegungen zutreffen, läßt sich behaupten, daß die Medien die Macht übernommen haben. Es sind nicht mehr die Politiker, die die Bilder für ihre eigenen unpolitischen Zwecke – für die Auslösung eines magischen Verhaltens bei den Empfängern – gebrauchen, sondern nun beginnen die Bilderproduzenten selbst die Bilder für Verhaltensmanipulation einzusetzen. Wenn es sich dabei um eine Tatsache handeln sollte – und kurioserweise können wir nicht wissen, ob es eine Tatsache ist oder nicht –, dann können wir tatsächlich von «Medienmacht» sprechen. Wie auch immer, dadurch stellen sich einige vorerst unbeantwortbare Fragen. Zum Beispiel: Welche politischen Zwecke kann ein Bilderproduzent verfolgen, wo er durch seine Praxis doch außerhalb der Politik steht? Benutzt er das Verhalten der Empfänger seiner Bilder zu dem Zweck, wiederum neue Bilder zu machen, als eine Form von *l'art pour l'art* in einer postgeschichtlichen Situation? Eine weitere Frage: Die rumänische Revolution wurde von einem technisch unausgereiften Fernsehen gemacht: Was würde passieren, wenn ein ähnlicher Prozeß zum Beispiel vom amerikanischen Fernsehen in Gang gesetzt würde? Würde dies das Ende politischer Entscheidungen, wie wir sie kennen, bedeuten? Mit anderen Worten: Muß man die rumänische Revolution als Modell für zukünftige Erdbeben in den Kommunikationsstrukturen betrachten? Dies würde tatsächlich die rumänische Revolution zu einem Hauptereignis des ausgehenden Jahrhunderts machen, zu einer Einleitung des neuen Jahrtausends, das auf uns wartet.

Um die Hypothese noch zu dramatisieren, bedenke man den seltsamen Grund dafür, daß wir nicht wissen, was wirklich geschehen ist. Der Grund ist, daß das Wort «wirklich» im Zusammenhang mit Bildern keinen Sinn macht. Beim Bild ersetzt das Imaginäre das Reale, und es hat keinen Sinn zu fragen, ob das Pferd in der Malerei von Lascaux vorgestellt oder wirklich ist. Ebenso hat es keinen Sinn, zu fragen, ob die Leichen von Temesvar im Fernsehbild imaginär oder real sind. Wenn die Bilder die Herrschaft übernehmen, wird jedes ontologische Problem zu einem falschen Problem. Das konkrete Faktum ist, was im Bild ist, und alles andere wird zu Metaphysik. Politische Fragen zur rumänischen Revolution zu stellen, könnte bereits Metaphysik sein. Wir können nur wissen, was wir im Fernsehen gesehen haben. Ist dies eine Rückkehr zu vor-geschichtlicher Magie? Nein, und zwar deshalb, weil das Fernsehen ein Produkt des wissenschaftlichen, politischen Verstandes ist. Wenn diese Hypothese zutrifft, dann betreiben wir nicht prä-historische, sondern post-historische Magie.

(1990)

Auf dem Weg zur telematischen
Informationsgesellschaft

Verbündelung oder Vernetzung?

Die uns gestellte Frage nach dem Verbleib der Informationsgesellschaft kann nur beantwortet werden, wenn wir uns hinsichtlich der Bedeutung des befragten Begriffes geeinigt haben. Meint man mit «Informationsgesellschaft» jene soziale Struktur, in welcher das Herstellen, Verarbeiten und Verteilen von Informationen eine zentrale Stellung einnimmt, dann muß die Antwort auf die Frage so lauten: Die Informationsgesellschaft ist seit einigen Jahrzehnten im Entstehen, sie taucht aus der Industriegesellschaft auf und beginnt, diese zu verdrängen. Das merkt man schon daran, daß immer weniger Menschen innerhalb des industriellen Prozesses beschäftigt sind (im «sekundären Sektor») und immer mehr innerhalb des Prozesses der Informationsmanipulation im weitesten Sinn (im «tertiären Sektor») und daß es Bereiche gibt, in denen der informative Sektor bereits die absolute Majorität der Beschäftigten stellt. Meint man hingegen mit «Informationsgesellschaft» jene Daseinsform, in der sich das existentielle Interesse auf den Informationsaustausch mit anderen konzentriert, dann wird die Antwort auf diese Frage ganz anders zu lauten haben.

Zwar sind wir weit entfernt von einem tatsächlichen Verständnis für das Auftauchen der Informationsgesellschaft im ersten Sinn, und viel Interessantes, ja sogar Aufregendes kann diesbezüglich gesagt werden. Dennoch wird sich dieser Beitrag auf die Betrachtung der Informationsgesellschaft im zweiten Sinn beschränken.

Um dem hier gemeinten Sinn von «Informationsgesellschaft» näherzukommen, ist es geboten, den Einstieg in die soziale Problematik neu zu formulieren. Wir sind von der Tradition her daran gewöhnt, nach dem Verhältnis zwischen Mensch und Gesellschaft zu fragen – so, als ob es einerseits Menschen und andererseits Gesellschaften gäbe und als ob diese beiden Einheiten miteinander in verschiedene Beziehungen treten könnten. Sieht man die Sache so, dann entstehen Fragen vom Typ: «Ist diese gegebene Gesellschaft gut für den Menschen?» und: «Ist dieser Mensch gut für diese Gesellschaft?» (Der ersten Frage entspricht die Rechte, der zweiten die Linke im politischen Spektrum.) Sobald man sich die Sache jedoch näher ansieht, erkennt man den darin verborgenen Fehler. Es gibt keine Gesellschaft ohne Menschen, keinen Menschen außerhalb einer Form von Gesellschaft. Daher können die Begriffe «Mensch» und «Gesellschaft» nicht getrennt voneinander betrachtet werden; geschieht dies aber dennoch, so handelt es sich um Abstraktionen. Es verhält sich nicht so, daß Mensch und Gesellschaft miteinander in Beziehung treten könnten, sondern so, daß es ein Beziehungsfeld gibt, aus welchem einerseits «Mensch» und andererseits «Gesellschaft» extrapoliert werden können. Nicht der Mensch, und auch nicht die Gesellschaft, sondern das Beziehungsfeld, das Netz der intersubjektiven Relationen, ist das Konkrete.

Sieht man dies ein und geht man davon aus, dann müssen zahlreiche traditionelle Kategorien umgedacht werden. Zum Beispiel die Frage nach dem sogenannten Unter- und Überbau der Gesellschaft. Die Frage, ob die Wirtschaft, die Religion, die Klasse, die Volkszugehörigkeit oder was immer die Infrastruktur oder Superstruktur der Gesellschaft darstellt, wird hinfällig, sobald man einsieht, daß die zwischenmenschlichen Beziehungen der Unterbau sind, aus welchem überhaupt erst Individuen und die Gesellschaft auftauchen können. Diese Einsicht nun, wonach die einen jeden von uns mit anderen verbindenden Fäden unser konkretes Dasein ausmachen, wonach (um dies anders zu sagen) die Kommunikation die Infrastruktur der Gesellschaft ist, führt zum Errichten der Informationsgesellschaft im hier gemeinten Sinn dieses Wortes. Aufgrund dieser Einsicht ist es geradezu zwingend, eine Gesellschaftsform anzustreben, worin sich jeder im Informationsaustausch mit anderen verwirklicht.

Spricht man dies so aus, dann klingt es selbstverständlich.

«Gesellschaft» meint ja die Strategie, dank welcher wir uns im Austausch von Informationen mit anderen zu verwirklichen hoffen. Bedenkt man es jedoch, dann klingt es nicht nur nicht selbstverständlich, sondern völlig utopisch. Ein gegenseitiges Verwirklichen mit anderen und in anderen setzt voraus, daß eine Offenheit zwischen den einzelnen Partnern besteht, eine Hingabe des einen an den anderen. Eine solche Voraussetzung ist jedoch nicht gegeben. Ganz im Gegenteil überwiegt die Tendenz zur Selbstbehauptung und nicht jene zur Selbstvergessenheit, die Tendenz zur Abkapselung von anderen im eigenen Selbst und nicht jene zur Anerkennung des anderen. Angesichts solcher Bedenken sieht es daher nicht mehr so aus, als sei das Errichten einer Informationsgesellschaft im hier gemeinten Sinn selbstverständlich, sondern so, als handle es sich um ein hoffnungsloses, utopisches Unterfangen. Aber dann wird man auf jene technische Entwicklung verwiesen, die unter dem Namen *Telematik* im Gespräch ist. Es handelt sich dabei um eine Technik, die zumindest der ihr innewohnenden Absicht nach auf das Errichten der hier gemeinten Informationsgesellschaft ausgeht. Daher muß sich die Reflexion jetzt mit der Telematik befassen.

Das Wort enthält die Vorsilbe «tele-» und die Nachsilbe «-matik». Die Vorsilbe meint das Näherbringen von Entferntem, wie etwa aus Teleskop oder Telefon ersichtlich. Die Nachsilbe verweist auf das Wort «Automat», das etwa «Selbstbewegung» bedeutet. Daher kann das Wort «Telematik» als eine Technik zum selbstbewegten Näherrücken von Entferntem gedeutet werden. Eine solche Deutung entspricht ganz dem Geist der hier gemeinten Informationsgesellschaft. Telematik ist dann jene Technik, dank welcher wir einander näherrücken, ohne dabei irgendwelche Anstrengungen machen zu müssen. Es ist jene Technik, in deren Verlauf die Voraussetzung für eine Informationsgesellschaft im hier gemeinten Sinn durch Apparate hergestellt wird, welche die Offenheit des einen zum anderen, die Anerkennung des einen im anderen automatisch zuwege bringen, und zwar durch Apparate wie Telefone, Computerterminals mit reversiblen Kabeln oder Faxe. Anders gesagt: Telematik ist jene Technik, welche

das Errichten einer Gesellschaft zum Verwirklichen des einen im anderen aus dem Utopischen ins Machbare überträgt; die Informationsgesellschaft im hier gemeinten Sinn in absehbarer Zukunft ermöglicht.
So leicht jedoch ist die Sache nicht zu begreifen. Zwei Schwierigkeiten sind mit dem Begriff «Telematik» verbunden. Die eine steckt im Wort «selbst», die andere im Wort «Nähe». Man muß ihnen die Stirn bieten. Dank verschiedener Analysen wird immer deutlicher, daß der Begriff des «Selbst» und alle seine Synonyme (etwa Identität, Individualität, auch Geist und Seele) keine Tatsache meint, sondern etwas nur Virtuelles. Wenn ich mich selbst analysiere (einen Purzelbaum um mich schlage), so stelle ich fest, daß «ich» jenen abstrakten Punkt meint, an welchem sich konkrete Beziehungen verknoten. «Ich» ist der Name, der konvergierende Beziehungen bezeichnet, und wenn alle Beziehungen, eine nach der anderen, abgezogen werden, dann bleibt kein «Ich» übrig. Anders gesagt: «Ich» meint, daß andere «Du» dazu sagen. Die Informationsgesellschaft wäre demnach eine Strategie zur Verwirklichung der Virtualität «Ich» in der Virtualität «Du», also zum Abschaffen der Ideologie von einem Selbst zugunsten der Erkenntnis, daß wir einer für den anderen da sind und keiner für sich selbst da ist. Und Telematik wäre danach die Technik, die eine Abschaffung des Selbst zugunsten der intersubjektiven Verwirklichung automatisch herstellt.
Eine derartige Anthropologie, wonach wir Knoten von Beziehungen sind, die erst im Verhältnis zu anderen wirklich werden, stellt die Frage nach der Nähe auf eine eigentümliche Weise. Nähe ist danach nicht Funktion irgendeiner räumlichen und zeitlichen Entfernung, sondern Funktion der Zahl und Intensität der Beziehungen, die den einen mit dem anderen verbinden. Je stärker ich mit einem anderen verbunden bin, desto näher steht er mir, und desto näher stehe ich ihm, gleichgültig, welche raum-zeitlichen Einheiten uns voneinander trennen mögen. Dieser neuartige Begriff von Nähe führt notwendigerweise zu einer spezifischen Ethik. Je näher mir jemand steht, je zahlreichere Fäden mich mit ihm verbinden, desto größer die Zahl der zwischen uns strömenden Informa-

tionen, das heißt der Reden und Antworten, die zwischen uns pendeln. Je näher mir jemand steht, desto größer die Verantwortung, die wir füreinander tragen; je weiter entfernt dagegen, desto blasser und verwaschener die Verantwortungen. Eine solche Ethik widerspricht dem Humanismus mit seiner Forderung nach allgemeinen, ohne Rücksicht auf Entfernung gültigen Werten. Aber sie entspricht dem Judenchristentum mit seiner Forderung der Nächstenliebe, nicht der Liebe zur Menschheit. Die hier gemeinte Informationsgesellschaft wäre ein intersubjektives Netz, worin sich Kerben und Ausbuchtungen befinden, innerhalb welcher einander Nahestehende sich miteinander verwirklichen. Telematik wäre die Technik, dank welcher räumlich und zeitlich voneinander entfernte Menschen existentiell zusammenrücken können, um einander gegenseitig zu realisieren.

Taucht man nun aus solchen Überlegungen wieder auf und blickt man sich um, dann ersieht man tatsächlich Ansätze zu einer derartigen Telematik: Vorrichtungen zum automatischen Näherbringen von Menschen, damit sich diese wechselseitig überhaupt erst verwirklichen mögen, um nicht in irgendeinem Selbst verkapselte bloße Möglichkeiten zu bleiben. Bei diesen Vorrichtungen handelt es sich nicht notwendigerweise um junge Errungenschaften wie reversible Kabel oder audiovisuelle Telefone, sondern es können auch hergebrachte Techniken wie der Postverkehr oder Rauch- und Feuersignale sein. Es sind Vorrichtungen zum Vernetzen. Diese Ansätze zu einer telematischen Gesellschaft sind jedoch in eine allgemeine Medienschaltung eingebettet, die auf eine ganz andere Art von Gesellschaftsform deutet, nämlich in die sogenannten Massenmedien, bei denen Sender bündelartig Informationen an zu jeder Antwort unfähige, also verantwortungslose und unmündige Empfänger ausstrahlen. Die telematischen Ansätze zu einer Vernetzung bilden kleine und relativ unbedeutende Inseln innerhalb der gigantischen Bündel wie Radio-, Fernseh-, Zeitungs- oder Zeitschriftensender. Und beide, die Ansätze zur Vernetzung wie die dominanten Bündel, sind Symptome für die Kommunikationsrevolution, deren Zeugen wir sind.

Dazu einige Worte: Die seit mindestens 4000 Jahren vorherrschende Kommunikationsstruktur war folgende: Informationen wurden im Privaten ausgearbeitet, im Öffentlichen ausgestellt und dort erworben und dann ins Private getragen, um dort verarbeitet zu werden. Das Hinaustragen der Informationen (die Veröffentlichung) und das Erwerben der Informationen in der Öffentlichkeit (das politische Engagement) waren für die vergangene Kommunikationsstruktur ebenso charakteristisch wie die private Informationsgestaltung (die schöpferische Arbeit). Die Kommunikationsrevolution besteht grundsätzlich in einer Umsteuerung des Informationsstroms. Der öffentliche Raum wird vermieden und wird dadurch fortschreitend überflüssig. Die Informationen werden im Privatraum ausgearbeitet und mittels Kabeln und ähnlichen Kanälen an Privaträume gesandt, um dort empfangen und prozessiert zu werden. Nun hat diese anti-politische Umwälzung zwei entgegengesetzte Schaltpläne gezeitigt. Den Bündelschaltplan, dank welchem einzelne Sender an vereinzelte Empfänger senden, wobei die Empfänger weder über Kanäle verfügen, die sie mit den Sendern verbinden, noch über andere, die sie untereinander verbinden. Konsequent durchgeführt muß dieser Schaltplan zu einer gleichgeschalteten, totalitären Massengesellschaft führen. Die meisten Kulturkritiker haben bei ihren Analysen diese Massenkultur vor Augen. Daneben aber betritt auch der oben bedachte Netzschaltplan die Bühne, dessen konsequente Durchführung wiederum die hier gemeinte Informationsgesellschaft zur Folge haben müßte. Jede Futurisierung hängt letzten Endes von der Entscheidung ab, welchem der beiden Schaltpläne die größere Bedeutung zu geben ist.

Mein Beitrag hat weder die Absicht noch die Kompetenz, hier eine Entscheidung zu treffen. Es ist jedoch geboten, eine Würdigung der beiden Alternativen zu bieten. Sollte die Bündelung überwiegen, dann gehen wir einer verantwortungslosen, verdummenden, verkitschenden und brutalisierten Lebensform entgegen. Vieles spricht dafür, so etwas voraussehen zu müssen. Sollte jedoch die Vernetzung die Massenmedien durchdringen und durch sie hindurchdringen, und sollten die vernetzenden Inseln wie Computerterminals, Video-Circuits oder Hypertexte die Bündelung zerreißen können, dann wäre die utopische Informationsgesellschaft, worin wir einander verwirklichen können, technisch und von daher auch existentiell in den Bereich des Machbaren vorgedrungen. Je nach Kompetenz und Stellung haben wir uns alle für diese zweite Möglichkeit zu engagieren. Wenigstens ist das der Vorschlag, den ich hier unterbreiten möchte.

Nomadische Überlegungen

Allerorten beginnt man, sich über Nomaden den Kopf zu zerbrechen. Die äußere Erklärung dafür mag sein, daß sich die Leute wie ein Ameisenhaufen benehmen, der von einem transzendenten Fuß aufgeschreckt wurde. Allerdings ist ein solches kopfloses Hin- und Herrennen nicht genau das, was wir mit Nomadismus meinen. Zwar wimmeln die Leute nach verschiedenen Rhythmen, die einander überlagern (etwa täglich in Großstädten, jährlich auf Stränden und Skipisten, und lebenslänglich als Flüchtlinge und/oder Gastarbeiter), und der große Rhythmus erinnert an asiatische Steppen und afrikanische Wüsten durchstreifende Nomadenzüge. Aber selbst dieser lebenslängliche Wanderrhythmus etwa vom unterentwickelten Süden in Richtung Schlaraffenland entspricht nicht dem nomadischen Dasein, wie wir es bei Mongolen, Beduinen oder Zigeunern zu erkennen glauben. Daher ist die äußere Erklärung für das aufkommende Interesse am Nomadischen wahrscheinlich nicht treffend. Nicht weil es so viele Autos, Flüchtlinge und Gastarbeiter auf der Welt gibt und nicht weil wir selbst wie die Flöhe auf der Erdoberfläche herumspringen, sondern weil etwas tiefer Liegendes auftaucht, beginnen wir nomadische Überlegungen anzustellen.

Wir sind von der Schule her gewohnt, die Zeitspanne der menschlichen Gegenwart hienieden in Epochen einzuteilen. Es wird etwa von einer Stein-, Kupfer-, Bronze-, Eisen- und vielleicht einer Jetztzeit gesprochen. Diese Aufteilung ist aus mindestens zwei Gründen geradezu faszinierend. Der eine ist, daß das Kriterium der Aufteilung das Material gibt, aus welchem Werkzeuge (Kultur) hergestellt werden. Das ist ein greifbares, konkretes Kriterium, kein schwammiges, wie die, die etwa zur Aufteilung der Neuzeit in Renaissance, Barock usw. führen. Der andere Grund der Faszination ist die mehr als logarithmische Skala, nach welcher die Aufteilung geeicht ist. Die Steinzeit nimmt etwa zwei Millionen Jahre in Anspruch, die Eisenzeit höchstens fünftausend Jahre. Die Skala ist eben von hier aus nach dort hinten entworfen, und von hier aus gesehen ist das letzte Jahr ebenso lang wie die Milliarden von Jahren zwischen Big Bang und dem Ursprung des Lebens auf Erden. Was also an der Mittelschulaufteilung der menschlichen Zeitspanne fasziniert, ist ihre naive existentielle Konkretheit: eine Erfrischung im Vergleich zum akademischen Klassifizieren.

Es ist aber leider unmöglich, die Naivität der ersten Mittelschulklassen aufrechtzuerhalten. Daher muß die Klassifikation der Menschenzeitspanne kritisch betrachtet werden. Als erstes fällt dabei auf, daß der Begriff «Stein» nicht gut definiert ist. Sind etwa Kupfer, Bronze und Eisen nicht Gesteine? Also müßte man eigentlich beinahe die gesamte Zeitspanne «Steinzeit» nennen, mit Ausnahme etwa der letzten zwanzig bis dreißig Jahre. Aber das ist doch keine intelligente Aufteilung: zwei Millionen Jahre Steinzeit und zwanzig Jahre Immaterialzeit? Man muß das anders machen. Man muß die Steinzeit unterteilen. Und tatsächlich geschieht dies schon in Mittelschulen: in ältere, mittlere, jüngere Steinzeit. Nur sieht diese Unterteilung nach kritischer Überlegung jetzt etwa so aus: ältere Steinzeit bis zur Erfindung der Landwirtschaft, jüngere Steinzeit bis 1990. Und genau das erklärt das gegenwärtig auftauchende Interesse für Nomadismus.

Was eben gesagt wurde, ist empörend (schon weil es Vorurteile angreift) und muß gerechtfertigt werden. Hier der Versuch, dies zu tun –: Die vorgeschlagene Dreiteilung der Menschenzeit in ältere Steinzeit, jüngere Steinzeit und unmittelbare Zukunft geht davon aus, daß wir drei Katastrophen im Verlauf unseres Hierseins feststellen können. Die erste kann Menschwerdung heißen, und sie äußert sich (unter anderem und vor allem) als Benutzung von steinernen Instrumenten. Die zweite Katastrophe kann Entstehung der Zivilisation heißen und äußert sich vor allem als Leben in Dörfern. Die dritte hat noch keinen treffenden Namen; sie äußert sich vor allem in der Tatsache, daß die Welt ungewöhnlich wird, also unbewohnbar. Nimmt man diese drei Katastrophen als zutreffend an (und sei es nur für die Dauer der Lektüre dieses Aufsatzes), dann ist folgende Erzählung der Menschheitsgeschichte möglich: Die Gattung Mensch in allen ihren Spielarten (Homo sapiens sapiens einbegriffen) ist eine nomadisierende, jagende und sammelnde Säugetiergattung, die sich von den übrigen Gattungen durch das Benutzen von Werkzeugen unterscheidet. Vor etwa zehntausend Jahren kam es zu einer ökologischen Katastrophe: Es wurde wärmer, und die Steppen verwandelten sich in Wälder. Statt als jagende und sammelnde Art auszusterben, wie sie es eigentlich sollte, verwandelte der Homo sapiens sapiens die Wälder in künstliche Steppen zurück, und statt zu jagen und zu sammeln, begann er Gras zu essen und grasfressende Tiere auf dem künstlichen Gras zu halten. Aus Jägern und Sammlern wurden Landwirte und Viehzüchter, und zu diesem Zweck wurden sie seßhaft. Gegenwärtig ist die Erdoberfläche (ob Wald oder Steppe) nur noch eine Art Unterlage für drei- oder mehrdimensionale «immaterielle» Felder (zum Beispiel das elektromagnetische), und wir sind dabei, aus unserem Landwirt- und Viehzüchterstatus in eine neue, aber wiederum nomadisierende Lebensform zu wechseln. Für die vorgeschlagene Dreiteilung der Menschenzeit heißt das: Die jüngere Steinzeit ist eine zehntausend Jahre währende Unterbrechung des Nomadentums.

Das ist noch keine Rechtfertigung, denn die drei hier angenommenen Katastrophen (vor allem die dritte) sind ja Adhoc-Hypothesen. Und selbst angenommen, daß die hier sogenannte jüngere Steinzeit (also etwa 8000 v. Chr. bis 1990 n. Chr.) die Zeit der seßhaften Zivilisationen ist, was berechtigt uns, sie mit dem Jahr 1990 abschließen zu lassen? Woher nehmen wir die Überzeugung, die Zivilisation sei beendet (was noch radikaler ist als die Annahme einer einbrechenden *post-histoire*, einer Nachgeschichte)? Das gegenwärtig einsetzende Interesse für Nomadismus ist doch noch nicht Berechtigung genug, um derartig katastrophische Diagnosen und Prognosen zu stellen? Es ist klar: Wir befinden uns hier in einem viziosen Zirkel. Um das Interesse am Nomadismus zu rechtfertigen, teilen wir die menschliche Zeitspanne neu ein, und um diese Neueinteilung zu rechtfertigen, rufen wir dieses Interesse zum Zeugen. Aus diesem Zirkel muß ausgebrochen werden. Dies kann gelingen, wenn man die beiden hier vorgeschlagenen Daseinsformen, also Nomadentum und Seßhaftigkeit, zuerst phänomenologisch miteinander vergleicht und sie sodann in die Neueinteilung einbaut. Wenn diese Einfügung gelingt, wird sich zeigen, ob wir berechtigt sind, die Katastrophe des Unbewohnbarwerdens der Welt zu behaupten.

Seßhafte sitzen und Nomaden fahren. Das heißt zuerst einmal, daß man Seßhafte im Raum lokalisieren kann (sie haben Adressen), während Nomaden erst im Raum-Zeit-Kontinuum definiert werden können. Bei Seßhaften genügt es, Ecke 4th Av./52nd Street, NY anzugeben; bei Nomaden muß April, 10th 1990, 4 pm hinzugefügt werden. Unter dem Aspekt des Raums (also vom Standpunkt der Sitzenden aus) sind Nomaden vorübergehende, flüchtige Phänomene; unter dem Aspekt des Raum-Zeit-Kontinuums (also vom Standpunkt der Fahrenden aus) sind Seßhafte um eine der Daseinsdimensionen amputierte Krüppel. Man darf jedoch diesen Widerspruch nicht auf die Spitze treiben. Auch Seßhafte haben eine Zeitdimension, weil sie leben und daher sterben müssen. Auch sie sind flüchtige, vorübergehende Phänomene, oder (um es mittelalterlich zu sagen) *homines viatores* im Tränental des Diesseits. Darum muß auch den Adressen von Seßhaften ein Datum beigefügt werden (zum Beispiel bei den Römern, wer gerade Konsul ist, oder bei Jesus, er sei unter Pontius Pilatus gestorben). Andererseits müssen auch Nomaden gelegentlich lagern, weil ihre Körper schwer sind. Auch sie sind Krüppel und können nicht wie der Wind immerzu wehen. Daher läßt sich nicht nur Dschingis Khans Grab, sondern auch seine Jurte geographisch lokalisieren. Kurz, zwar sitzen Seßhafte und fahren Nomaden, aber beides ist provisorisch, beide sind Menschen.

Und doch: Wer sitzt, der lebt in einer dem Fahrenden völlig fremden Stimmung. Um dies zu erfassen, ist es zwar einfach, aber zu billig, Etymologie zu Hilfe zu rufen. Es ist zwar richtig, daß der Sitzende be-sitzt, und der Fahrende er-fährt, oder daß der Sitzende in der Gewohnheit wohnt und der Fahrende Gefahr läuft. Aber so richtig die Einsicht ist, die sich in den Wurzeln der Worte verbirgt, so erfordert das Phänomen doch, angesehen zu werden und nicht nur, zu Wort zu kommen. Schaut man sich nun das Phänomen des Sitzens an, so sieht man Häuser mit Ställen und Feldern. Man sieht ein Dorf, man sieht politisch. Das Phänomen des Fahrens jedoch ist nicht ebenso leicht anzusehen, weil Jäger ganz anders fahren als Hirten und Touristen. Obwohl also der Besitz um Hunderte von Tausenden Jahren jünger ist als die Erfahrung, muß mit der Betrachtung des Sitzens begonnen werden: Besitz ist leichter als Erfahrung ersichtlich.

Das Dorf ist ein Häuserkreis um einen Dorfplatz, mit einem Hügel darüber und einem Fluß daneben. (So sieht zumindest das ideale Dorf, die perfekte Republik aus.) Es zeigt sich sofort, daß die Seßhaften nicht eigentlich auf dem Hintern sitzen, sondern daß sie verkehren, und zwar vorn mit hinten und hinten mit vorn. Sie pendeln nämlich zwischen Haus und Dorfplatz, klettern den Hügel hinauf und hinab und laufen zum Fluß hinunter, um mit gefüllten Eimern wieder hinaufzukriechen. Der eben geschilderte Verkehr und die ihn regelnde Polizei bilden das sogenannte «zivilisierte Leben», wobei zivilisiert eben dorfbewohnend bedeutet.
Zu dieser seßhaften Lebensform ist beinahe endlos viel gesagt worden, und es bliebe noch immer beinahe endlos vieles zu sagen, wäre sie nicht eben dabei, sich in Leerlauf aufzulösen. Denn die Grundfrage: «Wozu pendeln die Leute, anstatt zu sitzen?» oder eleganter gesagt: «Wozu engagieren sich die Leute politisch, anstatt ihren Garten zu kultivieren?» findet gegenwärtig eine definitive, wenn auch enttäuschende Antwort. Nämlich, weil man sich zu Hause bisher nicht informieren konnte. Leute, die Häuser bewohnen, ohne je durch die Türe zu gehen, waren bisher «Idioten» im ursprünglichen

griechischen Sinne dieses Wortes: Privatleute, die von der Welt nichts wußten. Das hat sich dank der Informationsrevolution geändert: Informationen werden jetzt an Privathäuser verteilt, und gegenwärtig ist jener der Idiot, der durch die Tür ins Öffentliche schreitet. Es sieht so aus, als ob gegenwärtig das Pendeln zwecklos würde und als ob es erst jetzt tatsächlich möglich geworden wäre, sitzen zu bleiben.

Das ist jedoch ein Irrtum. Weil nämlich die Informationen, die ins Haus geliefert werden, durch materielle und/oder immaterielle Kanäle laufen, welche die Wände und Dächer der Häuser durchlöchern. Es zieht im Haus von allen Seiten, die Orkane der Medien sausen hindurch, und es ist unbewohnbar geworden. Das Ungewöhnlichste am unbewohnbar gewordenen Haus ist die Tatsache, daß man darin nichts be-sitzen kann, weil alles Mobile (Möbel, etwa Stühle) und alles Immobile (Grund und Boden) aufgewirbelt wird, wo eine Trennung zwischen privat und öffentlich keinen Sinn hat. Diese ungewöhnliche Unmöglichkeit, mitten im Sturm der Medien sitzen zu bleiben (zu besitzen), kann auf zwei noblere Formeln gebracht werden:

(1) Nicht mehr Besitz, sondern Information (nicht mehr Hardware, sondern Software) ist, was Macht ermöglicht, und (2) nicht mehr Ökonomie, sondern Kommunikation ist der Unterbau des Dorfes (der Gesellschaft). Beide Formeln besagen, jede auf ihre Art, daß die seßhafte Daseinsform, also das Haus, und a fortiori der Stall, das Feld, der Hügel und der Fluß nicht mehr funktionell sind. Daß wir zu nomadisieren beginnen. Also sind die Nomaden ins Auge zu fassen: Nomaden sind Leute, die hinter etwas herfahren, etwas verfolgen. Etwa zu sammelnde Pilze oder zu tötende Tiere oder zu melkende Schafe. Gleichgültig, welches das verfolgte Ziel ist, das Fahren ist keineswegs beendet, wenn es erreicht wurde. Alle Ziele sind Zwischenstationen, sie liegen neben dem Weg (griechisch *metodos*), und als Ganzes ist das Fahren eine ziellose Methode. Ganz anders als das Pendeln des Seßhaften zwischen privat und politisch ist das Fahren des Nomaden ein offenes Schweifen. Jedoch ist dieses ziellose offene Schweifen vielleicht ein perspektivischer, von Seßhaften begangener Irr-

tum. Wir Seßhaften haben die Pendelgesetze, aber nicht die Gesetze der Ausschweifung berechnet. Etwa so, wie wir die Gesetze des freien Falls der Steine, aber nicht das Wehen des Windes berechnet haben. Mag sein, daß der nomadische Lebensweg durch Steppe und Wüste die gleiche Struktur hat wie die Wolke und der Wind, und das seßhafte Lebenspendeln die gleiche Struktur wie Sommer und Winter. Vielleicht leben Nomaden meteorologisch und wir astronomisch. Oder um es aktueller zu sagen: Der seßhafte Lebensrhythmus kann in hergebrachten, der nomadische muß in fraktalen Algorithmen ausgedrückt werden.

Jedenfalls ist für Nomaden der Wind, was für Seßhafte der Grund ist. Für uns Seßhafte ist am Wind ungemütlich, daß er zwar wahrgenommen, gehört, erfahren, aber nicht gefaßt werden kann, daß er unbegreiflich ist. Dieses zugleich konkret Erlebbare und Unfaßbare am Wind verleiht ihm jene Stimmung, die wir das «Heilige» nennen. Es ist etwas Gespenstisches, Geistiges daran, und es hat mit Atmen und Sprechen, diesen beiden Winden des Geistes, eine enge Verbindung. Früher gab man diesem grundlosen, bodenlos-unfaßbaren Erlebnis Namen wir *ruach*, *pneuma* oder *spiritus*, heute wird von immaterieller Kultur und Software gesprochen. Früher galt als bezeichnend für den Wind, daß er eine rufende Stimme sei, ein Beruf, eine Berufung, heute gehört zu seiner Charakteristik, daß er den faßbaren, besitzbaren Grund in Körner zerreibt (kalkuliert), diese zerstreut (dispersiert), um sie dann zu Dünen zu häufen (zu komputieren). Der Wind, dieses gespenstige Unfaßbare, der die Nomaden vorantreibt und dessen Ruf sie gehorchen, ist eine Erfahrung, die für uns als Kalkül und Komputation darstellbar wurde. Wir beginnen zu nomadisieren nicht nur, weil der Wind durch unsere zerlöcherten Häuser braust, sondern vor allem auch, weil er in uns hineinfährt.

Die meteorologische, «selbstähnliche», fraktale Tatsache, daß der Wind zerkörnert, zerstreut und dann wieder häuft, ist keine erst post-historische Entdeckung. Schon das junge Christentum spricht zum Beispiel von einem *logos spermatikos*, einem «samenstreuenden Wort», und die jüdische Mystik von der *galuth leschechinah*, der «Zerstreuung des Geistes». Aber erst gegenwärtig wird die Streuung des Geistes (Diaspora) zum Zentralbegriff des ontologischen und des anthropologischen Denkens. Die Welt erscheint uns als Streuung von Körnern, die vom Wind der Entropie immer gleichmäßiger gestreut werden, aus denen sich zufällig Dünen bilden können, und der Mensch erscheint uns als jener Wind, der absichtlich zerstreute Körner rafft, um unwahrscheinliche Klumpen (Kultur) herzustellen. Der Wind hat sich nicht nur um uns herum orkanartig erhoben und unsere Dörfer hinweggefegt, er hat sich auch gewaltig in uns selbst erhoben, so sehr, daß wir ihn als das Prinzip der Welt und unseres Lebens erfahren. Die Welt um uns herum ist zu einer unbewohnbaren Wüste geworden, in welcher der Wind des Zufalls notwendigerweise Dünen häuft. Wir selbst wollen diesen Zufall, und wir häufen Dünen, um uns selbst dabei zu raffen. Wir sind Nomaden geworden.

Diese beiden phänomenologischen Anschauungen von Seßhaftigkeit und Nomadentum, Sitzen und Fahren, Besitz und Erfahrung, Gewohnheit und Gefahr, sollen nun in die Dreiteilung der Menschheitsspanne in ältere Steinzeit, jüngere Steinzeit und unmittelbare Zukunft eingebaut werden. Für die ältere Steinzeit bietet dies keine Schwierigkeit. Im Paläolithikum waren die Leute, vom *homo erectus* und *habilis* bis zu Lascaux und darüber hinaus, typische Nomaden. Sie zogen von Teilziel zu Teilziel wie das Wetter durch die Gegend, besaßen nichts, lebten weder privat noch politisch, sondern erlebten. Ihr Leben war Erfahrung. Aber bei der jüngeren Steinzeit tauchen Probleme auf. Im Neolithikum haben nicht alle Leute geduldig gesessen, um die Reife der zu sammelnden Körner abzuwarten, sondern einige sind Schafen, Ziegen und Kamelen auf Pferden nachgezogen. Nicht alle Leute nämlich brannten die Wälder nieder, um künstliches Gras herzustellen. Einige liefen an den Waldrand in die noch übriggebliebene Steppe. Und diese Spaltung der Menschheit in Seßhafte und Nomaden ist durch Bronze und Eisen keinesfalls aufgehoben worden. Im Gegenteil, sie verschärfte sich noch. Es

stimmt also nicht, daß die jüngere Steinzeit seßhaft war; Sie war Dialektik zwischen Sitzen und Fahren. Dem muß nachgegangen werden.
Wenn jemand die Erdkugel vom Mond aus ansähe, und wenn er dies zur Zeit der jüngeren Steinzeit täte, dann erblickte er zwei und nur zwei Menschenwerke: nämlich den römischen Limes und die Chinesische Mauer. Das sind Einrichtungen zum Schutz der Seßhaften gegen Nomaden. Sie sind miteinander synchronisiert, obwohl beide Architekten nichts voneinander wußten. Europa ist zum Zentrum der Welt geworden, weil die Chinesische Mauer besser gebaut war als der Limes: Der Westen wurde vom nomadischen *logos spermatikos* besser befruchtet als der Osten. Die dritte der drei Zivilisationen, Indien, hatte zu ihrem Leidwesen keine Mauer nötig: Sie hatte den Himalaya.
Warum wollen Nomaden in Zivilisationen einbrechen; warum konnten die Zivilisationen die Nomaden nicht zivilisieren? Weil Nomaden absurderweise besitzen wollen, ohne sitzen zu bleiben; weil Zivilisierte, sobald sie ins Nomadische vordringen (sei es als Legionen, Missionare oder Forscher), vom Wind besessen werden. Darum konnte die Dialektik «Sitzen – Fahren» nie zu einer Synthese aufgehoben werden: Wer besitzt, erfährt nichts, und wer erfährt, besitzt nichts.
Die jüngere Steinzeit (8000 v. Chr. bis heute) spielte sich quantitativ vorwiegend sitzend ab: zuerst an schlammigen Flußufern, später in immer höher werdenden Zementtürmen, zwischen denen oft Blechhütten lagen. Doch hat die nomadische Minderheit immer den Ton angegeben. Nicht als mehr oder weniger goldene Horden, die im Herzland der Menschheit (in Zentralasien) und an ihrer Peripherie (in den Wüsten) bedrohliche Reiche errichteten und die Mehrheit dazu zwangen, sich auf sich selbst zu besinnen; sondern vor allem als Wirbelwinde, die aus dem Alten Testament, dem Koran und weniger deutlich aus den orphischen und schamanischen Mysterien Geist der Mehrheit einflößten. Mit diesen Reichen und mit diesem Geist ist es nun wohl zu Ende. Die Belagerung Wiens durch die Türken und die raunenden Stimmen der Wüste an den amerikanischen Universitäten sind wohl als

Nachklänge anzusehen. Die Erklärung für dieses Abflauen der jungsteinzeitlichen Dialektik zwischen Besitz und Erfahrung dürfte sein, daß es zu windig wird, um irgend etwas besitzen zu können. Wo nichts ist (wo alles zu Partikeln durchkalkuliert ist), dort hat der Kaiser, sei er Imperator oder Khan, sein Recht verloren. Die jüngere Steinzeit ist beendet, weil wir zu nomadisieren beginnen. Und damit sind die beiden phänomenologischen Anschauungen in die Dreiteilung eingebaut, die sich damit als berechtigt erwiesen hat.

Wir dürfen also von einer gegenwärtig einbrechenden Katastrophe sprechen, welche die Welt unbewohnbar macht, uns aus der Wohnung herausreißt und in Gefahren stürzt. Dasselbe läßt sich jedoch optimistischer sagen. Wir haben zehntausend Jahre lang gesessen, vielleicht als Strafe für eine Sünde, die wir beim Übergang aus dem Paläolithikum ins Neolithikum begangen haben. Das Paläolithikum mit seinen unzähligen leicht erjagbaren Grasfressern und seinen üppigen Beeren und Pilzen war das Paradies, und die Erbsünde bestand vielleicht darin, daß wir uns hingesetzt haben. Aber jetzt haben wir die Strafe abgesessen und werden ins Freie entlassen. Das ist die Katastrophe: daß wir jetzt frei sein müssen. Und das ist auch die Erklärung für das aufkommende Interesse am Nomadentum.

Häuser bauen

Wir sind wohnende Tiere (sei es in Nestern, Höhlen, Zelten, Häusern, übereinandergeschichteten Würfeln, Wohnwagen oder unter Brücken). Denn ohne einen gewöhnlichen Ort könnten wir nichts erfahren. Um dies einzusehen, ist es nicht nötig, Informationstheorie gelernt zu haben. Es genügt, Tourismus zu machen. Erfahrungen sind Geräusche, die erst im Gewöhnlichen Bedeutung gewinnen (dort zu Information verarbeitet werden). Unbehauste Touristen kann es nicht geben: Sie würden im Chaos irren, gar nichts erfahren. Im Mittelalter allerdings hielt man uns für derartige unbehauste Touristen: Homines viatores, im Jammertal herumirrende Chaoten. Maimonides hat bekanntlich einen «Führer für Verirrte» geschrieben. Gegenwärtig verfügen wir statt dessen über Michelins, finden aber trotzdem oft nicht nach Hause.
Es häufen sich Anzeichen für ein neues Unbehaustsein. Wahrscheinlich, weil unsere Häuser der Aufgabe nicht mehr gerecht werden, Geräusche zu Erfahrungen zu prozessieren. Wahrscheinlich haben wir die Häuser umzubauen. Häuser bestehen aus einem Dach, aus Mauern mit Fenstern und Türen, und aus nicht ganz ebenso wichtigen anderen Teilen. Das Dach ist das Entscheidende: «unbehaust» und «obdachlos» sind Synonyme. Dächer sind Werkzeuge für Untertanen: Man kann sich unter ihnen vor dem Herrn (sei er ein Gott oder die Natur) ducken und verstecken. Das deutsche «Dach» kommt aus dem gleichen Stamm wie das griechische *techne*: Dachdecker sind die eigentlichen Künstler. Sie ziehen die Grenze zwischen dem Hoheitsbereich der Gesetze und dem Privatraum des untertänigen Subjektes. Unter Dach gelten die Gesetze nur mit Reserven. Schon Baumkronen dienten den Hominiden als Dach ihrer Nester. Wir glauben nicht

mehr an uns aufgesetzte Gesetze, seien sie transzendent oder natürlich. Wir glauben eher, daß wir selbst die Gesetze projizieren. Wir brauchen keine Dächer.

Mauern sind Verteidigungsanlagen gegen außen, nicht gegen oben. Das Wort kommt von *munire* = sich schützen. Es sind Munitionen. Sie haben zwei Wände: Die Außenwand wendet sich gegen gefährliche (draußen fahrende) Ausländer, potentielle Immigranten, die Innenwand wendet sich an die Häftlinge des Hauses, um für ihre Sicherheit zu haften. Bei obdachlosen Mauern (etwa in Berlin oder China) wird diese Funktion deutlich: Die Außenwand ist politisch, die Innenwand heimlich, und die Mauer hat das Geheimnis vor dem Unheimlichen zu schützen. Wem Heimlichtuerei zuwider ist, muß Mauern niederreißen.

Aber selbst Geheimniskrämer und Patrioten müssen Löcher in Mauern reißen, Fenster und Türen. Um schauen und ausgehen zu können. Bevor das Wort «Schau» zum Synonym von «Show» wurde (das ja eigentlich «zeigen» bedeutet), meinte es jenen inneren Blick nach außen, wofür das Fenster das Instrument ist. Man sah von innen, ohne dabei naß zu werden. Die Griechen nannten das *theoria*. Gefahrloses und erfahrungsloses Erkennen. Jetzt allerdings wird es möglich, Instrumente aus dem Fenster nach außen zu strecken, also gefahrlose Erfahrung zu gewinnen. Die erkenntnistheoretische Frage lautet: Sind Experimente impertinent, weil sie vom Fenster aus (von der Theorie her) durchgeführt werden? Oder muß man durch die Tür, um zu erfahren («phänomenologisch»)? Fenster sind keine verläßlichen Instrumente mehr.

Türen sind Mauerlöcher zum Ein- und Ausgehen. Man geht aus, um die Welt zu erfahren, und verliert sich dort drinnen, und man kehrt heim, um sich wiederzufinden, und verliert dabei die Welt, die man erobern wollte. Dieses Türpendeln nennt Hegel das «unglückliche Bewußtsein». Außerdem kann geschehen, daß man bei der Heimkehr die Tür verschlossen findet. Zwar hat man einen Schlüsselbund in der Tasche (man kann den Geheimcode entschlüsseln), aber der Geheimcode kann in der Zwischenzeit umkodiert worden sein. Heimtücke ist für Heim und Heimat charakteristisch. Dann bleibt man obdachlos im Regen unter der Traufe. Türen sind weder glückliche noch verläßliche Instrumente.

Außerdem ist gegen Fenster und Türen noch das Folgende einzuwenden: Man kann von außen in die Fenster hineinschauen und -klettern, und die Öffentlichkeit kann durch die Tür ins Privathaus einbrechen. Man kann allerdings die Fenster dank Gittern vor Spionen und Dieben, und die Tür dank Fallbrücken vor der Polizei schützen, aber dann lebt man zwischen vier Wänden in Angst und Enge. Derartige Architekturen haben keine blühende Zukunft.

Dach, Mauer, Fenster und Tür sind in der Gegenwart nicht mehr operationell, und das erklärt, warum wir beginnen, uns unbehaust zu fühlen. Da wir nicht mehr gut zu Zelten und Höhlen zurückkehren können (wenn einige dies auch versuchen), müssen wir wohl oder übel neuartige Häuser entwerfen.

Tatsächlich haben wir damit bereits begonnen. Das heile Haus mit Dach, Mauer, Fenster und Tür gibt es nur noch in Märchenbüchern. Materielle und immaterielle Kabel haben es wie einen Emmentaler durchlöchert: auf dem Dach die Antenne, durch die Mauer der Telefondraht, statt Fenster das Fernsehen, und statt Tür die Garage mit dem Auto. Das heile Haus wurde zur Ruine, durch deren Risse der Wind der Kommunikation bläst. Das ist ein schäbiges Flickwerk. Eine neue Architektur ist vonnöten.

Architekten haben nicht mehr geographisch, sondern topologisch zu denken. Das Haus nicht mehr als künstliche Höhle, sondern als Krümmung des Feldes der zwischenmenschlichen Relationen. So ein Umdenken ist nicht einfach. Schon das geographische Umdenken aus ebener Fläche in Kugeloberfläche war eine Leistung. Aber das topologische Denken wird dank synthetischer Bilder von Gleichungen erleichtert. Dort sieht man etwa die Erde nicht mehr als geographischen Ort im Sonnensystem, sondern als Krümmung im Gravitationsfeld der Sonne. So hat das neue Haus auszusehen: wie eine Krümmung im zwischenmenschlichen Feld, wohin Beziehungen «angezogen» werden. So ein attraktives Haus hätte diese Beziehungen einzusammeln, sie zu Informationen zu prozessie-

ren, diese zu lagern und weiterzugeben. Ein schöpferisches Haus als Knoten des zwischenmenschlichen Netzes.
Ein solcher Hausbau aus Verkabelungen ist voller Gefahren. Die Kabel können nämlich statt zu Netzen zu Bündeln geschaltet werden, «faschistisch» statt «dialogisch». Wie Fernsehen, nicht wie Telefone. In so einem entsetzlichen Fall wären die Häuser Stützen für einen unvorstellbaren Totalitarismus. Die Architekten haben für eine Vernetzung von reversiblen Kabeln zu sorgen. Das ist eine technische Aufgabe, und die Architekten sind ihr gewachsen.
Allerdings wäre so ein Häuserbau eine technische Revolution, die weit über die Kompetenz der Architektur hinausginge. (Das ist übrigens der Fall bei allen technischen Revolutionen.) Eine derart dach- und mauerlose Architektur, die weltweit offenstünde (also nur aus reversiblen Fenstern und Türen bestünde), würde das Dasein verändern. Die Leute könnten sich nirgends mehr ducken, sie hätten weder Boden noch Rückhalt. Es bliebe ihnen nichts übrig, als einander die Hände zu reichen. Sie wären keine Subjekte mehr, es gäbe über ihnen keinen Herrn mehr, vor dem sich zu verstecken, aber auch in dem sich zu bergen wäre. (Schiller irrt, wenn er meint, daß über Millionen von Brüdern ein guter Vater «wohnen» müsse.) Und es gäbe keine Natur mehr, die sie bedroht und die sie beherrschen wollen. Dafür aber würden diese einander offenen Häuser einen bisher unvorstellbaren Reichtum an Projekten erzeugen: Es wären netzartig geschaltete Projektoren für allen Menschen gemeinsame alternative Welten.
So ein Häuserbau wäre ein gefährliches Abenteuer. Weniger gefährlich jedoch als das Verharren in den gegenwärtigen Häuserruinen. Das Erdbeben, dessen Zeugen wir sind, zwingt uns, das Abenteuer zu wagen. Sollte es gelingen (und das ist nicht ausgeschlossen), dann würden wir wieder wohnen können. Geräusche in Informationen prozessieren können, etwas erfahren können. Sollten wir das Abenteuer nicht wagen, dann sind wir für alle ersichtliche Zukunft verurteilt, zwischen vier durchlöcherten Wänden unter einem durchlöcherten Dach vor Fernsehschirmen zu hocken oder im Auto erfahrungslos durch die Gegend zu irren.

Die Fabrik

Der Name, den die zoologische Taxonomie unserer Art verleiht, nämlich *homo sapiens sapiens*, drückt die Meinung aus, wir seien von den uns vorangegangenen Menschenarten durch geradezu doppelte Weisheit unterschieden. Das ist angesichts dessen, was wir angestellt haben, fraglich. Hingegen ist der weniger zoologische als anthropologische Name *homo faber* weniger ideologisch. Er meint, daß wir zu jenen Arten von Anthropoiden gehören, welche irgend etwas fabrizieren. Das ist eine funktionelle Bezeichnung, denn sie gestattet, folgendes Kriterium ins Spiel zu bringen: Wenn wir irgendwo etwas Menschenähnliches finden, in dessen Nähe eine Fabrik ist, und wenn deutlich ist, daß diese Fabrik von diesem Menschenähnlichen betrieben wird, dann ist dieses Menschenähnliche *homo faber*, also eigentlicher Mensch zu nennen. Zum Beispiel gibt es Funde von Affenskeletten, und es ist deutlich, daß die in ihrer Nähe liegenden Steine seitens dieser Affen zusammengetragen wurden, daß sie fabrikgemäß montiert wurden. Solche Affen sind allen zoologischen Zweifeln zum Trotz *homines fabri*, eigentliche Menschen zu nennen. Hiermit ist «Fabrik» das charakteristische menschliche Merkmal, das, was man einst die menschliche «Würde» genannt hat. An ihren Fabriken sollt ihr sie erkennen.

Das ist auch, was die Forscher der Vorgeschichte tun und Historiker tun sollten und nicht immer einhalten: Fabriken untersuchen, um auf den Menschen zu kommen. Um herauszufinden, wie zum Beispiel die Menschen der jüngeren Steinzeit gelebt, gedacht, gefühlt, gehandelt und gelitten haben, kann man nichts Besseres tun, als Töpfereifabriken genau zu studieren. Alles, und allem voran die Wissenschaft, Politik, Kunst und Religion der damaligen Gesellschaft, ist aus der

Fabrikorganisation und den Fabrikaten der Töpfereien zu erlesen. Dasselbe gilt für alle anderen Epochen. Wenn man zum Beispiel eine Schuhmacherwerkstatt des 14. Jahrhunderts in Oberitalien einer genauen Untersuchung unterwirft, dann wird man die Wurzel des Humanismus, der Reformation und der Renaissance gründlicher erfassen als beim Studium der Kunstwerke und der politischen, philosophischen und theologischen Texte. Denn die Werke und Texte sind größtenteils von Mönchen hergestellt worden, während die großen Revolutionen des 14. und 15. Jahrhunderts in den Werkstätten und den darin herrschenden Spannungen ihren Ursprung haben. Wer also nach unserer Vergangenheit fragt, der sollte vor allem in Fabrikruinen graben. Wer nach unserer Gegenwart fragt, der sollte vor allem die gegenwärtigen Fabriken kritisieren. Und wer die Frage nach unserer Zukunft aufwirft, der stellt die Frage nach der Fabrik der Zukunft.

Betrachtet man nun demgemäß die Menschheitsgeschichte als Geschichte der Fabrikation und alles andere als zusätzliche Kommentare, dann kann man grosso modo folgende Perioden darin unterscheiden: Hände, Werkzeuge, Maschinen, Apparate. Fabrizieren heißt etwas aus dem Gegebenen entwenden, es in Gemachtes umwenden, anwenden und verwenden. Diese Bewegungen des Wendens werden zuerst von Händen ausgeführt, dann von Werkzeugen, Maschinen und schließlich Apparaten. Da Menschenhände, ebenso wie Affenhände, Organe zum Wenden sind (da das Wenden eine genetisch ererbte Information ist), können Werkzeuge, Maschinen und Apparate als Simulationen von Händen angesehen werden, welche die Hände wie Prothesen verlängern und demnach die ererbte Information dank erworbener, kultureller erweitern. Demnach sind Fabriken Orte, wo Gegebenes in Gemachtes umgewandelt wird und dabei immer weniger ererbte und immer mehr erworbene, gelernte Information ins Spiel kommt. Es sind jene Orte, in denen die Menschen immer weniger natürlich und immer künstlicher werden, und dies deshalb, weil das umgewendete Dinge, das Fabrikat, auf den Menschen zurückschlägt: Ein Schuster macht nicht nur Schuhe aus Leder, sondern dadurch auch aus sich selbst einen Schuster. Dasselbe anders gesagt: Fabriken sind Orte, an denen immer neue Menschenformen hergestellt werden: zuerst der Handmensch, dann der Werkzeugmensch, dann der Maschinenmensch und schließlich der Apparatmensch. Wie gesagt: Das ist die Geschichte der Menschheit.

Wir können die erste Industrierevolution, jene von Hand zu Werkzeug, nur schwer nachvollziehen, obwohl sie durch archäologische Funde gut dokumentiert ist. Eins ist dabei gesichert: Sobald ein Werkzeug, etwa ein Faustkeil, ins Spiel kommt, kann von einer neuen menschlichen Daseinsform gesprochen werden. Ein von Werkzeugen umgebener Mensch, also von Faustkeilen, Pfeilspitzen, Nadeln, Messern, kurz von Kultur, ist nicht mehr so in der Lebenswelt zu Hause wie ein handlangender Urmensch: Er ist aus der Lebenswelt entfernt, und die Kultur schützt ihn und ist sein Kerker.

Die zweite Industrierevolution, jene von Werkzeug zu Maschine, ist kaum mehr als zweihundert Jahre alt, und wir beginnen erst, sie einzusehen. Maschinen sind Werkzeuge, die nach wissenschaftlichen Theorien entworfen und hergestellt wurden, und sind daher tüchtiger, schneller und teurer geworden. Dadurch wird das Verhältnis Mensch – Werkzeug umgestülpt, und das Dasein des Menschen wird anders. Beim Werkzeug ist der Mensch die Konstante und das Werkzeug die Variable: Der Schneider sitzt in der Mitte der Werkstatt, und wenn eine Nadel zerbricht, ersetzt er sie durch eine andere. Bei der Maschine ist sie die Konstante und der Mensch die Variable: Die Maschine steht in der Mitte der Werkstatt, und wenn ein Mensch alt oder krank wird, ersetzt ihn der Maschinenbesitzer durch einen anderen. Es sieht so aus, als ob der Maschinenbesitzer, der Fabrikant, die Konstante sei und die Maschine seine Variable, aber näher betrachtet, ist auch der Fabrikant eine Variable der Maschine oder des Maschinenparks als Ganzem. Die zweite Industrierevolution hat den Menschen aus seiner Kultur verdrängt wie die erste aus der Natur, und daher ist die Maschinenfabrik als eine Art von Irrenanstalt zu betrachten.

Die dritte Industrierevolution, jene aus Maschine in Apparat, steht hier zur Frage. Sie ist noch im Gang, ihr Ausgang ist

nicht abzusehen, und deshalb fragen wir: Wie wird wohl die Fabrik der Zukunft (und daher unserer Enkel) aussehen? Selbst die Frage, was das Wort «Apparat» eigentlich meint, stößt noch auf Schwierigkeiten; hier eine mögliche Antwort: Maschinen sind Werkzeuge, die nach wissenschaftlichen Theorien gebaut wurden, als die Wissenschaft vor allem Physik und Chemie war, und Apparate können daneben auch neurophysiologische und biologische Theorien und Hypothesen in Anwendung bringen. Anders gesagt: Werkzeuge sind empirische, Maschinen sind mechanische und Apparate neurophysiologische Hand- und Körpersimulationen. Es geht um immer besser täuschende Simulationen der genetischen, ererbten Information in Sache «wenden». Denn Apparate sind die wendigsten aller bisher ausgearbeiteten Wendemethoden. Mit Sicherheit wird die Fabrik der Zukunft viel geschmeidiger sein als jene der Gegenwart, und sie wird mit Sicherheit das Verhältnis Mensch – Werkzeug auf eine völlig neue Weise umformulieren. Es ist daher damit zu rechnen, daß die wahnsinnige Entfremdung des Menschen aus der Natur und Kultur, so wie sie in der Maschinenrevolution ihren Höhepunkt erreicht, wird überwunden werden können. Die Fabrik der Zukunft wird keine Irrenanstalt mehr sein, sondern eher ein Ort, worin sich die schöpferischen Möglichkeiten des *homo faber* verwirklichen werden.
Zur Frage steht vor allem das Verhältnis Mensch – Werkzeug. Es geht um eine topologische, also – wenn man so will – architektonische Frage. Solange ohne Werkzeug fabriziert wird, also solange *homo faber* unmittelbar mit der Hand in die Natur eingreift, um Dinge daraus zu entwenden und umzuwenden, solange ist die Fabrik nicht lokalisierbar, sie hat kein »topos«. Der sogenannte »Eolithen« montierende Urmensch fabriziert überall und nirgends. Sobald Werkzeuge ins Spiel kommen, können und müssen spezifische Fabrikbezirke aus der Welt ausgeschnitten werden. Zum Beispiel Orte, an denen Silex aus Bergen gebrochen wird, und andere, an denen Silex umgewendet wird, um angewendet und verwendet zu werden. Diese Fabrikbezirke sind Zirkel, in deren Mitte der Mensch steht und in exzentrischen Kreisen die Werkzeuge liegen, die

dann ihrerseits von der Natur umkreist sind. Diese Fabrikarchitektur gilt während praktisch der ganzen Menschheitsgeschichte. Sobald Maschinen erfunden sind, muß sich diese Architektur folgendermaßen ändern:
Da nun die Maschine in der Mitte zu stehen hat, weil sie im Fabrikationsprozeß dauerhafter und wertvoller als der Mensch ist, muß die menschliche der Maschinenarchitektur untergeordnet werden. Es entstehen zuerst im Westen Europas und im Osten Nordamerikas und dann überall gewaltige Maschinenkonzentrationen, welche Bündel in einem Verkehrsnetz bilden. Die Fäden des Netzes sind zwar ambivalent, können aber in zentripetale und zentrifugale geordnet werden. Den zentripetalen entlang werden Dinge der Natur und Menschen in die Maschinen gesogen, um dort gewendet und verwendet zu werden. Den zentrifugalen entlang fließen die umgewendeten Dinge und Menschen aus den Maschinen. Die Maschinen sind im Netz miteinander zu Maschinenkomplexen und diese wieder miteinander zu Industrieparks verbunden, und die menschlichen Siedlungen bilden im Netz jene Orte, von denen aus die Menschen in die Fabriken gesogen werden, um dann von dort periodisch ausgesogen, wieder zurückgespieen zu werden. In diesen Maschinensog ist die ganze Natur konzentrisch miteinbezogen. Das ist die Struktur der Fabrikarchitektur des 19. und 20. Jahrhunderts.
Diese Struktur wird sich mit den Apparaten grundsätzlich ändern. Nicht nur, weil Apparate wendiger und daher grundsätzlich kleiner und billiger sind als Maschinen, sondern weil sie im Verhältnis zum Menschen nicht mehr konstant sind. Es wird immer deutlicher, daß das Mensch – Apparatverhältnis reversibel ist und daß beide nur miteinander funktionieren können: zwar der Mensch in Funktion des Apparates, aber ebenso der Apparat in Funktion des Menschen. Daß der Apparat nur tut, was der Mensch will, aber der Mensch nur wollen kann, was der Apparat tun kann. Eine neue Methode des Fabrizierens – nämlich das Funktionieren – ist im Entstehen begriffen: Der Mensch ist Funktionär von Apparaten, die in seiner Funktion funktionieren. Dieser neue Mensch, der Funktionär, ist mit Tausenden teils unsichtbaren Fäden mit

Apparaten verbunden: Wo immer er geht, steht oder liegt, trägt er die Apparate mit (oder wird von ihnen mitgetragen), und was immer er tut oder leidet, kann als eine Apparatfunktion gedeutet werden.

Auf den ersten Blick sieht es so aus, als seien wir daran, in die Vorwerkzeugphase des Fabrizierens zurückzukehren. Genau wie der Urmensch, der unmittelbar dank seiner Hand in die Natur eingriff und daher immer und überall fabrizierte, sind die künftigen, mit kleinen, winzigen oder gar unsichtbaren Apparaten versehenen Funktionäre immer und überall fabrikatorisch. Also werden nicht nur die riesigen Industriekomplexe des Maschinenzeitalters wie Dinosaurier aussterben und bestenfalls in historischen Museen ausgestellt werden, sondern auch die Werkstätten werden überflüssig werden. Jeder wird mit jedem überall und immer dank Apparaten durch reversible Kabel verbunden sein und mittels dieser Kabel sowie mittels Apparaten alles Entwendbare umwenden und verwenden.

So eine telematische, nachindustrielle, posthistorische Sicht auf die Zukunft des *homo faber* hat aber einen Haken. Es ist nämlich so, daß je komplexer die Werkzeuge werden, desto abstrakter ihre Funktionen. Der handlangende Urmensch konnte mit den konkreten ererbten Informationen in Sache Verwendung von Entwendetem auszukommen versuchen. Der Fabrikant von Faustkeilen, Töpfen und Schuhen mußte, um Werkzeuge zu verwenden, diese Information empirisch erwerben. Maschinen erforderten nicht nur empirische, sondern auch theoretische Informationserwerbung, und das erklärt die allgemeine Schulpflicht: Volksschulen zum Lernen der Maschinenbedienung, Mittelschulen zum Erlernen der Maschinenpflege und Hochschulen zum Erlernen des Bauens von neuen Maschinen. Apparate erfordern einen noch weit abstrakteren Lernprozeß und das Ausarbeiten bisher nicht allgemein zugänglicher Disziplinen. Die telematische Vernetzung von Menschen mit Apparaten und daher das Verschwinden der Fabrik (besser gesagt: das Immaterialisieren der Fabrik) setzt voraus, daß alle Menschen kompetent dafür werden. Und diese Voraussetzung ist nicht gegeben.

Das läßt erahnen, wie die Fabriken der Zukunft aussehen werden: nämlich wie Schulen. Es werden Orte zu sein haben, an denen die Menschen erlernen werden, wie Apparate funktionieren, damit diese Apparate dann das Umwenden der Natur in Kultur anstelle der Menschen durchführen können. Und zwar werden die Menschen der Zukunft in den Fabriken der Zukunft dies mit Apparaten an Apparaten und von Apparaten lernen. Wir haben daher bei der Fabrik der Zukunft eher an wissenschaftliche Laboratorien, Kunstakademien und an Bibliotheken und Diskotheken zu denken als an die gegenwärtigen Fabriken. Und den Apparatmenschen der Zukunft haben wir uns eher als einen Akademiker denn als einen Handwerker, Arbeiter oder Ingenieur vorzustellen.

Aber dies wirft ein konzeptuelles Problem auf, das den Kern dieser Überlegungen ausmacht: Nach klassischer Vorstellung ist die Fabrik das Gegenteil der Schule: «Schule» ist Ort der Beschaulichkeit, der Muße («otium», «scholé»), und «Fabrik» ist Ort des Verlustes der Beschaulichkeit («negotium», «ascholia»); «Schule» ist nobel, und «Fabrik» ist verächtlich. Noch die romantischen Söhnchen der Gründer von Industrien teilten diese klassische Meinung. Jetzt beginnt sich der grundlegende Irrtum der Platoniker und Romantiker herauszustellen. Solange nämlich Schule und Fabrik getrennt sind und einander gegenseitig verachten, solange herrscht der industrielle Irrsinn. Sobald aber Apparate die Maschinen verdrängen, wird ersichtlich, daß die Fabrik nichts anderes ist als angewendete Schule und Schule nichts anderes als Fabrikation von erworbenen Informationen. Und in diesem Augenblick erst gewinnt der Begriff *homo faber* seine volle Würde.

Das erlaubt, die Frage nach der Fabrik der Zukunft topologisch und architektonisch zu formulieren. Die Fabrik der Zukunft wird jener Ort zu sein haben, an welchem Menschen gemeinsam mit Apparaten lernen werden, was wozu und wie zu verwenden ist. Und die künftigen Fabrikarchitekten werden Schulen zu entwerfen haben. Um dies klassisch zu sagen: Akademien, Tempel der Weisheitslehre. Wie diese Tempel aussehen werden, ob materiell im Boden, ob halbmateriell schwebend, ob größtenteils immateriell, das ist dabei Nebensache. Entscheidend ist, daß die Fabrik der Zukunft jener Ort sein muß, an welchem *homo faber* zu *homo sapiens sapiens* werden wird, weil er erkannt haben wird, daß Fabrizieren dasselbe meint wie Lernen, nämlich Informationen erwerben, herstellen und weitergeben.

Das klingt mindestens ebenso utopisch wie die vernetzte telematische Gesellschaft mit automatischen Apparaten. Aber in Wirklichkeit ist es nichts als ein Projizieren bereits beobachtbarer Tendenzen. Überall sind derartige Fabrikschulen und Schulfabriken bereits im Entstehen.

Der städtische Raum und die neuen Technologien

Unter «städtischem Raum» wird hier der öffentliche Raum überhaupt, also die Republik verstanden, und die «neuen Technologien» werden aufgefaßt als jene, die unter dem Sammelnamen «informatische Revolution» bekannt sind. Die Frage ist, wie sich die Republik, wie sich der politische Raum unter dem *Impact* der informatischen Revolution verändert.

Vor der eben einsetzenden Revolution war die informatische Lage durch die beiden miteinander gekoppelten Begriffe «privatisieren» und «publizieren» gekennzeichnet. Um Informationen empfangen zu können, mußte man aus dem privaten in den öffentlichen Raum gehen – zum Beispiel ins Geschäft, in die Bank, in die Schule, ins Kino –, um sie heimzuholen. Um Informationen zu senden, mußte man sie in den öffentlichen Raum hinaustragen – zum Beispiel ausstellen, drucken, vortragen. Öffentliche Informationen waren zu privatisieren, privat ausgearbeitete waren zu publizieren. Der öffentliche (städtische) Raum war der Ort, an dem Informationen ausgestellt und empfangen wurden. Der private Raum war der Ort, an dem Informationen gelagert wurden, um sie zu neuen Informationen zu verarbeiten. Dieses Pendeln zwischen Stadt und Heim, diese Dialektik zwischen «Welt» und «Ich» war damals die Dialektik des «unglücklichen» Bewußtseins.

Die informatische Revolution strukturiert die informatische Lage um, genauer: Sie baut den öffentlichen Raum ab. Die Informationen dringen jetzt in den Privatraum, um dort empfangen zu werden. Geschäfte, Banken, Schulen, Kinos und alle übrigen öffentlichen Orte werden von den neuen Technologien ausgeschaltet. Die Sender der Informationen müssen dank dieser Technologien nicht mehr publizieren, sondern sie können durch verzweigte Kanäle ihre Informationen an die

einzelnen Empfänger verteilen lassen. Wo bisher der öffentliche Raum, der Stadtplatz, das Forum offenstand, werden in naher Zukunft strahlenförmig und netzförmig strukturierte Kanäle liegen. Die Menschen werden an den Ausgängen dieser Kanäle sitzen, um Informationen zu empfangen und zu senden.
Die informatische Revolution hat ihre Vorboten. Zeitungen, Radios, Telefone und die Post sind Beispiele für die Tendenz zum Abbau des öffentlichen Raums. Aber erst seit der Elektromagnetisierung der Bilder, seit der Einschaltung von Computern und künstlichen Intelligenzen in den Kommunikationsprozeß, seit der Verkleinerung und Verbilligung der künstlichen Gedächtnisse, seit der Installation von Kabeln und Satelliten, kurz: seit der Telematisierung wird nicht nur die entpolitisierende Tendenz der neuen Technologien, sondern auch und nicht zuletzt eine beginnende Mutation des Bewußtseins ersichtlich. Demzufolge geht es darum, die Überholung der «Ich-Welt-Dialektik» in den Griff zu bekommen.
Die neuen Technologien weisen in die Richtung zweier einander entgegengesetzter Horizonte. Einerseits können sie zu einer ausstrahlenden Informationsverteilung führen *(Broadcasting)*, andererseits zu einem vernetzten Informationsaustausch *(Network)*. Im ersten Fall laufen die Kanäle *diskursiv* von den Sendern zu den Empfängern, in zweiten Fall sind sie *reversibel*. Archaische Beispiele für den ersten Fall sind Radios und Zeitungen, für den zweiten die Post und Telefone. Der erste Fall führt zu einer gleichgeschalteten (faschistischen) Gesellschaft, in der zentrale Sender die vereinzelt in ihre Privaträume gedrängten Empfänger zu spezifischem Verhalten programmieren. Der zweite Fall führt zu einer demokratischen Gesellschaft, in der jeder Beteiligte mit allen übrigen *dialogisiert*, um neue Informationen (Modelle und Entscheidungen) herzustellen. Im ersten Fall kann von einer Betäubung des Bewußtseins aller Beteiligten – auch der Sender – gesprochen werden, im zweiten vom Emportauchen einer neuen, nachpolitischen Bewußtseinsform. Die grundlegende Frage, vor der wir angesichts der neuen Technologien gestellt sind, ist demnach die des Schaltplans der Kanäle.

Diese grundlegende Frage ist jedoch nicht immer und nicht allen ersichtlich, weil gegenwärtig der ausstrahlende, gleichschaltende Aspekt den zweiten überwiegt, und zwar nicht nur in den totalitären, sondern auch in den sogenannten freien Gesellschaften. Viele Beobachter und Kritiker empfehlen deshalb den Versuch, grundsätzlich gegen die neuen Technologien anzugehen. Sie wollen den öffentlichen Raum (die Stadt) retten, um das politische Bewußtsein zu retten. Die meisten urbanistischen Projekte der Gegenwart haben diesen Rettungsversuch im Auge. Ist jedoch der hier gegebene Umriß der Lage nur einigermaßen zutreffend, dann handelt es sich dabei um reaktionäre und zum Scheitern verurteilte Versuche. Wenn wir für das Bewußtsein, das heißt für die Freiheit des Menschen und der Gesellschaft engagiert sind, dann haben wir nicht zu versuchen, den öffentlichen Raum offenzuhalten, sondern für eine dialogische Schaltung der Informationsübertragung einzutreten.

(1985)

*Die Stadt als Wellental
in der Bilderflut*

Wir sollten (wenn es um «Stadt» geht) topologisch statt geographisch denken lernen und die Stadt nicht als einen geographischen Ort, sondern als Krümmung in einem Feld ansehen. Das ist kein bequemes Unterfangen. Es geht um einen der berüchtigten «Paradigmensprünge». Schon als man sich gezwungen sah, die Geographie nicht als Beschreibung einer ebenen Fläche, sondern einer Kugeloberfläche zu sehen, hatte man Schwierigkeiten. Stehen etwa die Bewohner der südlichen Halbkugel auf dem Kopf? Wir haben unsere Imagination noch mehr als damals anzustrengen. Allerdings haben wir Bilder von Gleichungen, welche uns dies erleichtern. Wir sind, zum Beispiel, gewöhnt, das Sonnensystem als einen geographischen Ort zu sehen, in welchem einige Körper um einen großen kreisen. Wir sehen es so, weil uns das so auf Bildern gezeigt wird, nicht, weil unsere Augen das irgendwo wahrgenommen hätten. Aber wir verfügen heute auch über andere Bilder. Dort zeigt man uns das Sonnensystem als ein Drahtgeflecht, als ein «Gravitationsfeld», und in diesem Geflecht gibt es sackähnliche Ausbuchtungen, worin die Drähte enger geknüpft sind. In einem dieser Säcke erkennen wir unsere Erde wieder, schon darum, weil in diesem Sack ein kleinerer, nämlich unser Mond, eingebaut ist. Beide Bilder des Sonnensystems sind nicht Abbildungen, sondern Modelle. Und doch ist das zweite Bild für Marsreisen nützlicher als das erste. Man sieht ihm an, daß man zuerst aus unserem Sack hinauskriechen, dann aufpassen muß, um nicht in den Sonnensack zu fallen, und schließlich bergauf kriechen, um sich in den Marssack fallen zu lassen. Dasselbe gilt vom Stadtbild. Wenn es um eine «neue Urbanität» geht, ist es nützlicher, sich ein Krümmungsbild zu machen.

Das Bild, das wir uns gewöhnlich von der Stadt machen, sieht ungefähr so aus: Häuser, wirtschaftliche Privaträume, umgeben einen Marktplatz, einen politischen öffentlichen Raum, und darüber, auf einem Hügel, steht ein Tempel, ein theoretischer Sakralraum. Man kann sich den Kopf darüber zerbrechen, wie diese drei Raumtypen miteinander zu koppeln sind. Die Alten meinten, die Ökonomie hätte der Politik und diese der Theorie zu dienen, weil die Theorie zur Weisheit und zur Erlösung führt. Die Philosophen und Doktoren der Kirche sollten die Könige der Stadt sein. Die revolutionären Handwerker der Renaissance meinten, die Ökonomie und die Theorie hätten der Politik zu dienen, weil diese zur Freiheit und Selbstveränderung des Menschen dank Arbeit führt. Die Bürger sollten die Könige der Stadt sein. Gegenwärtig meinen viele, die Politik und die Theorie hätten der Ökonomie zu dienen, weil diese zur Befriedigung der Ansprüche und zum Glück führt. Die Konsumenten sollen die Könige der Stadt sein. Das sind drei Lesarten des gewöhnlichen Stadtbildes.
Vergessen wir einmal die Ströme von Drucksachen und Blut, die aus dieser Stadtbildkritik geflossen sind und noch immer fließen. Sehen wir uns das Bild an. Es ist als Modell nicht mehr zu gebrauchen. Die drei Stadträume greifen jetzt wie *«Fuzzy sets»* ineinander. Der öffentliche Raum dringt in den privaten dank Kabel (wie im Falle des Fernsehens). Der Privatraum dringt in den öffentlichen dank Apparaten (wie Autos). Es gibt in der Stadt nichts tatsächlich Öffentliches und tatsächlich Privates mehr. Und der theoretische Raum ist in beide so eingedrungen, daß man ihn nicht mehr wiedererkennt, so hat er sich verändert. «Theorie» heißt Beschaulichkeit, und sie ist sakral, weil sie aus dem Betrieb hinausragt. Daraus ist *Weekend*, Ferien, Pensionierung und Arbeitslosigkeit geworden. Der theoretische Raum ist nicht mehr an Kirche und Schule gebunden, sondern an Sportplatz, Diskothek und *Club Méditerrané*. Diese Siedlungen stehen dem ehemals Ökonomischen und ehemals Politischen offen. Das hergebrachte Stadtbild mit seinen drei Räumen kann ad acta gelegt werden. Es ist nur noch als historische Referenz zu gebrauchen.
Wir sind jedoch denk- und einbildungsfaul und klammern uns

an alte Bilder. Wir ärgern uns, wenn man uns unseren Privatraum, unser politisches Engagement und unseren Glauben ans Heilige (vor allem an wissenschaftliche Theorien) wegnimmt und dafür andere Stadtbilder vorschlägt. Das soll die «neue Urbanität» sein, wenn wir in ihr weder unser trautes Heim noch unsere fortschrittlichen politischen Meinungen, noch unsere Tief- und Hochschulen wiedererkennen? Aber wenn wir die von uns geforderten Anstrengungen nicht leisten, wird es noch ärger werden. Das ist ärgerlich, aber es nützt nichts, wir müssen in den sauren Apfel des Stadtbildes als Feldkrümmung beißen.

Wir sind die Individuen, die in der Stadt zusammenkommen. Das alte Stadtbild fußt auf diesem Menschenbild. Dieses Menschenbild ist untauglich geworden. Alles ist teilbar, und es kann kein Individuum geben. Nicht nur Atome können in Partikel, ebenso kann alles Mentale beliebig in Teilchen zerstückelt werden, also Handlungen etwa in «Aktome», Entscheidungen in «Dezideme», Wahrnehmungen in «Reize», Vorstellungen in «Pixels». Die Frage, ob man dabei zu guter Letzt auf Unteilbares stößt, ist metaphysisch. Der Mensch kann nicht mehr als ein Individuum, sondern muß im Gegenteil als eine dichte Streuung von Teilchen angesehen werden: Er ist kalkulierbar. Das berüchtigte «Selbst» ist als ein Knoten zu sehen, in welchem sich verschiedene Felder kreuzen, etwa die vielen physikalischen Felder mit dem ökologischen, psychischen und kulturellen. Das berüchtigte «Selbst» erweist sich dabei nicht als Kern, sondern als Schale. Es hält die gestreuten Teilchen zusammen, «enthält» sie. Es ist eine Maske. Daraus folgt, daß die Stadt nicht ein Ort sein kann, an dem Individuen zusammenkommen, sondern sie ist im Gegenteil eine Kerbe in Feldern, wo Masken verteilt werden. Das Selbst kommt nicht in die Stadt, um zum anderen zu kommen, sondern im Gegenteil: Erst in der Stadt entsteht das Selbst als das Andere des anderen. Das Modell der Stadt als Maskenverleihanstalt erlaubt, sich ein Bild von der Stadtgeschichte zu machen. Die ersten Städte stellen nur wenige Masken zur Verfügung, etwa die des Zauberers, des Kriegers und des Homosexuellen, und alle müssen hinter diesen Masken tanzen. Die letzten Städte stellen zahlreiche Masken zur Verfügung und erlauben beim Tanzen eine über die andere zu ziehen, etwa die des Steuerzahlers über die des Vaters. Das ist politischer (städtischer) Fortschritt. Allerdings, hinter den alten Masken verbirgt sich dasselbe wie hinter den neuen, nämlich ein Schwarm von teilbaren Teilchen. Das ist auf den ersten Blick ein verwirrendes Stadtbild. Es sieht wie ein Indianerdorf aus, während das alte wie Athen und Jerusalem aussieht. Noch dazu zerfallen die Indianer zu Staub, wenn sie nicht tanzen, zu lauter Quarks, Reizen und Aktomen. Die Indianer, wenn befragt, hätten wahrscheinlich nichts dagegen einzuwenden. Wir hingegen pochen auf unsere Identität («Seele», «Geist»), auch wenn wir den diesbezüglichen Medizinbeutel verlegt oder verloren haben. Das neue Menschenbild als Verknotung von Beziehungen paßt uns nicht in den Kram, und daher auch nicht das auf dieser Anthropologie beruhende Stadtbild. Und doch muß dieses Menschenbild hingenommen werden. Es sieht ungefähr so aus: Wir haben uns ein Netz von zwischenmenschlichen Beziehungen vorzustellen, ein «intersubjektives Relationsfeld». Die Fäden dieses Netzes sind als Kanäle zu sehen, durch welche Informationen wie Vorstellungen, Gefühle, Absichten oder Erkenntnisse fließen. Diese Fäden verknoten sich provisorisch und bilden das, was wir «menschliche Subjekte» nennen. Die Gesamtheit der Fäden macht die konkrete Lebenswelt aus, und die Knoten darin sind abstrakte Extrapolationen. Das erkennt man, wenn man sie entknotet. Sie sind kernlos wie Zwiebeln. Anders gesagt: Das «Selbst» («Ich») ist ein abstrakter, gedachter Punkt, um welchen sich konkrete Beziehungen hüllen. «Ich» ist das, wozu «du» gesagt wird. Ein derartiges Menschenbild wird nicht nur dank Psychoanalyse und Existenzanalyse nahegelegt, sondern es entspricht auch den Feldbildern auf vielen anderen Gebieten, zum Beispiel jenem der Ökologie – Organismen sind Verknotungen von Ökosystemen –, jenem der Molekularbiologie – Phänotypen sind Verknotungen von genetischen Informationen – oder jenem der Kernphysik – Körper sind Verknotungen der vier Kräftefelder. Hält man am Bild des intersubjektiven Relationsfeldes fest – «wir» ist konkret, «ich» und «du» sind Abstraktionen daraus –, dann gewinnt das neue Stadtbild Konturen. Es ist etwa so vorzustellen: Die zwischenmenschlichen Beziehungen sind an verschiedenen Orten des Netzes verschieden dicht gesponnen. Je dichter sie sind, desto «konkreter» sind sie. Diese dichten Stellen bilden Wellentäler im Feld, das man sich schwingend wird vorstellen müssen. An diesen dichten Stellen rücken die Knoten einander näher, sie «aktualisieren» sich gegenseitig. In derartigen Wellentälern werden die in den zwischenmenschlichen Beziehungen angelegten Möglichkeiten «aktueller». Die Wellentäler wirken auf das umliegende Feld «anziehend» (in das Gravitationsfeld einbeziehend), immer weitere zwischenmenschliche Beziehungen werden von dorther angezogen. Jede Welle ist ein Brennpunkt für Aktualisierung zwischenmenschlicher Virtualitäten. Solche Wellentäler sind «Städte» zu nennen.

Doch damit ist das neue Stadtbild als attraktiver Ort für die Verwirklichung menschlicher Möglichkeiten noch nicht entworfen. Es muß hinzugefügt werden, daß wir uns das zwischenmenschliche Netz als mit anderen Netzen verfilzt vorzustellen haben. Zum Beispiel müssen wir uns die Knoten der Intersubjektivität, also das «Ich», als in zahlreiche andere Netze eingebaut vorzustellen versuchen, etwa als Zentralnervensystem im neurophysiologischen Netz, als Lebewesen im ökologischen Netz, als materiellen Körper in elektromagnetischen und gravitationellen Feldern. Die Hoffnung, all diese Relationsfelder auf ein einziges reduzieren, eine allgemeine Feldtheorie aufstellen zu können, ist vorläufig aufzugeben. Daher ist das neue Stadtbild (die «neue Urbanität») kein sehr deutliches Modell, sondern es sieht eher fraktal aus. Mit diesem formalisierten Chaos werden wir wohl zu leben haben.

Auffällig ist, wenn man dieses Stadtbild betrachtet, falls man die nötige Einbildungskraft dafür mobilisiert hat, seine «Immaterialität». Es sind darin weder Häuser noch Plätze, noch Tempel zu erkennen, sondern nur ein Drahtgeflecht, ein Gewirr von Kabeln. Ein Spaziergang durch Köln kann helfen, das Bild etwas materieller erscheinen zu lassen. Noch Heine meinte, daß es sich mit seinem heiligen Dome im heiligen Strome spiegele, wir hingegen müssen versuchen, es sich im

Relationsfeld spiegeln zu lassen. Was als erstes auffällt, sind die Verkaufsauslagen, worin Masken zur Identifikation angeboten werden. Man identifiziert sich mit und als Kleid, als ein Paar Schuhe, als Kochtopf. Man ist, was immer man ist, erst wenn man beginnt, in diesem Kleid, in diesem Kochtopf zu tanzen. Solche Verkaufsauslagen sind, was das ganze Köln ausmacht. Überall werden solche Masken angeboten. Man tanzt in der Maske eines Fernsehbildes (identifiziert sich damit und darin), in der Maske eines Parteimitglieds, eines akademischen Titels, einer Familienbeziehung, einer Kunstrichtung, einer philosophischen Ansicht. Köln erweist sich als Wellental im zwischenmenschlichen Relationsfeld, worin diese Beziehungen in Masken eingesammelt werden, um die darin angelegten Möglichkeiten zu aktualisieren. Die Bewohner Kölns sind dicht gestreute Punktschwärme, die unter kölnischen Masken tanzen. Die kölnischen Häuser, Plätze und der Dom sind als Oberflächenphänomene, als geronnene, «materialisierte» Masken zu sehen, als eine Art von archäologischem Küchenabfall.

Wozu «neue Urbanität»? Was hat man an Köln auszusetzen? Daß die dort angebotenen Masken nicht dialogisch, sondern anderswie hergestellt werden, und daß sie aufgesetzt werden, auch wenn sie aus einer Vielfalt gewählt werden können. «Neue Urbanität» ist der Versuch eines «Stadtplans», in dem die Masken dialogisch aus den zwischenmenschlichen Beziehungen auftauchen, um darin wieder absorbiert zu werden. Die neue Stadt wäre ein Ort, an dem «wir» uns als «ich» und «du» gegenseitig identifizieren, an dem «Identität» und «Differenz» einander bedingen. Das ist nicht nur eine Frage der Streuung, sondern auch der Schaltung. So eine Stadt setzt eine optimale Streuung der zwischenmenschlichen Beziehungen voraus: Aus «anderen» sollen «Nächste», «Nachbarn» werden. Und sie setzt voraus, daß die Kabel der zwischenmenschlichen Beziehungen reversibel geschaltet werden, nicht in Bündeln, wie beim Fernsehen, sondern in echten Netzen, also verantwortungsvoll, wie beim Telefonnetz. Das sind technische Fragen, und sie sind von Urbanisten und Architekten zu lösen. Sie verfügen nicht nur über die nötige

Kompetenz, sondern auch über theoretische «informatische» Kenntnis und über Apparate, etwa reversible Minitels und künstliche Intelligenzen.

Wie jede Revolution ist die urbanistische zwar technisch bedingt, sie reicht aber in weitere Gebiete. Sie setzt voraus, daß wir uns existentiell umzustellen haben. Wir müssen aufhören, uns und die anderen erkennen zu wollen, und versuchen, die anderen anzuerkennen und uns in ihnen wiederzuerkennen. Wir müssen aus der Kapsel des Selbst auszubrechen und uns in die konkrete Intersubjektivität zu entwerfen versuchen. Wir müssen aus Subjekten zu Projekten werden. Die neue Stadt wäre eine Projektion von zwischenmenschlichen Projekten. Das klingt «utopisch», was es ja buchstäblich ist, denn die neue Stadt ist geographisch nicht lokalisierbar, sondern überall dort, wo Menschen einander sich öffnen. Aber gerade weil es utopisch klingt, ist es realistisch. Denn die emportauchende relationelle Weltsicht und die daraus folgende Anthropologie fordern utopisches Denken. Wir haben dafür keine überkommenen Modelle und müssen sie neu entwerfen.

All dies war in Bildern gesprochen. Es war von Stadtbild, von Weltbild, von Menschenbild, von Maske die Rede. Das ist unvermeidlich. Wir können die Welt und uns selbst darin nicht mehr beschreiben. Diskursive Sprache und Schrift sind dafür nicht mehr angemessen: Alles ist durchkalkuliert, und Schwärme von punktartigen *Bits* sind unbeschreiblich. Diese können aber berechnet werden, und die Algorithmen können in Bilder umkodiert werden. Also ist zwar die Welt mit uns selbst darin unbeschreibbar geworden, aber sie ist berechenbar und deshalb wieder vorstellbar geworden. Um sie uns vorzustellen, müssen wir eine neue, auf Kalkulation beruhende Einbildungskraft mobilisieren. Wir besitzen dafür die nötigen Apparate. Dieser Vortrag ist demnach als Versuch anzusehen, synthetische Bilder von Algorithmen in Sprache zu kodieren. Die gegenwärtigen zwischenmenschlichen Beziehungen werden sich zunehmend in derartigen Bildern verschlüsseln. Unsere Wahrnehmungen, Vorstellungen, Gefühle, Absichten, Erkenntnisse und Entscheidungen werden zunehmend die Form von derartigen Bildern annehmen müssen. Dadurch werden alle schöpferischen Disziplinen – wie Wissenschaft und Politik – zu Kunstformen werden. Dieser Vortrag ist ein dürftiger Versuch, Politik («neue Urbanität») als Kunstform zu treiben.

(1988)

Die Welt als Oberfläche

Auf dem Weg zum Unding

Abstrahieren heißt abziehen. Die Frage ist: woher und wohin abziehen? Kürzlich noch war dies eine stumme Frage, denn ihre Antwort war selbstverständlich. Kürzlich war die Umwelt noch ein aus Dingen bestehender Umstand. Die Dinge waren das «Konkrete», woran sich der Mensch im Leben halten konnte. «Abstrahieren» war damals eine Bewegung, dank welcher der Mensch von seinem konkreten Umstand Abstand nehmen konnte. Es war eine sich von den Dingen entfernende Bewegung – eine von den Dingen weg und zu Undingen hin gerichtete Bewegung. Diese von der Abstraktion gesuchten Undinge nannte man «Formen» (was immer darunter verstanden wurde, beispielsweise Begriffe, Modelle, Symbole). Dies erlaubte, die Abstraktion zu stufen: Je weiter entfernt von Dingen, desto abstrakter, «theoretischer» war eine Form. Die höchsten Abstraktionen waren damals die allgemeinsten (das heißt leersten) Formen: zum Beispiel die logischen Symbole. Die Absicht der Abstraktion war, die Dinge der Umwelt aus dem Abstand in den Griff zu bekommen, sie zu «begreifen», sich hinsichtlich der Dinge zu «informieren». Die damals selbstverständliche Antwort auf die vom Abstrahieren gestellte Frage «woher und wohin?» lautete: «von den Dingen weg, hin zu den Informationen». Sie ist nicht mehr selbstverständlich. Unsere Umwelt ist dabei, sich revolutionär zu verwandeln. Wir sind dabei, in anderen Umständen zu leben. Etwas Neues wird da geboren.

Die harten Dinge in unserer Umwelt beginnen, von weichen Undingen verdrängt zu werden: Hardware von Software. Die Dinge ziehen sich aus dem Zentrum des Interesses zurück, es konzentriert sich auf Informationen. Wir können und wollen

uns im Leben nicht mehr an die Dinge halten: sie sind nicht mehr das «Konkrete». Daher kann «Abstrahieren» nicht mehr «weg vom Ding» bedeuten.
Kein Zweifel kann darüber bestehen, daß die Dinge immer weniger interessieren. Überall gibt es Symptome für eine Abkehr des Interesses von ihnen. Der größte Teil der Gesellschaft ist nicht länger mit dem Herstellen von Dingen, sondern mit der Manipulation von Informationen beschäftigt. Das Proletariat, dieser Erzeuger von Dingen, wird zur Minderheit, und die Funktionäre, die Beamten und die übrigen im «dritten Sektor» beschäftigten Angestellten, diese Erzeuger von Undingen, werden zur Mehrheit. Man verlangt nicht länger noch ein Paar Schuhe oder noch ein Möbelstück, sondern längere Ferien und bessere Schulen für die Kinder: nicht noch mehr Dinge, sondern immer mehr Informationen. Die Dingmoral – Erzeugung, Besitz und Speicherung von Dingen – weicht einer neuen: dem Gewinn von Genuß, Erlebnissen, Besitz, Erfahrungen, Kenntnissen, kurz von Informationen. Das Leben in einer undinglich werdenden Umwelt gewinnt eine neue Färbung: Nicht der Schuh, der Genuß des Schuhs wird das Konkrete. Nicht das Dingliche des Schuhs, sondern das Informative an ihm ist das Interessante. Der Wert verschiebt sich vom Ding auf die Information: Umwertung aller Werte.
Die Verschiebung des Interesses vom Ding weg in Richtung Information läßt sich mit der Automation der Dingerzeugung erklären. Maschinen werden informiert, um Dinge massenhaft zu speien. All diese Rasiermesser, Anzünder, Füllfedern, Plastikflaschen sind praktisch wertlos. Wertvoll allein ist die Information, das «Programm» in den Maschinen. In dem Maß, in dem wir lernen, Roboter zu informieren, werden überhaupt alle Dinge (auch Häuser, Fahrzeuge, Bilder, Gedichte, musikalische Kompositionen) praktisch wertlos werden. Die Springflut von Dingen, die uns umspült, diese Dinginflation, ist gerade der Beweis für unser wachsendes Desinteresse an Dingen. Sie werden alle zu Gadgets, zu dummem Zeug, sie werden alle verächtlich. Dies ist auch die neue Bedeutung des Begriffs «Imperialismus»: Die Menschheit wird

von jenen Gruppen beherrscht, welche über Informationen hinsichtlich des Baus von Atomwaffen und Atomkraftwerken, hinsichtlich genetischer Operationen und Verwaltungsapparaten verfügen. Wer nur über Dinge verfügt, über Rohstoffe oder Lebensmittel, sieht sich gezwungen, sich diesen immer teurer werdenden Informationen zu unterwerfen. Nicht das Ding, die Information ist das ökonomisch, sozial, politisch Konkrete. Unsere Umwelt wird zusehends weicher, nebelhafter, spektraler.

Informationen – Undinge wie Bilder auf dem Fernsehschirm, in Computern gelagerte Daten, in Robotern gespeicherte Programme, Mikrofilme und Hologramme – lassen sich nicht mit Fingern greifen. Im buchstäblichen Sinn dieses Wortes sind sie «unbegreiflich». Zwar besagt das Wort «Information» «Formation in» Dingen. Informationen verlangen nach dinglichen Unterlagen, nach Kathodenröhren, nach Chips, nach Strahlen. Aber die Hardware wird immer billiger, die Software immer teurer. Obwohl die dinglichen Reste, die den neuen Informationen noch anhaften, vorläufig unvermeidlich sind, sind sie bereits verächtlich. Nicht auf die Chips, auf die Bits müssen wir achten. Dieser gespenstische Charakter unserer Umwelt, diese ihre unbegreifliche Nebelhaftigkeit, ist die Stimmung, in der wir zu leben haben.

An die Dinge können wir uns nicht mehr halten, und bei den Informationen wissen wir nicht, wie uns an sie halten. Wir sind haltlos geworden. In dieser Lage wird die Frage nach dem Woher und Wohin der Abstraktion gestellt. Die Absicht jeder Abstraktion ist, die konkrete Umwelt aus einem Abstand heraus in den Griff zu bekommen. Nie war dies notwendiger als gegenwärtig. Die Umwelt, von der wir Abstand zu nehmen haben, ist die nebelhafte Welt der uns programmierenden Informationen. Sie sind das Konkrete, von dem wir abstrahieren müssen. Und es wird ersichtlich, wohin wir uns beim Abstrahieren zu richten haben: Wir müssen, um mit Husserl zu sprechen, «zurück zur Sache». Abstrahieren muß gegenwärtig bedeuten, den Weg zur Sache zurückzufinden. Um diese neue, umgestülpte Bedeutung des Begriffs «Abstraktion» zu verstehen, müssen wir versuchen, uns vorzustellen, wie das konkrete Leben innerhalb einer undinglichen Umwelt aussehen wird: das Leben unserer Enkel. Denn von dieser Konkretizität gilt es zu abstrahieren.

Es ist nicht schwer, sich dieses Leben vorzustellen: Die mit elektronischen Apparaten spielenden und sich an ihnen berauschenden «neuen Menschen» um uns herum leben bereits heute das undingliche Leben von morgen. An diesem neuen Leben ist die Atrophie der Hände bemerkenswert. Der an den Dingen uninteressierte künftige Mensch wird keine Hände benötigen, denn er wird nichts mehr behandeln müssen. Die von ihm programmierten Apparate werden jede künftige Behandlung übernehmen. Übrig bleiben von den Händen die Fingerspitzen. Mit ihnen wird der künftige Mensch auf Tasten drücken, um mit Symbolen zu spielen und um audiovisuelle Informationen aus Apparaten abzurufen. Der fingernde handlose Mensch der Zukunft wird nicht handeln, sondern tasten. Sein Leben wird kein Drama mehr sein, das eine Handlung hat, sondern es wird ein Schauspiel sein, das ein Programm hat. Der neue Mensch wird nichts mehr tun und haben wollen; er wird genießen wollen, was auf dem Programm steht. Nicht Arbeit und nicht Praxis, sondern Betrachtung und Theorie werden sein konkretes Leben charakterisieren. Nicht Arbeiter, Homo faber, sondern Spieler mit Formen, Homo ludens, ist der Mensch der undinglichen Zukunft.

Wollen wir uns in der weichen, gespenstisch werdenden Umwelt der Undinge orientieren, dann müssen wir versuchen, den Weg zu den Phänomenen zurückzufinden. «Abstraktion» muß bedeuten, aus den Undingen die Sachen zu abstrahieren. Die «Sachen», nicht die «Dinge». Denn die Dinge haben sich definitiv als uninteressant erwiesen. Diese harten Objekte haben sich definitiv in Felder, in Verhältnisse aufgelöst, und eine «objektive Umwelt», an die man sich halten könnte, ist definitiv auseinandergefallen. Kein Mensch kann mehr glauben, daß der harte Tisch, auf dem ich schreibe, in Wirklichkeit nicht ein Schwarm von Elektronen, also in Wirklichkeit «leer» ist. Gibt das Ding vor, objektiv da zu sein, so gibt die

Sache zu, daß sie eine Stelle ist, wo menschliche Absichten zusammenstoßen. Als Ding ist der Tisch ein Stück Materie, ein Widerstand, ein «Problem», auf das ich stoße; als Sache ist er Teil einer allgemeinen Übereinkunft. An die Materialität des Tisches kann ich nicht mehr glauben, wohl aber daran, daß ich an einer Übereinkunft teilhabe, in der Sachen wie Tische vorkommen. Ich kann mich vor den Tisch setzen und auf ihm schreiben, weil ich an einer Übereinkunft teilhabe und dank dieser Übereinkunft überhaupt da bin. Der Tisch ist ein Teil der Übereinkunft, und ich selbst bin ein Teil der Übereinkunft. Der Tisch wäre nicht vorhanden, und ich selbst wäre nicht da, gäbe es nicht eine derartige Übereinkunft. Nicht der Tisch, und nicht ich selbst, sondern das Verhältnis Ich-Tisch ist die Sache. Die dingliche Umwelt ist uninteressant geworden, das Interesse hat sich auf die Dokumente verschoben. Es sind die Dokumente, die Formen, die Modelle, die gegenwärtig beginnen, das Konkrete der Umwelt auszumachen. Aus dieser uns programmierenden Konkretizität der Dokumente müssen wir die Tatsachen abstrahieren. Diese Tatsachen sind allesamt auf einen gemeinsamen Nenner zu bringen: Wir sind nicht allein auf der Welt, sondern wir sind mit anderen da, und alles, was wir erleben, erkennen und werten, ist Folge unserer Übereinkunft mit anderen. Der Weg der neuen Abstraktion führt weg von der Information und hin zum anderen. Im Grund bedeutet «zurück zur Sache» die Codes aufzudecken, um sich selbst und den anderen von ihnen zu emanzipieren.

(1989)

Paradigmenwechsel

Irgend etwas ist dabei, sich ziemlich grundsätzlich zu ändern. Wenn wir dies etwas eleganter ausdrücken wollten, könnten wir sagen, daß wir in einem Paradigmenwechsel stehen. Was sich ändert, ist zwar überall fühlbar, aber deshalb nicht unbedingt greifbar. Ein Beispiel soll diese Änderung vor Augen führen. Wir stoßen gegen einen Holztisch. Dieses banale Erlebnis ist bekanntlich in der philosophischen Tradition genauen und einander widersprechenden Analysen unterworfen worden. Vielleicht kann die folgende Schilderung des Erlebnisses mit einem weiten Konsensus rechnen: Auf unserem Weg zum Tod stoßen wir gegen Hindernisse, die wir irgendwie überwinden müssen, um zum Tod zu kommen. Diese Hindernisse heißen deutsch Gegenstände, lateinisch Objekte, griechisch Probleme, und ihre Gesamtheit kann die «objektive Welt» genannt werden. Der Holztisch, gegen den wir soeben gestoßen sind, ist ein Gegenstand, Teil der objektiven Welt, und er ist problematisch. Der eben geschilderte Konsensus ist modern (im Sinn von: für die Neuzeit charakteristisch). Früher hat man das banale Erlebnis des Stoßens gegen einen Holztisch anders verstanden, und es war daher ein anderes Erlebnis. Und gegenwärtig beginnen wir, es wieder anders zu verstehen. Falls dies stimmt, dann heißt es, daß wir beginnen, die Welt anders als vorher zu erleben.

Daß der moderne Konsensus, was es heißt, gegen einen Holztisch zu stoßen, nicht selbstverständlich ist, kann an jedem Baby beobachtet werden. Wenn es gegen den Holztisch stößt, schlägt es ihn mit Fäusten. Der Tisch wird nicht als ein Gegenstand, ein Objekt, ein Problem erlebt, sondern als ein Feind, ein widerlicher Anderer. Es gibt daher keine objektive Welt mit zu lösenden Problemen, sondern alles ist belebt und voller (meist böser) Absicht. Dieser magische Konsensus ist alt (wahrscheinlich ebenso alt wie die menschliche Spezies), und er ist keineswegs durch den modernen Konsensus abgelöst worden. Er sitzt tief in uns, und der moderne überdeckt ihn, ohne ihn dadurch außer Kraft gesetzt zu haben. Wenn von einem Paradigmenwechsel zu Beginn der Neuzeit zu sprechen ist, also von der Emergenz jener Erlebnisart, die zur modernen Wissenschaft geführt hat, dann ist diese Tatsache des Überdeckens und nicht Auslöschens des Vorangegangenen im Auge zu behalten.

Selbstredend ist aber der moderne Konsensus nicht aus dem magischen aufgetaucht, sondern zwischen der Magie und der Moderne gibt es eine ganze Reihe von Paradigmenwechseln. Eine für die Gegenwart besonders interessante Art, den Zusammenstoß mit dem Holztisch zu verstehen und zu erleben, ist jene, die in den Texten der klassischen griechischen Philosophen zu Wort kommt: danach stoßen wir gegen Holz *(hyle)* in Form *(morphé)* eines Tisches. Das will deutlicher gesagt sein. Wir stoßen nicht gegen den Tisch, sondern gegen die Tischkante, und das ist ein Aspekt der Tischform. Das Holz ist nur der Stoff (das Füllsel, mit welchem die Form gestopft ist), und es ist die Form, gegen die wir in «Wirklichkeit» stoßen. Das Holz ist nur eine «Erscheinung» *(phainomenon)*, in der und durch die hindurch die Tischform als die eigentliche Wirklichkeit erlebt wird.

Diese eigentümliche Sicht auf das Erlebnis des Zusammenstoßes mit dem Holztisch kann «Realismus der Formen, der Ideen» genannt werden, und sie kann mit einer anderen Ansicht, nämlich mit jener, wonach wir nicht mit der Tischform, sondern mit dem Holz zusammenstoßen, verglichen werden. Diese zweite Sicht kann «Realismus des Stoffs, oder Materialismus» heißen. Bei näherem Zusehen erkennt man, daß der Realismus der Formen nicht ganz so eigenartig ist, wie man noch vor wenigen Jahren annehmen konnte. Zum Beispiel bildete er im Fernen Osten als Hinduismus und Buddhismus jahrtausendelang einen Konsensus. Hier wurde das Beispiel jedoch gewählt, um anzudeuten, daß wir, allerdings unter anderen Vorzeichen, zu einer ähnlichen Ansicht, zu einem neuen Formalismus zu neigen beginnen.

Die Ansicht, wonach ein Holztisch eine mit Holz gestopfte Tischform ist, oder wonach er ein Stück Holz ist, auf das eine Tischform aufgedrückt wurde, ist Folge einer spezifischen Sehweise, die in der westlichen Zivilisation «Theorie» genannt wird. Es handelt sich um eine Sehweise, die durch die Gegenstände wie eine Art von Röntgenstrahl hindurchdringt, und erblickt, was die Gegenstände verbergen. Dieses dritte Auge ist in uns kulturell angelegt, ohne daß wir uns davon Rechenschaft ablegen würden: wir durchblicken den Holztisch, noch bevor wir mit ihm zusammengestoßen sind, und ersehen hinter ihm die Tischform. Doch kann eine solche theoretische Sicht allein die Praxis des Zusammenstoßes noch nicht hinreichend beleuchten. Diese Praxis stellt nämlich spontan die sogenannte «metaphysische» Frage nach dem Verhältnis von Holz und Form. Mit anderen Worten: was hat der Tischler da angestellt, als er den Holztisch hergestellt hat? Der moderne Konsensus bietet darauf etwa folgende Antwort: er hat amorphes Holz zu einem Tisch geformt. In der Beantwortung der Frage, wo er denn die Tischform hernahm, gehen die modernen Interpretationen ein wenig auseinander. Das Design des Tisches (um es in einer scheinbar nicht-metaphysischen Terminologie auszudrücken) scheint Resultat verschiedener Faktoren zu sein, die mit der Beschaffenheit des Holzes, mit dem Zweck des Tisches, mit seiner Fabrikationsmethode, mit Ästhetik und mit anderen Bedenken zusammenhängen. Diese Art von Antwort beruht auf dem modernen Konsensus, wonach der Zusammenstoß zwischen uns und der Welt ein zu lösendes Problem ist.

Unter dem Blickwinkel des Realismus der Formen hat der Tischler eine Tischform vor Augen gehabt, und diese theoretisch ersehene Form mit Holz gestopft, um sie für die sinnlichen Augen sichtbar zu machen. Dies kann ihm nie völlig gelingen, weil nämlich beim Hineinstopfen von Holz in die Form nicht nur das Holz «informiert», sondern auch die Form verzerrt wird. Der Tischler ist ein Verräter der Tischform, oder: es ist unmöglich, einen idealen Tisch herzustellen. Die Tischform ist nur theoretisch ersichtlich (zum Beispiel, daß die Winkelsumme einer quadratischen Tischplatte 360° ist),

und die Praxis verzerrt dies (keine hölzerne Tischplatte ist völlig quadratisch). Diese, sagen wir einmal, «platonische» Interpretation des Inhalt-Form-Problems (oder, um es aktueller zu sagen: des Informationsproblems), klang im Verlauf der Neuzeit verschroben, beginnt aber gegenwärtig außerordentlich plausibel zu klingen. Paradigmenwechsel.
Die Wahl des Holztisches als Beispiel war hinterlistig. Erstens, weil das griechische Wort für «Holz» ins Lateinische mit «Materie» und ins Deutsche mit «Stoff» übersetzt wird, und dadurch die Frage nach der Interpretation der Realität der gegenständlichen Welt vorwegnimmt: Ist sie formell oder stofflich? Zweitens, weil sie die Frage nach dem Design in jenen Kontext stellt, in dem sie bedeutungsvoll wird. Was tut der Tischler: wählt er ein Design für einen Stoff oder einen Stoff für eine vorgefaßte Form? Und drittens, weil ein Holztisch ein Kulturprodukt (ein Kunstwerk) ist, und damit die Frage nach der Technik als einer angewandten Theorie der Naturwissenschaften stellt. Dieser dritte Aspekt will bedacht sein.
Der theoretische Blick hat sich in Kleinasien etwa im 6. Jahrhundert v. Chr. ausgebildet, und von anderen vergleichbaren Sehweisen immer deutlicher unterschieden. Die Vorsokratiker durchblickten zum Beispiel die Gestirne anders als die Inder: sie ersahen hinter den scheinbar strahlenden Göttern (hinter der magischen Erlebnisform) nicht, wie die Inder, eine höhere Kraft, sondern Zyklen und Epizyklen. Sie sahen zum Beispiel, daß das scheinbar wirre Laufen der Planeten in Wirklichkeit als ein Befolgen von regelmäßigen Kreisbahnen durchblickt werden kann. Das Interessante dabei war nicht nur, daß Schein und Wirklichkeit theoretisch unterschieden wurden (die Sterne sind Schein, die Bahnen sind wirklich), sondern vor allem auch, daß es nötig ist, beim Beschreiben der wirklichen Bahnen den Schein zu wahren. Die Bahnen mußten so beschrieben werden, daß man die Erscheinung (zum Beispiel eine Sonnenfinsternis) voraussehen konnte, und in dieser Voraussicht lag ein Beweis für die Wirklichkeit der Bahnen. Diese eigentümliche Unterscheidung von Wirklichkeit und Schein, wobei der Schein bewahrt wird, um die

Wirklichkeit zu beweisen, ist typisch okzidental und unterscheidet uns vom Fernen Osten, der darauf ausgeht, den Schein zu zerreißen.

Dieser Versuch der Astronomen, den Schein zu wahren, führte zu außerordentlich komplizierten Bahnenformen, was das Voraussehen unbequem machte. Ein wichtiger Aspekt des Paradigmenwechsels, dem die Moderne ihr Emportauchen verdankt, ist, daß man es aufgab, den Schein zu wahren. Allem Schein zum Trotz setzte man die Sonne statt der Erde in die Mitte des Himmels, erreichte dadurch einfachere Bahnen und eine bequemere Voraussicht. Doch ging man dabei nicht, wie hier und heute zu erwarten wäre, davon aus, daß man die Sonne einzig und allein zu dem Zweck einer bequemeren Berechnung (Komputation) in den Mittelpunkt setzte, sondern glaubte wirklich, daß die Erde nur in der Mitte zu sein scheint, sich aber in Wirklichkeit um die Sonne herumdreht. Daher war der Streit zwischen der Astronomie und der Kirche: «Ist die Erde wirklich in der Mitte und unter dem Mond, oder ist sie wirklich im Himmel?» ein metaphysischer Streit und endete häufig tödlich. Und doch haben die Modernen die Dialektik zwischen Schein und Wirklichkeit nicht einfach aufgegeben und den mittelalterlichen Glauben an die Wirklichkeit der Formen noch mehr betont als die Alten. Vielmehr nahmen sie einen neuen, völlig unerwarteten Standpunkt zu dieser Frage ein.

Die Kompliziertheit des ptolemäischen Systems zeigte, daß das System irgendwie unrichtig sein mußte. Die Wirklichkeit kann nicht kompliziert sein, sondern hinter dem komplizierten Schein muß sich eine einfache Wirklichkeit verbergen. (Das ist ein moderner Glaubensartikel.) Also begann man den Schein zu zwingen, sich in einfache Formen hineinpressen zu lassen. Zuerst setzte man die Sonne, entgegen allem Schein, in die Mitte und versuchte, einfache Kreisbahnen in die komplizierten Bewegungsabläufe hineinzusehen. Das gelang nicht, und man ersetzte die Kreise durch Ellipsen. Als sich der Schein dieser Form mehr oder weniger fügte, behauptete man, die wirklichen Bahnen theoretisch hinter der Erscheinung entdeckt zu haben. Der Paradigmenwechsel bestand also darin, von jetzt ab den Schein nicht mehr zu wahren, sondern ihn versuchsweise in verschiedene Formen zu pressen, bis er in eine dieser Formen paßte. Das ist eine verkürzte, aber dennoch gültige Beschreibung der modernen Theorie und Praxis.

Auch ihrer Praxis, denn es ging nicht nur darum, den Schein versuchsweise in eine Form nach der anderen zu pressen, um die wirkliche Form zu entdecken, sondern ebenso darum, die derart entdeckte Form dann dem widerstrebenden Schein aufzuzwingen, die Theorie anzuwenden. Die Vergewaltigung des Scheins durch die Theorie führte zur gewaltsamen Umwendung der Theorie in Praxis. Dafür das wahrscheinlich eindrucksvollste Beispiel: Scheinbar fallen schwere Körper, während leichte Körper scheinbar steigen (ein Stein fällt, und Vogelfedern fliegen). Wie es in Wirklichkeit ist, entdeckt man, wenn man den Schein in eine Form nach der anderen preßt, bis er hineinpaßt. Also entdeckt man die Formel des freien Falls und der Reibung, und es stellt sich heraus, daß in Wirklichkeit auf der Erde alle Körper fallen. In diese Formeln, in welche man Steine und Federn gezwungen hatte, um sie theoretisch zu durchblicken, zwang man dann andere Körper, um sie praktisch zu beherrschen. Man baute nach diesen Formeln Maschinen, die industrielle Revolution und die moderne Gesellschaft. Der Wahrheitsbeweis der wirklichen Formen war jetzt nicht mehr, wie im Mittelalter, daß man die Erscheinungen voraussehen konnte, sondern daß die Maschinen, die Technik, der Fortschritt funktionierten.

Von hier und heute aus gesehen, klingt das alles völlig unglaublich. Woher haben die Modernen den Glauben genommen, die Welt sei scheinbar kompliziert und in Wirklichkeit einfach? Wie konnten die Modernen an die Wirklichkeit der Formen glauben und dabei sich dessen bewußt sein, daß sie selbst diese Formen, eine nach der anderen, herstellten, um den Schein hineinzupressen? Wie konnten die Modernen zum Beispiel glauben, daß die Steine in Wirklichkeit nach der Formel des freien Falls fallen, wo sie doch wußten, daß diese Formel eine ad hoc erfundene mathematische Proposition ist? Die Erklärung für diese und ähnliche Fragen ist zwar abenteuerlich, aber überzeugend: Die Modernen glaubten, daß die Welt nach einem mathematischen Bauplan konstruiert sei, daß es einen Welttischler gebe, der das Holz in vorgefaßte Formen gestopft hat, daß aber dieser Tischler jetzt tot ist und daß sie selbst seinen Platz eingenommen haben.

Dies so auszudrücken zeigt, daß wir gegenwärtig nicht mehr am modernen Konsensus teilnehmen und daher alles anders verstehen und erleben. Zum Beispiel erscheint für uns der Streit zwischen Kirche und Astronomie zu Beginn der Neuzeit geradezu verbrecherisch sinnlos. Es ging darum, bequeme Kalkulationen für die Voraussage künftiger Himmelserscheinungen aufzustellen, und zu diesem Zweck erweist sich die Annahme, die Sonne in den Mittelpunkt zu setzen, als ziemlich tragbar. Das sagt nichts über die angeblich hinter den Erscheinungen verborgene Wirklichkeit aus, und außerdem mag es noch bequemere Annahmen als die heliozentrische geben. Das allerdings ist eine postmoderne Interpretation der kopernikanischen Revolution, und es wäre geradezu herzlos, einem Giordano Bruno vorwerfen zu wollen, er habe sich für eine etwas bequemere als die traditionelle Kalkulationsmethode geopfert. Um die Reichweite des Paradigmenwechsels, der hier zu Wort kommt, vor Augen zu führen, sei auf das Beispiel des Zusammenstoßes mit dem Holztisch zurückgegriffen.

Wenn ein Baby gegen diesen Holztisch stößt, schlägt es ihn mit Fäusten. Ein vorsokratischer Philosoph erblickt hinter ihm die ewige, unveränderliche Tischform. Ein Zenmönch erkennt in ihm einen Schleier mit der Aufforderung, ihn zu zerreißen, und zerreißt man ihn, dann stürzt man in jenes Nichts, das der Tisch verschleiert. Wenn ein moderner Kunstkritiker dagegenstößt, erkennt er in der Tischform all jene Tischformen, die der Tischler moduliert hat, um zu dieser hier zu kommen, und er kann daraus eine ganze Kunstgeschichte rekonstruieren. Wenn ein moderner Wissenschaftler dagegenstößt, sieht er sich vor einem Problem, das er dank der Analyse der chemischen Zusammensetzung des Holzes und/oder dank der Psychoanalyse des Tischlers und/oder des Möbelmarktes hofft lösen zu können. Alle diese (und andere)

Spielarten des Zusammenstoßes sind uns geläufig, und wir können sie entweder erleben oder nacherleben. Aber darüber hinaus beginnen wir eine andere Einstellung dazu einzunehmen. Eben jene, die hier mit «postmodern» gemeint ist.
Eben bin ich gegen diesen Holztisch gestoßen. Das beweist mir, daß ich da bin. Nicht etwa, daß ich nur dann da bin, wenn ich gegen diesen Holztisch hier stoße, aber gegen irgend etwas muß ich wohl stoßen, um da sein zu können. «Da» meint ja, auf irgend etwas zu stoßen. Andererseits ist der Holztisch dort nur dann vorhanden, wenn ich oder so etwas wie ich gegen ihn stößt, und ohne so ein Stoßen hätte es keinen Sinn, von einem Holztisch überhaupt zu sprechen. Der Zusammenstoß also, und weder ich noch der Tisch, macht das Konkrete an diesem Erlebnis aus. Die Frage, ob der Tisch dort wirklich vorhanden ist oder nur scheinbar, ist ebenso falsch gestellt wie die Frage, ob ich wirklich da bin. Im konkreten Erlebnis des Zusammenstoßens bin ich da, und der Tisch ist dort vorhanden, und außerhalb dieses oder eines vergleichbaren Zusammenstoßens ist von mir und dem Tisch keine Rede.
Das klingt wie eine abstruse Spekulation und könnte ebensogut von einem Zenmönch oder von einem Vorsokratiker wie von einem Postmodernen stammen. Mit dem allerdings sehr entscheidenden Unterschied, daß beim Postmodernen etwas ganz anderes dabei herauskommt. Dieser konkrete Zusammenstoß nämlich, von dem hier die Rede ist, findet in einem Feld statt, in welchem sich die Kompetenzen einiger Wissenschaften kreuzen. Man kann zum Beispiel von ihm sagen, daß sich darin einige in den vier physikalischen Kraftfeldern angelegte Möglichkeiten zufällig realisieren. Oder daß sich darin einige jener Verknüpfungen verwirklichen, die im Netzwerk der Lebenswelt als Möglichkeiten angelegt sind. Oder daß darin einige jener Intentionen, die von einem potentiellen Existenzzentrum ausstrahlen, zufällig aufgefangen werden, und daß sich dadurch ein Parameter der Existenz realisiert. Derartige (und ähnliche) Interpretationen des Zusammenstoßes «Ich-Tisch» können technisch angewandt werden, und dieses Anwenden kann «postmoderne Technik» heißen. Relativ am

einfachsten zeigt sich dies bei der Interpretation aus den physikalischen Feldern.

Mein Zusammenstoß mit dem Holztisch ist ein konkretes Erlebnis, und es wäre wahnsinnig, dies bezweifeln zu wollen. Andererseits aber weiß ich, daß der Tisch ein Schwarm von Teilchen ist, die im leeren Raum schwirren, und also (wie der Zenmönch sagt) der Holztisch eigentlich nichts ist. Ich weiß andererseits auch, warum ich dieses Nichts im konkreten Zusammenstoß erlebe: Weil mein Zentralnervensystem (das selbst ein mit dem Tisch vergleichbares Nichts ist) die dort schwirrenden Teilchen in seinen Nervenenden aufgefangen, elektromagnetisch und chemisch prozessiert und dann zum konkreten Erlebnis des Zusammenstoßes mit dem Tisch komputiert hat. Das Tischerlebnis ist, wie ich weiß, das Resultat einer komplexen Komputation von Partikeln, aus welcher einerseits mein Dasein und andererseits der Holztisch emergieren. Obwohl ich dies weiß (oder gerade weil ich dies weiß), erlebe ich konkret ein Zusammenstoßen. Aber da ich dies weiß, kann ich mir vorstellen, dieses Erlebnis noch konkreter zu gestalten: Indem ich, da ich dies alles nun einmal weiß, das Erlebnis absichtlich, und nicht wie bisher zufällig, komputiere. Es geht darum, besser als bisher zu konkretisieren, das heißt wirksamer zu komputieren, die Partikel dichter zu raffen.

Ich beginne damit, das Erlebnis zu simulieren. Also einerseits Partikel zu raffen, um den Tisch zu simulieren, und andererseits Geräte zu bauen, um das Zentralnervensystem zu simulieren. Was dabei herauskommt, ist zuerst einmal relativ armselig ein seitens eines Computers projiziertes Hologramm des Holztisches. Die Sache ist armselig, weil das Hologramm weniger dicht gerafft ist als der Holztisch, der Computer weniger dicht rafft als das Zentralnervensystem, und vor allem, weil das Ich, das dabei herauskommt, gar nicht aus der Sache selbst, sondern aus dem Versuch, die Sache herzustellen, emportaucht. In diesem armseligen Stadium befindet sich gegenwärtig die postmoderne Technik. Nur ist das Armselige daran gar nicht so entscheidend, sondern das Bewußtsein, eine neue Einstellung bereits hier und jetzt zu erleben.

Zweifellos werden künftig Tischhologramme dichter gerafft sein als Tische, Computer besser raffen als menschliche Zentralnervensysteme, und dadurch wird sich das Verhältnis Simulant-Simuliertes umkehren: Tische und menschliche Zentralnervensysteme werden Hologramme und Computer simulieren. Dank dieser Umdrehung werden wir konkreter da sein als bisher, und zwar deshalb, weil wir alternative, virtuelle Lebenswelten entworfen haben werden.

Nach dieser Beschreibung, was es postmodern heißt, mit einem Tisch zusammenzustoßen, läßt sich die postmoderne Art, zu erleben, etwa folgendermaßen in Worte fassen: Wir erleben alles als eine Konkretisierung der um uns herum angelegten Möglichkeiten, und wir erleben uns selbst darin als jeweilige Konkretisierung einer der in uns angelegten Möglichkeiten nach der anderen. Aus diesem grundlegenden Lebensgefühl heraus: «Erleben meint Möglichkeiten äußerlich und innerlich zu konkretisieren», beginnen wir mühsam, relativistisch zu erkennen und zu handeln. Wir erkennen, daß wir Erlebnisse haben, in denen das Erlebte konkreter ist als in anderen Erlebnissen, und daß wir uns selbst in einigen Erlebnissen stärker als in anderen konkretisieren. Um es in überkommenen Kategorien auszudrücken: Wir erkennen, daß Objekt und Subjekt nicht absolute, sondern relativ zueinander faßbare Begriffe sind, und daß sie steigerungsfähig sind: immer objektivere Objekte und immer subjektivere Subjekte sind möglich. Aus dieser Erkenntnis beginnen wir, Techniken auszuarbeiten, deren Ziel es ist, immer objektivere alternative Welten und immer subjektivere alternative Subjekte herzustellen.

Als zu Beginn dieser Überlegung vom «Realismus der Formen» die Rede war, wurde die Hypothese aufgestellt, dies sei eine, von hier und heute aus gesehen, besonders interessante Weise, zu erleben und zu erkennen. In dem eben unternommenen Versuch, die postmoderne Lebens- und Erkenntnisauffassung zu Worte kommen zu lassen, ist auf den ersten Blick keine Parallele dazu auszumachen. Man bedenke aber, wie das Herstellen immer konkreterer Erlebnisse vor sich geht. Man entwirft Szenarii auf Computerschirmen, zum Beispiel einen Zusammenstoß mit einem Holztisch. (Oder zum Beispiel einen Krieg am Golf, aber das Tischbeispiel ist bequemer.) Zu diesem Zweck kalkuliert man Möglichkeiten, kodifiziert man diese numerischen Kalkulationen in einen Computercode, der Computer überträgt dies in einen Bildercode, und die entsprechenden Bilder erscheinen auf dem Schirm. Es handelt sich dabei um eigenartige geometrische Formen (im Grunde genommen um darstellende Geometrie), und diese Formen bewegen sich, um aus vielen möglichen Perspektiven sichtbar und von dort aus manipuliert zu werden. Die Tischform erscheint in zahlreichen Variationen, und sie windet sich im Raum, je nach dem Standpunkt, von dem aus sie entworfen wurde. Der Raum ist «virtuell» (ein Möglichkeitsfeld), aber es gibt Handschuhe, welche erlauben, diese sich windende Tischform mit den Fingerspitzen zu ertasten. Das aber ist «Realismus der Formen», wenngleich sich Platon darin nur schwerlich wiedererkennen könnte. Und es besagt, daß wir zu lernen beginnen, das Formale im Erlebnis konkret zu erleben.

Das hier unterbreitete Argument zugunsten eines Paradigmenwechsels, in welchem wir stehen, läßt sich so zusammenfassen: Wir leben ungefähr so, wie unsere Vorfahren seit dem Entstehen unserer Art immer gelebt haben. Aber diese den Menschen eigene Lebensweise hat sich oberflächlich im Verlauf der Jahrtausende einige Male verändert, ohne dadurch die Grundstruktur anzutasten. Diese Veränderungen können «Paradigmenwechsel» heißen. Seit einigen Jahrhunderten haben die westlichen Menschen sich selbst als Subjekte der Welt und die Welt als ihr Objekt erlebt, und die Folge war die moderne Wissenschaft und Technik. Gegenwärtig beginnen wir, formal zu erleben und uns und die Welt als Inhalte von Formen zu erleben. Die Folge davon ist nicht abzusehen.

Der Verfasser dieses Aufsatzes weiß wohl, daß der Titel der Veröffentlichung, für welche der Aufsatz bestimmt ist, mit dem Begriff «postmodern» etwas anderes meint, als hier unterstellt wurde. Hier wird von «post-modern» im Sinne von «nach-neuzeitlich» gesprochen, und das ist eine viel weitere

Bedeutung als jene, in der die Leute für gewöhnlich das Wort benützen. Aber gerade das will dieser Aufsatz ja sagen: Daß gegenwärtig ein Paradigmenwechsel im Gang ist, wonach wir anders zu erleben und zu erkennen beginnen als in der Neuzeit, daß der Begriff «postmodern» ein neuzeitlicher Begriff ist, und daß wir daher beginnen, den Begriff «postmodern» im engeren Sinn ebenso wie alle neuzeitlichen Begriffe irgendwie hinter uns zu lassen. Daß dieser Aufsatz gerade dies sagen will, kann bereits aus seinem Titel, dem «Wonach?» ersehen werden.

Die Frage «wonach» ist ja doppeldeutig. Sie fragt sowohl, was vorher war, als auch, was nachher sein wird. Woher kommt die Postmoderne? Nach der Moderne. Wonach trachtet die Postmoderne? Nach schöpferischem formalem Erleben und Erkennen. Diese Doppeldeutigkeit kommt diesem Aufsatz gerade recht, sie ist Wasser auf seine Mühlen. Denn in dem Fragewort «wo?» zeigt sich, was mit Dasein gemeint ist: «Da» ist, wo immer in der einen oder anderen Form irgend etwas erlebt wird. Und im Wort «nach» zeigt sich, wie Vergangenheit und Zukunft in der Gegenwart des «da» einander überschneiden: Eins kommt darin nach dem anderen, weil eins nach dem anderen trachtet. So war der Titel dieses Aufsatzes gemeint: «Wonach» ist eine Frage, die im gegenwärtigen Paradigmenwechsel erst richtig konkret gestellt wird. Also nicht: «Was kommt?», sondern «Wonach geht es?» Das ist eine Fragestellung, auf die wir noch keine adäquate Methode des Antwortens gefunden haben. Paradigmenwechsel.

Digitaler Schein

Vor unseren ungläubigen Augen beginnen alternative Welten aus den Computern aufzutauchen: aus Punktelementen zusammengesetzte Linien, Flächen, bald auch Körper und bewegte Körper. Diese Welten sind farbig und können tönen, wahrscheinlich können sie in naher Zukunft auch betastet, gerochen und geschmeckt werden. Aber das ist noch nicht alles, denn die bald technisch realisierbaren bewegten Körper, wie sie aus den Komputationen emporzutauchen beginnen, können mit künstlichen Intelligenzen vom Typ *Turing's man* ausgestattet werden, so daß wir mit ihnen in dialogische Beziehungen treten können. Warum mißtrauen wir eigentlich diesen synthetischen Bildern, Tönen und Hologrammen? Warum beschimpfen wir sie mit dem Wort «Schein»? Warum sind sie für uns nicht real? Die vorschnelle Antwort lautet: weil diese alternativen Welten eben nichts anderes sind als komputierte Punktelemente, weil sie im Nichts schwebende Nebelgebilde sind. Die Antwort ist vorschnell, da sie Realität an der Dichte der Streuung mißt und wir uns darauf verlassen können, daß die Technik künftig in der Lage sein wird, die Punktelemente ebenso dicht zu streuen, wie dies bei den Dingen der uns gegebenen Welt der Fall ist. Der Tisch, auf dem ich dies schreibe, ist nichts anderes als ein Punkteschwarm. Wenn einmal im Hologramm dieses Tisches die Elemente genauso dicht gestreut sein werden, dann werden unsere Sinne zwischen beiden nicht mehr zu unterscheiden vermögen. Das Problem stellt sich also so: Entweder sind die alternativen Welten ebenso real wie die gegebene oder die gegebene ist ebenso gespenstisch wie die alternativen.
Auf die Frage nach unserem Mißtrauen gegenüber den alternativen Welten gibt es jedoch auch eine ganz anders geartete

Antwort. Sie basiert darauf, daß es Welten sind, die wir selbst entworfen haben, und nicht, wie die uns umgebende Welt, etwas, das uns gegeben wurde. Die alternativen Welten sind keine Gegebenheiten (Daten), sondern künstlich Hergestelltes (Fakten). Wir mißtrauen diesen Welten, weil wir allem Künstlichen, aller Kunst mißtrauen. «Kunst» ist schön, aber Lüge, was ja mit dem Begriff «Schein» gemeint ist. Allerdings führt auch diese Antwort zu einer weiteren Frage: Warum trügt eigentlich der Schein? Gibt es etwas, das nicht trügt? Das ist die entscheidende Frage, die erkenntnistheoretische Frage, vor die uns die alternativen Welten stellen. Wenn von «digitalem Schein» die Rede ist, dann muß ihr und keiner anderen nachgegangen werden.

Natürlich ist das keine neue Frage, denn seit unsere Augen ungläubig geworden sind, also spätestens seit den Vorsokratikern, beunruhigt sie uns, auch wenn sie erst zu Beginn der Neuzeit ihre volle Schärfe gewinnt. Die alternativen Welten in ihrem digitalen Schein lassen die Beunruhigung kulminieren. Daher ist es geboten, beim Bedenken der Digitalisation vom Beginn der Neuzeit auszugehen. Was ist damals geschehen? Man hat, kurz gesagt, damals entdeckt, daß man die Welt weder einfach anzusehen noch sie zu beschreiben hat, sondern daß man sie kalkulieren muß, wenn es darum geht, sie in den Griff zu bekommen, sie zu begreifen. Die Welt ist zwar unvorstellbar und unbeschreiblich, dafür aber kalkulierbar. Das Ergebnis dieser Entdeckung stellt sich erst gegenwärtig, bei den alternativen Welten, heraus.

Die Sache hat ungefähr so begonnen: Die revolutionären Handwerker der Frührenaissance wollten sich vom Bischof nicht mehr den «gerechten Preis» für ihre Produkte vorschreiben lassen. Sie wollten einen «freien Markt», auf dem sich der Wert der Waren «von selbst» – kybernetisch durch Angebot und Nachfrage – herausstellt. Wenn sie die Autorität des Bischofs bezüglich des «Werts» verwarfen, dann verwarfen sie damit auch alles, was bisher unter dem Begriff «Theorie» verstanden worden ist. «Theorie» war bisher jener Blick, dank dessen unveränderliche Formen erkannt wurden. So sah der Bischof mittels der «Theorie» den «idealen Schuh», konnte diesen mit dem vom Schuster hergestellten vergleichen und dadurch feststellen, was der hergestellte Schuh wert ist, also wie weit er sich dem idealen nähert. Die revolutionären Handwerker hingegen behaupteten, es gäbe keinen idealen Schuh und keine unveränderlichen Formen, sondern sie selbst seien es, die die Schuhformen erfinden und fortschreitend verbessern. Die Formen galten ihnen nicht als ewige Ideale, sondern als veränderbare Modelle, weswegen die Neuzeit die «moderne» Zeit heißt. Unter «Theorie» verstanden sie nicht das passive Betrachten von Idealen, sondern das progressive Ausarbeiten von Modellen, die sich der Praxis, also der Beobachtung und dem Experiment zu stellen hätten. Dadurch wurden die moderne Wissenschaft und Technik, die Industrierevolution und letztlich der digitale Schein ins Leben gerufen.

Die Folge war, daß die Theoretiker aus der Kathedrale und dem Kloster in die Werkstatt (Universität, technische Hochschule, Industrielaboratorium) auswanderten und Modelle zu basteln begannen, nach denen immer bessere Schuhe hergestellt werden konnten und die Welt insgesamt sich immer besser begreifen und behandeln ließ. Überraschenderweise stellte sich dabei heraus, daß derartige Arbeitsmodelle keine Bilder und auch keine Texte sein konnten, sondern daß es Algorithmen waren. Diese Überraschung, daß die Welt, um es in der Sprache der Renaissance zu sagen, ein Buch ist – *natura libellum* –, das in Zahlen kodifiziert ist, haben wir übrigens noch immer nicht völlig verkraftet. Von da an mußten die Theoretiker immer mehr in Zahlen und immer weniger in Buchstaben und Bildern denken. Diese Veränderung brachte tiefgreifende Folgen mit sich, die bedacht sein müssen, wenn es darum geht, die Digitalisierung in den Griff zu bekommen.

Die Theoretiker sind schon immer Schriftkundige – *litterati* – gewesen, die das Denken in Bildern, das magische Denken also, bekämpft und in Schriftzeichenzeilen gedacht haben. Sie entwickelten ein lineares, prozessuales, logisches, historisches Bewußtsein. Inmitten des linearen Schriftcodes, des Alphabets, gab es aber immer schon Fremdkörper, nämlich Schriftzeichen, die ihrer Struktur nach nicht linear sind.

Während die Buchstaben Zeichen für gesprochene Laute, also für den Diskurs sind, stellen diese Fremdkörper Ideogramme für Mengen, also Zahlen dar. Zahlen aber sind nicht diskursiv und passen so nicht in die Zeile. Daher mußte man schon immer von einem alpha-numerischen Code anstatt von einer alphabetischen Schrift sprechen. Das darin sich artikulierende Bewußtsein war sowohl prozessual und historisch als auch formal und kalkulatorisch. Als nun die Notwendigkeit erkannt wurde, immer mehr in Zahlen und immer weniger in Buchstaben zu denken, hatte das zur Folge, daß das historische Bewußtsein zugunsten eines formalen zurücktrat. Das ist ein Umbruch nicht deswegen, weil das Ausarbeiten von formalen Arbeitsmodellen eine moderne Erfindung gewesen wäre, denn spätestens seit dem dritten Jahrtausend gibt es Tontafeln, auf denen Zeichen eingetragen sind, die zweifellos als Modelle für Kanalisationsarbeiten gedeutet werden müssen. Diese Geometer aus der Bronzezeit sind die geistigen Vorfahren der sogenannten Computerkünstler. Sie erzeugten nicht Abbilder von Gegebenem, sondern verfertigten Entwürfe für noch nicht Verwirklichtes, sie «projizierten alternative Welten». In ihren Entwürfen kommt ebenso wie in den synthetischen Computerbildern ein formales, «mathematisches» Bewußtsein zum Ausdruck. Wenn man die gegenwärtig entstehenden alternativen Welten in ihrem Wesen erfassen will, dann ist das Betrachten solcher uralten Tontafeln keine schlechte Methode.

Trotz dieser langen Entwicklung muß beim modernen Umkodieren des theoretischen Denkens von Buchstaben in Zahlen von einem geistigen Umbruch gesprochen werden. Das wird bei Descartes deutlich erkennbar, setzt aber bereits beim Cusaner ein und zeigt sich zum Beispiel geradezu schmerzhaft bei Galilei. Das Umkodieren bringt die bereits erwähnte grundlegende erkenntnistheoretische Frage mit sich, ob es etwas gibt, das nicht trügt. Darauf gab Descartes bekanntlich etwa folgende Antwort: Was nicht trügt, ist das disziplinierte, klare und deutliche arithmetische Denken. Es ist klar und deutlich, weil es in Zahlen kodifiziert und weil jede einzelne Zahl von jeder anderen durch ein Intervall getrennt ist. Diszipliniert ist solch ein Denken, weil die Regeln des Zahlencodes, etwa das Addieren und Subtrahieren, exakt befolgt werden müssen. Der eigentliche Grund für die Aufgabe des Buchstabendenkens zugunsten des Zahlendenkens besteht also darin, daß jenes nicht klar, deutlich und diszipliniert genug ist, um zur Erkenntnis führen zu können. Die denkende Sache – *res cogitans* – hat arithmetisch zu sein, um die Welt erkennen zu können.

Damit entsteht jedoch ein eigentümliches, typisch modernes Paradox. Die denkende Sache ist klar und deutlich – und das heißt, sie ist voller Löcher zwischen den Zahlen. Die Welt aber ist eine ausgedehnte Sache – *res extensa* –, in der alles fugenlos zusammenpaßt. Wenn ich also die denkende Sache an die ausgedehnte anlege, um sie zu bedenken – *adaequatio intellectus ad rem* –, dann entschlüpft mir die ausgedehnte Sache zwischen den Intervallen. Aus diesem Grund wird das Problem der Erkenntnis im Verlauf der Neuzeit zu dem des Stopfens der Intervalle zwischen den Zahlen. Descartes versuchte, es einfach zu lösen, indem er glaubte, daß sich jeder Punkt der Welt mit Zahlen auszählen ließe und so die Geometrie die Methode der Erkenntnis sei. Später wird diese Methode, besonders dank Newton und Leibniz, verfeinert. Man führte neue Zahlen ein, die die Intervalle auffüllen, die «Differentiale integrieren». Tatsächlich kann mittels Differentialgleichungen alles Erdenkliche auf der Welt formuliert und formalisiert werden. Das formale mathematische Denken kann alles erkennen und es bietet Modelle, nach denen sich alles herstellen läßt: Wir sind allwissend und allmächtig geworden. Das ist der geistige Umbruch, der schon beim Cusaner zum Ausdruck kommt, wenn er sagt, Gott könne nicht besser als wir selbst wissen, daß eins und eins zwei ist.

Diese stark verkürzte Darstellung des modernen Umkodierens von Buchstaben in Zahlen und der daraus folgenden Veränderung des prozessuellen, historischen und aufklärerischen Bewußtseins zu einem formalen, kalkulatorischen und analytischen Bewußtsein ist natürlich völlig unzureichend, um das gegenwärtige Entstehen alternativer Welten aus den Computern wirklich zu begreifen. Zunächst haben nicht alle

Menschen den Sprung vom linearen ins nulldimensionale, das heißt kalkulatorische Bewußtsein vollzogen. Die meisten denken weiterhin fortschritts- und aufklärungsorientiert: Sie erleben, erkennen und werten die Welt weiterhin als eine Verkettung von Ursache und Wirkung, und sie engagieren sich dafür, diese Kausalketten zu brechen, um uns von der Notwendigkeit zu befreien. Ihr Bewußtsein ist also weiterhin linear, literarisch und buchstäblich. Und nur die wenigen Menschen, die dieses Bewußtsein hinter sich gelassen haben und die Welt nicht mehr als Kausalkette, sondern als Zufallswurf erleben, erkennen und werten, die nicht mehr fortschrittlich und aufklärerisch, sondern futurologisch und systemanalytisch oder «strukturell» denken, erzeugen die Modelle, nach denen sich die Mehrzahl richtet. Zum Beispiel programmieren sie Werbungen, Filme und politische Programme nach strukturellen Kriterien, ohne daß sich die Manipulierten davon Rechenschaft ablegen könnten.

Die alternativen Welten, die aus den Computern zu entstehen beginnen, sind Ausdruck einer Bewußtseinsebene, an der die meisten nicht teilnehmen können und daher meinen, daran auch nicht teilnehmen zu wollen.

Die Spaltung der Gesellschaft in wenige Programmierer, die formal und numerisch denken, und viele Programmierte, die buchstäblich denken, ist aber, so dramatisch sie auch erscheinen mag, noch nicht der Kern der gegenwärtigen Problematik. Er liegt im Anspruch auf Allwissenheit und Allmacht des formalen Denkens, der im 20. Jahrhundert und insbesondere in dessen zweiter Hälfte einen Purzelbaum geschlagen hat. Das geschah aus praktischen und theoretischen Gründen. Praktisch ist folgendes eingetreten: Die Differentialgleichungen formalisieren alles. In diesem rein formalen Sinn ist alles «erkennbar». Aber um diese Gleichungen als Arbeitsmodelle anwenden zu können, muß man sie «re-numerisieren», das heißt, in die natürlichen Zahlen rückkodifizieren. Bei komplexen Gleichungen ist dies ein langwieriger Vorgang, und alle interessanten Probleme sind komplex. Das Umkodieren solcher Gleichungen kann mehr Zeit in Anspruch nehmen als die voraussichtliche Dauer des Universums. Aus diesem

Grund sind derartige Probleme weiterhin unlösbar. Wir sind nicht allmächtig, obwohl allwissend, und unsere Erkenntnis ist im Fall von komplexen, also interessanten Problemen praktisch nutzlos. Der Kulturpessimismus und das absurde Lebensgefühl, das sich ausbreitet, sind auf diesen Purzelbaum des Anspruchs der formalen Vernunft zurückzuführen.

Auf der theoretischen Ebene ist das kalkulatorische Denken immer tiefer in die Erscheinungen eingedrungen. Es hat sie analysiert (zersetzt), wodurch die Phänomene immer mehr die Struktur des kalkulatorischen Denkens angenommen haben. Nicht nur für die Physik zerfallen sie in Partikel, sondern für die Biologie beispielsweise in Gene, in der Neurophysiologie in punktartige Reize, in der Linguistik in Phoneme, in der Ethnologie in Kultureme oder in der Psychologie in Aktome. Von der ursprünglichen «ausgedehnten Sache» ist keine Rede mehr, sondern von nach Feldern strukturierten Teilchenschwärmen. Bei diesen Teilchen, beispielsweise bei den Quarks, entsteht die Frage, ob es sich tatsächlich um Teilchen der Welt oder um Symbole bzw. Zeichen des kalkulatorischen Denkens handelt. Vielleicht geht es also beim numerischen Denken gar nicht um die Erkenntnis der Welt, sondern um eine Projektion des Zahlencodes nach außen und schließlich um ein Zurückholen des Projizierten. Die numerische Erkenntnis ist daher theoretisch problematisch.

Man kann die Lage des gegenwärtigen Bewußtseins auf diesem Hintergrund ungefähr so zusammenfassen: Seit der Renaissance hat ein Teil der «geistigen Elite», der litterati, begonnen, formal-kalkulatorisch anstatt diskursiv-historisch zu denken und sich in Algorithmen anstatt in literarischen Texten auszudrücken. Das Motiv für diese Umstellung war die Erwartung, daß dieses Denken für das Erkennen und Behandeln der Umwelt, vielleicht sogar der Menschen und der Gesellschaft, «adäquat» sei. Tatsächlich ist diesem Denken die moderne Wissenschaft und Technik zu verdanken. Zuerst schien dabei die Technik nichts anderes zu sein als angewandte Wissenschaft, und die technischen Schulen wurden den «reinen» Fakultäten untergeordnet. Dann begann sich das Verhältnis zwischen Wissenschaft und Technik umzuwenden, und die «reinen» Disziplinen wurden zu *ancillae* der Technik. Gegenwärtig sind Theorie und Praxis so vernetzt, daß wir weder theoretisch noch praktisch zwischen beiden unterscheiden können. Falls Philosophie die «reinste» Disziplin sein sollte, dann ist ihre Technisierung, das heißt die Mathematisierung des philosophischen Diskurses – und umgekehrt die «Philosophisierung» der Technik – das eigentliche Ziel unseres Denkens. Die Erwartungen, die man in dieses Denken gesetzt hatte, haben sich nicht erfüllt. Die von sich selbst enttäuschte Elite der formal Denkenden ist aber gegenwärtig für die Erkenntnis-, Erlebnis- und Verhaltensmodelle verantwortlich, nach denen sich die Gesellschaft richtet. Es sind die sogenannten «Technokraten», «Medienoperatoren» oder «Meinungsbildner», die man allerdings besser als «Programmierer» zusammenfassen sollte. Weil die jetzt aus den Computern entstehenden alternativen Welten als Entwürfe dieser herrschenden Elite begriffen werden müssen, ist es notwendig, die Computer näher ins Auge zu fassen.

Wie weiter oben bereits gesagt wurde, haben sich zu Beginn unseres Jahrhunderts die Differentialgleichungen für die meisten Fälle als praktisch unanwendbar erwiesen. Das war eine unerträgliche Lage. Man konnte das zur Verfügung stehende Wissen nicht in Macht umsetzen. Hunderte von Kalkulierern saßen zum Beispiel in den Ateliers von Ingenieuren und füllten Seiten über Seiten mit Zahlen, ohne die bereits theoretisch erkannten Probleme lösen zu können. Seltsamerweise ist dieser praktische Zusammenbruch der «reinen Vernunft» damals nicht in das Bewußtsein der Allgemeinheit gedrungen. Um diese unerträgliche Lage zu überwinden, wurden Rechenmaschinen erfunden, die immer schneller wurden, so daß tatsächlich eine ganze Reihe von Problemen, wenn auch nicht alle, nunmehr lösbar, weil numerisierbar wurden. Aber diese Schnellrechenmaschinen hatten einige nicht vorausgesehene Eigenschaften, die unser ganzes Menschenbild und unser Selbstverständnis verwandeln. Für unser Thema muß es genügen, zwei dieser Eigenschaften hervorzuheben. Ein großer Teil der erkenntnistheoretischen Bemühungen der Neuzeit ging, wie gesagt, darauf aus, den Zahlencode der Welt adäquat zu machen, immer raffiniertere und elegantere mathematische Methoden herauszubilden. Die Schnellrechenmaschinen haben diese Arbeit überflüssig gemacht. Sie rechnen so schnell, daß sie sich mit dem Addieren von 1 und 0, mit dem Befehl «Digitalisieren», begnügen und somit auf alle mathematische Verfeinerung verzichten können. Sie rechnen mit zwei Fingern, aber dies so schnell, daß sie besser rechnen können als die größten Mathematiker. Das hatte eine geradezu umstürzlerische Folge, weil sich das mathematische Denken, das bislang als eine der höchsten menschlichen Fähigkeiten angesehen wurde, als mechanisierbar und somit als eine für den Menschen unwürdige Arbeit erwies. Andererseits stand man vor einer neuen Arbeit: nämlich die Rechenmaschinen zu programmieren. Statt zu rechnen hatte man das Universum der Zahlen strukturell zu analysieren. Das mathematische Denken hatte einen Schritt aus sich selbst zurück in die Systemanalyse zu leisten und wurde dadurch anders. Übrigens kann, was für das mathematische Denken gilt, auch für eine Reihe anderer Denkarten, beispielsweise für das Entscheiden, behauptet werden.

Die zweite hier hervorzuhebende Eigenschaft der Schnellrechenmaschine ist die Tatsache, daß sie überraschenderweise nicht nur kalkulieren, sondern auch komputieren kann, das heißt, sie vermag nicht nur Gleichungen in Zahlen zu analysieren, sondern auch diese Zahlen zu Gestalten zu synthetisieren. Das ist eine erschütternde Erfindung oder Entdeckung, wenn man bedenkt, daß das kalkulatorische Denken tief in die Phänomene eingedrungen ist und letztere durch diesen Vorstoß in Partikel zerfallen. Die Welt hat damit die Struktur des Zahlenuniversums angenommen, was verwirrende Erkenntnisprobleme stellt, wenn sich bei den Computern zeigt, daß das kalkulatorische Denken die Welt nicht nur in Partikel zersetzen (analysieren), sondern diese auch wieder zusammensetzen (synthetisieren) kann. Das sogenannte Leben läßt sich, um nur zwei besonders erregende Beispiele anzuführen, nicht nur in Partikel, in Gene, analysieren, sondern die Gene können dank der Gentechnologie auch wieder zu neuen Informationen zusammengesetzt werden, um «künstliche Lebewesen» zu erzeugen. Oder Computer können alternative Welten synthetisieren, die sie aus Algorithmen, also aus Symbolen des kalkulatorischen Denkens, projizieren und die ebenso konkret sein können wie die uns umgebende Umwelt. In diesen projizierten Welten ist alles, was mathematisch denkbar ist, auch tatsächlich machbar – selbst das, was in der Umwelt «unmöglich» ist wie vierdimensionale Körper oder Mandelbrotmännchen. Noch sind die Computer technisch nicht so weit, aber nichts steht prinzipiell im Weg, um das zu realisieren.

An diesem Punkt der schwindelerregenden Überlegungen betreffs «digitalem Schein» ist es geboten, Atem zu holen, um den bereits durchschrittenen Weg zu überblicken. Die sich bietende Aussicht läßt sich so beschreiben: Menschen haben spätestens seit der Bronzezeit formal gedacht, zum Beispiel Kanalisationsanlagen auf Tontafeln entworfen. Im Verlauf der Geschichte ist das formale dem prozessualen Denken untergeordnet worden und erst zu Beginn der Neuzeit als «analytische Geometrie», als in Zahlen umkodierte geometrische Formen, in den Vordergrund gerückt. Das derart disziplinierte formale Denken hat die moderne Wissenschaft und Technik entstehen lassen, ist aber letztlich in eine theoretische und praktische Sackgasse geraten. Um die praktischen Hindernisse zu beheben, hat man die Computer erfunden, womit die theoretischen Probleme radikalisiert wurden. Zu Beginn der Neuzeit suchte man nach etwas, das nicht trügt, und war der Ansicht, dies im klaren, deutlichen und disziplinierten Zahlendenken gefunden zu haben. Dann begann man den Verdacht zu hegen, daß die Wissenschaft den Zahlencode nur nach außen projiziert, also daß etwa die vermeintlichen Naturgesetze Gleichungen darstellen, die der Natur aufgesetzt wurden. Noch später kam der tiefergehende Verdacht auf, ob nicht das ganze Universum, angefangen vom Big Bang bis zum Wärmetod, mit allen seine Feldern und Relationen eine Projektion ist, die das kalkulatorische Denken «experimentell» wieder zurückholt. Schließlich zeigen jetzt die

Computer, daß wir nicht nur dieses eine Universum, sondern beliebig viele derart projizieren und zurückgewinnen können. Kurz, unser Erkenntnisproblem und damit auch unser existentielles ist, ob nicht überhaupt alles, einschließlich uns selbst, als digitaler Schein verstanden werden müßte.

Von hier aus ist der Stier der alternativen Welten an seinen Hörnern zu packen. Wenn nämlich alles trügt, alles ein digitaler Schein ist – nicht nur das synthetische Bild auf dem Computerschirm, sondern auch diese Schreibmaschine, diese tippenden Finger und diese sich mit den Fingern ausdrückenden Gedanken –, dann ist das Wort Schein bedeutungslos geworden. Übrig bleibt, daß alles digital ist, daß also alles als eine mehr oder weniger dichte Streuung von Punktelementen, von Bits, angesehen werden muß. Dadurch wird es möglich, den Begriff «real» in dem Sinne zu relativieren, daß etwas desto realer ist, je dichter die Streuung ist, und desto potentieller, je schütterer sie ist. Was wir real nennen und auch so wahrnehmen und erleben, sind jene Stellen, jene Krümmungen oder Ausbuchtungen, in denen die Partikel dicht gestreut sind und sich die Potentialitäten realisieren. Das ist das digitale Weltbild, wie es uns von den Wissenschaften vorgeschlagen und von den Computern vor Augen geführt wird. Damit haben wir von jetzt an zu leben, auch wenn es uns nicht in den Kram passen sollte.

Uns wird dadurch nicht nur eine neue Ontologie, sondern auch eine neue Anthropologie aufgezwungen. Wir haben uns selbst – unser «Selbst» – als eine derartige «digitale Streuung», als eine Verwirklichung von Möglichkeiten dank dichter Streuung zu begreifen. Wir müssen uns als Krümmungen oder Ausbuchtungen im Feld einander kreuzender, vor allem zwischenmenschlicher Relationen verstehen. Auch wir sind «digitale Komputationen» aus schwirrenden Punktmöglichkeiten. Diese neue Anthropologie, die bereits auf das Judenchristentum zurückgeht, das ja im Menschen nur Staub sieht, müssen wir nicht nur erkenntnistheoretisch, zum Beispiel psychoanalytisch oder neurophysiologisch, verarbeiten, sondern auch in die Tat umsetzen. Es genügt nicht, wenn wir einsehen, daß unser «Selbst» ein Knotenpunkt einander kreuzender Virtualitäten ist, ein im Meer des Unbewußten schwimmender Eisberg oder ein über Nervensynapsen springendes Komputieren, wir müssen auch danach handeln. Die aus den Computern auftauchenden alternativen Welten sind ein Umsetzen des Eingesehenen in die Tat.

Was machen diejenigen eigentlich, die vor den Computern sitzen, auf Tasten drücken und Linien, Flächen und Körper erzeugen? Sie verwirklichen Möglichkeiten. Sie raffen Punkte nach exakt formulierten Programmen. Was sie dabei verwirklichen, ist sowohl ein Außen als auch ein Innen: sie verwirklichen alternative Welten und damit sich selber. Sie «entwerfen» aus Möglichkeiten Wirklichkeiten, die desto effektiver sind, je dichter sie gerafft werden. Damit wird die neue Anthropologie in die Tat umgesetzt: «Wir» ist ein Knoten von Möglichkeiten, der sich desto mehr realisiert, je dichter er die in ihm selbst und um ihn herum schwirrenden Möglichkeiten rafft, das heißt schöpferisch gestaltet. Computer sind Apparate zum Verwirklichen von innermenschlichen, zwischenmenschlichen und außermenschlichen Möglichkeiten dank des exakten kalkulatorischen Denkens. Diese Formulierung kann als eine mögliche Definition von «Computer» verstanden werden.

Wir sind nicht mehr Subjekte einer gegebenen objektiven Welt, sondern Projekte von alternativen Welten. Aus der unterwürfigen subjektiven Stellung haben wir uns ins Projizieren aufgerichtet. Wir werden erwachsen. Wir wissen, daß wir träumen.

Die existentielle Veränderung von Subjekt in Projekt ist nicht etwa die Folge irgendeiner «freien Entscheidung». Wir sind dazu gezwungen, ebenso wie sich unsere entfernten Vorfahren gezwungen sahen, sich auf zwei Beine zu stellen, weil die damals eintretende ökologische Katastrophe sie dazu nötigte, die Zwischenräume zwischen den schütter gewordenen Bäumen irgendwie zu durchqueren. Wir hingegen müssen jetzt die Gegenstände um uns herum, aber auch unser eigenes Selbst, das früher Geist, Seele oder einfach Identität genannt wurde, als Punktkomputationen durchschauen. Wir können keine Subjekte mehr sein, weil es keine Objekte mehr gibt, deren Subjekte wir sein könnten, und keinen harten Kern, der Subjekt irgendeines Objektes sein könnte. Die subjektive Einstellung und dadurch auch jede subjektive Erkenntnis sind unhaltbar geworden. Das alles haben wir als kindliche Illusionen hinter uns zu lassen und müssen den Schritt ins weite offene Feld der Möglichkeiten wagen. Das Abenteuer der Menschwerdung ist mit uns in eine neue Phase getreten. Das zeigt sich am deutlichsten daran, daß wir keinen Unterschied mehr zwischen Wahrheit und Schein oder zwischen Wissenschaft und Kunst machen können. Nichts ist uns «gegeben» außer zu verwirklichende Möglichkeiten, die eben «noch nichts» sind. Was wir «die Welt» nennen, was von unseren Sinnen mit nicht völlig durchschauten Methoden zu Wahrnehmungen, dann zu Gefühlen, Wünschen und Erkenntnissen komputiert worden ist, sowie die Sinne selbst sind reifizierte Komputationsprozesse. Die Wissenschaft kalkuliert die Welt, so wie sie zuvor zusammengesetzt wurde. Sie hat es mit Fakten, mit Gemachtem, nicht mit Daten zu tun. Die Wissenschaftler sind Computerkünstler avant la lettre, und das Ergebnis der Wissenschaft besteht nicht in irgendeiner «objektiven Erkenntnis», sondern in Modellen zum Behandeln des Komputierten. Wenn man erkennt, daß die Wissenschaft eine Art Kunst ist, dann hat man sie damit nicht entwürdigt, denn sie ist dadurch ganz im Gegenteil zu einem Paradigma für alle übrigen Künste geworden. Es wird deutlich, daß alle Kunstformen erst dann tatsächlich wirklich werden, also Wirklichkeiten herstellen, wenn sie eine Empirie abstreifen und die in der Wissenschaft erreichte theoretische Exaktheit erreichen. Und das ist der hier thematisierte «digitale Schein»: Alle Kunstformen werden durch die Digitalisierung zu exakten wissenschaftlichen Disziplinen und können von der Wissenschaft nicht mehr unterschieden werden.

Das Wort «Schein» hat dieselbe Wurzel wie das Wort «schön» und wird in der Zukunft ausschlaggebend werden. Wenn der kindliche Wunsch nach «objektiver Erkenntnis» aufgegeben sein wird, dann wird die Erkenntnis nach ästhetischen Kriterien beurteilt werden. Auch dies ist nichts Neues:

Kopernikus ist besser als Ptolemäus und Einstein besser als Newton, weil sie elegantere Modelle bieten. Das wirklich Neue aber ist, daß wir von jetzt an die Schönheit als das einzig annehmbare Wahrheitskriterium begreifen müssen: «Kunst ist besser als Wahrheit». An der sogenannten Computerkunst ist das bereits jetzt ersichtlich: Je schöner der digitale Schein ist, desto wirklicher und wahrer sind die projizierten alternativen Welten. Der Mensch als Projekt, dieser formal denkende Systemanalytiker und -synthetiker, ist ein Künstler.
Diese Einsicht führt uns zurück zum Ausgangspunkt des hier eingeschlagenen Gedankengangs. Wir gingen davon aus, daß wir den gegenwärtig auftauchenden alternativen Welten mißtrauisch gegenüberstehen, weil sie künstlich sind und weil wir sie selbst entworfen haben. Dieses Mißtrauen kann jetzt in den ihm angemessenen Kontext gestellt werden: Es ist das Mißtrauen des alten, subjektiven, linear denkenden und geschichtlich bewußten Menschen dem Neuen gegenüber, das sich in den alternativen Welten zum Ausdruck bringt und mit den übernommenen Kategorien wie «objektiv wirklich» oder «Simulation» nicht zu fassen ist. Es beruht auf einem formalen, kalkulatorischen, strukturalen Bewußtsein, für das «real» all das ist, was konkret erlebt wird (*aisthestai* = erleben). Insoweit die alternativen Welten als schön empfunden werden, insoweit sind sie auch Realitäten, innerhalb derer wir leben. Der «digitale Schein» ist das Licht, das für uns die Nacht der gähnenden Leere um uns herum und in uns erleuchtet. Wir selbst sind dann die Scheinwerfer, die die alternativen Welten gegen das Nichts und in das Nichts hinein entwerfen.

(1991)

Der Schein des Materials

Mit dem Wort «immateriell» wird schon längst Unfug getrieben. Aber seit man von einer «immateriellen Kultur» spricht, kann ein derartiger Unfug nicht länger hingenommen werden. Der vorliegende Aufsatz setzt sich zur Aufgabe, zum Abräumen des schiefen Begriffs «Immaterialität» beizutragen.

Das Wort *materia* ist das Resultat des römischen Versuchs, den griechischen Begriff *hylé* ins Lateinische zu übersetzen. *Hylé* meint ursprünglich «Holz», und so etwas wird auch das Wort *materia* gemeint haben, wie aus dem spanischen Wort *madera* noch zu ersehen ist. Aber als die griechischen Philosophen zum Wort *hylé* gegriffen haben, dachten sie dabei nicht an Holz im allgemeinen, sondern an jenes Holz, das in Tischlerwerkstätten lagert. Es ging ihnen nämlich darum, ein Wort zu finden, in welchem ein Gegensatz zum Begriff «Form» (griechisch *morphé*) ausgedrückt werden könnte. Also meint *hylé* etwas Amorphes. Die Grundvorstellung dabei ist folgende: Die Welt der Erscheinungen, so wie wir sie mit unseren Sinnen wahrnehmen, ist ein unförmiger Brei, und hinter ihr sind ewige, unveränderliche Formen verborgen, die wir dank des übersinnlichen Blicks der Theorie wahrnehmen können. Der amorphe Brei der Erscheinungen (die «materielle Welt») ist eine Täuschung, und die dahinter verborgenen Formen (die «formale Welt») sind die Wirklichkeit, die dank der Theorie entdeckt wird, indem man erkennt, wie die amorphen Erscheinungen in die Formen fließen, sie füllen, um dann wieder ins Amorphe hinauszufließen.

Wir kommen dem Gegensatz *hylé* – *morphé* oder «Materie – Form» näher, wenn wir das Wort «Materie» mit «Stoff» übersetzen. Das Wort «Stoff» ist das Substantiv des Verbums «stopfen». Die materielle Welt ist das, was in Formen gestopft wird, sie ist das Füllsel für Formen. Das ist viel einleuchtender als das Bild vom Holz, das zu Formen geschnitzt wird. Denn es zeigt, daß die stoffliche Welt überhaupt erst verwirklicht wird, wenn sie in irgend etwas gestopft wird. Das französische Wort für «Füllsel» ist *farce*, und das erlaubt die Behauptung, daß unter so einem theoretischen Blick auf die Welt alles Materielle, Stoffliche eine Farce ist. Dieser theoretische Blick ist im Verlauf der Entwicklung der Wissenschaften in einen dialektischen Widerspruch mit dem sinnlichen Blick getreten («Observation – Theorie – Experiment»), und dies läßt sich als Trübung der Theorie deuten. Es konnte sogar bis zum Materialismus führen, für den die Materie (der Stoff) die Realität ist. Gegenwärtig jedoch beginnen wir unter dem Druck der Informatik zum ursprünglichen Begriff der «Materie» als einem vorübergehenden Füllsel von zeitlosen Formen zurückzukommen.

Aus Gründen, die zu bedenken den Rahmen dieses Aufsatzes sprengen würden, hat sich, unabhängig vom philosophischen Materiebegriff, der Gegensatz «Materie – Geist» entwickelt. Die ursprüngliche Vorstellung dabei ist, daß feste Körper verflüssigt und flüssige vergast werden können und dabei aus dem Blickfeld verschwinden. So kann zum Beispiel der Atem (griechisch *pneuma*, lateinisch *spiritus*) als eine Vergasung des festen menschlichen Körpers angesehen werden.

In der modernen Wissenschaft hat sich aus der Vorstellung des Wechsels der Aggregatzustände (fest – flüssig – gasförmig und zurück) ein anderes Weltbild ergeben. Danach geht dieser Wechsel, grob gesprochen, zwischen zwei Horizonten vor sich. An dem einen Horizont (dem absoluten Nullpunkt) ist alles fest (stofflich), und an dem anderen (bei Lichtgeschwindigkeit) ist alles mehr als gasförmig (energetisch). (Es sei daran erinnert, daß «Gas» und «Chaos» das gleiche Wort sind.) Der hier auftauchende Gegensatz «Materie – Energie» erinnert an Spiritismus: Man kann Materie in Energie verwandeln (Fission) und Energie in Materie (Fusion), und dies artikuliert die Einsteinsche Formel. Für das Weltbild der modernen Wissenschaft aber ist alles Energie, das heißt eine Möglichkeit zu zufälligen, unwahrscheinlichen Ballungen, zur Materiebildung. Innerhalb dieses Weltbildes gleicht «Materie» vorübergehenden Inseln von Ballungen (Krümmungen) in einander überschneidenden energetischen Möglichkeitsfeldern. Daher stammt der gegenwärtig in Mode kommende Unfug, von «immaterieller Kultur» zu sprechen. Gemeint ist eine Kultur, bei welcher Informationen ins elektromagnetische Feld eingetragen und dort übertragen werden. Der Unfug besteht nicht nur im Mißbrauch des Begriffs «immateriell» (statt «energetisch»), sondern auch im Mißverstehen des Begriffs «informieren».

Zurück zum ursprünglichen Gegensatz «Materie – Form», sprich «Inhalt – Behälter». Wenn ich etwas sehe (zum Beispiel einen Tisch), dann sehe ich Holz in Tischform. Zwar ist dabei das Holz hart – ich stoße dagegen –, aber ich weiß, daß es vergehen wird (verbrennen und in amorphe Asche zerfallen wird). Die Tischform jedoch ist unvergänglich, denn ich kann sie mir immer und überall vorstellen (vor meinen theoretischen Blick hinstellen). Daher ist die Tischform real, und der Tischinhalt (das Holz) nur scheinbar. Das zeigt, was eigentlich Tischler machen: Sie nehmen eine Tischform (die «Idee» eines Tisches) und zwingen sie einem amorphen Stück Holz auf. Das Unglück dabei ist, daß sie dadurch nicht nur das Holz informieren (in die Tischform zwingen), sondern auch die Tischidee deformieren (sie im Holz verzerren). Das Unglück besteht in der Unmöglichkeit, einen idealen Tisch herzustellen.

Das alles klingt archaisch, ist aber tatsächlich von einer Aktualität, die verdient, «brennend» genannt zu werden. Dafür ein einfaches und hoffentlich einleuchtendes Beispiel: Die schweren Körper um uns herum scheinen regellos zu purzeln, aber in Wirklichkeit befolgen sie die Formel des freien Falles. Die sinnlich wahrgenommene Bewegung (das Stoffliche an den Körpern) ist scheinbar, und die theoretisch ersehene Formel (das Formale an den Körpern) ist wirklich. Diese Formel, diese Form ist raum- und zeitlos, unveränderlich, ewig. Die Formel des freien Falles ist eine mathematische Gleichung, und Gleichungen sind raum- und zeitlos: Es hat keinen Sinn, fragen zu wollen, ob «$1 + 1 = 2$» auch um vier Uhr nachmittags in Semipalatinsk wahr ist. Es hat aber ebensowenig Sinn, von der Formel zu sagen, daß sie «immateriell» sei. Sie ist das *Wie* des Stoffes, und der Stoff ist das *Was* der Form. Anders gesagt: Die Information «freier Fall» hat einen Inhalt (Körper) und eine Form (eine mathematische Formel). So etwa hätte man das im Barock ausgedrückt.

Aber die Frage ist und bleibt: Wie ist Galilei auf diese Idee gekommen? Hat er sie hinter den Erscheinungen theoretisch entdeckt (platonische Interpretation), hat er sie zum Zweck der Orientierung unter den Körpern erfunden, oder hat er so lange mit Körpern und Ideen herumgespielt, bis die Idee des freien Falles herauskam? Mit der Antwort auf diese Frage steht und fällt das Gebäude der Wissenschaft und der Kunst, dieser Kristallpalast aus Algorithmen und Theoremen, den wir die Kultur des Abendlandes nennen. Um das Problem zu verdeutlichen, um die Frage nach dem formalen Denken vor Augen zu führen, ein weiteres Beispiel aus der Zeit Galileis:

Es handelt sich um die Frage nach dem Verhältnis zwischen Himmel und Erde. Falls sich der Himmel gemeinsam mit Mond, Sonne, Planeten und Fixsternen um die Erde dreht (wie dies zu sein scheint), dann dreht er sich in sehr komplizierten epizyklischen Bahnen, von denen einige rückläufig sein müssen. Falls die Sonne im Mittelpunkt steht und daher die Erde zu einem Himmelskörper wird, verlaufen die Bahnen in relativ einfachen elliptischen Formen. Die barocke Antwort auf diese Frage: In Wirklichkeit steht die Sonne in der Mitte, und die Ellipsen sind die wirklichen Formen; die epizyklischen Formen der Ptolemäer hingegen sind Figuren, Fiktionen, erfundene Formen, um den Schein zu wahren (die Erscheinungen zu retten). Wir denken gegenwärtig formaler als damals, und unsere Antwort lautet: Ellipsen sind bequemere Formen als Epizyklen und daher sind sie vorzuziehen. Aber Ellipsen sind weniger bequem als Kreise, und Kreise können hier leider nicht angewandt werden. Zur Frage steht also nicht mehr, was wirklich, sondern was bequem ist, aber dabei stellt sich heraus, daß man den Erscheinungen nicht einfach bequeme Formen aufsetzen kann (in diesem Fall Kreise), sondern nur die bequemsten von denen, die zu ihnen passen. Kurz: Die Formen sind weder Entdeckungen noch Erfindungen, weder platonische Ideen noch Fiktionen, sondern zurechtgebastelte Behälter für Erscheinungen («Modelle»). Die theoretische Wissenschaft ist weder «wahr» noch «fiktiv», sondern «formal» (Modelle entwerfend).

Falls «Form» der Gegensatz zu «Materie» ist, dann gibt es zum Beispiel keine Malerei, die «materiell» zu nennen wäre: Sie ist immer informierend. Und falls die Form das «Wie» der Materie ist, und Materie das «Was» der Form, dann ist Malerei eine der Methoden, der Materie Form zu verleihen und sie so und nicht anders erscheinen zu lassen. Wie alle kulturelle Artikulation zeigt auch die Malerei, daß die Materie nicht erscheint (unscheinbar ist), es sei denn man informiert sie, und daß sie, einmal informiert, zu scheinen beginnt (phänomenal wird). In der Malerei, wie überall in der Kultur, ist die Materie die Art, wie die Formen erscheinen.

Tatsächlich gibt es zwei verschiedene Seh- und Denkarten: die stoffliche und die formale. Die barocke war stofflich und gerade deshalb nicht materialistisch: Die Sonne steht wirklich im Zentrum, und die Steine fallen wirklich nach einer Formel. Unsere ist eher formal und gerade deshalb nicht immaterialistisch: Die Sonne im Zentrum und die Gleichung des freien Falles sind praktische Formen. Diese beiden Seh- und Denkarten führen zu zwei verschiedenen Weisen des Malens. Die stoffliche führt zu Repräsentationen – zum Beispiel zu den Darstellungen von Tieren auf Höhlenwänden. Die formale führt zu Modellen – zum Beispiel zu Entwürfen von Kanalisationen auf mesopotamischen Ziegeln. Die erste Sehweise betont das Erscheinende in der Form, die zweite die Form in der Erscheinung. So kann beispielsweise die Geschichte der Malerei als Prozeß angesehen werden, in dessen Verlauf das formale über das stoffliche Sehen – allerdings mit einigen Rückschlägen – die Oberhand gewinnt.

Ein wichtiger Schritt auf dem Weg zur Formalisierung ist die Einführung der Perspektive. Zum ersten Mal geht es bewußt darum, vorgefertigte Formen mit Stoff aufzufüllen, die Erscheinungen in spezifischen Formen erscheinen zu lassen. Ein weiterer Schritt ist etwa bei Cézanne zu finden, dem es gelingt, einem Stoff zwei oder drei Formen gleichzeitig einzuzeichnen (etwa einen Apfel von verschiedenen Perspektiven aus zu «zeigen»). Dies wird vom Kubismus auf die Spitze getrieben, wenn er vorgefertigte geometrische (einander überschneidende) Formen zeigt, bei denen der Stoff nur dazu dient, die Formen erscheinen zu lassen. Man kann also von dieser Malerei sagen, daß sie sich zwischen dem Inhalt und dem Behälter, zwischen dem Stoff und der Form, zwischen dem materiellen und dem formalen Aspekt der Erscheinungen in Richtung dessen bewegt, was unrichtig das «Immaterielle» genannt wird.

Aber dies ist alles nur eine Vorbereitung für die Herstellung der sogenannten «synthetischen Bilder». Sie erst machen die Frage nach dem Verhältnis von Stoff und Form gegenwärtig so «brennend». Es geht um Apparate, welche gestatten, Algorithmen (mathematische Formeln) als farbige – und womöglich bewegte – Bilder auf Schirmen aufleuchten zu lassen. Das ist etwas anderes als das Entwerfen von Kanälen auf mesopotamischen Ziegeln, als das Entwerfen von Würfeln und Kegeln auf kubistischen Gemälden, ja sogar etwas anderes als das Entwerfen von möglichen Flugzeugen aus Kalkulationen. Denn im ersten Fall geht es darum, Formen für künftig darin aufzufangende Stoffe zu entwerfen (Formen für Kanalwasser, für Demoiselles d'Avignon, für Mirages), und im zweiten Fall handelt es sich um «reine» platonische Formen. Die fraktalen Gleichungen zum Beispiel, die als Mandelbrots Apfelmännchen auf den Schirmen aufleuchten, sind stofflos (wenn sie auch nachträglich mit Stoffen wie Gebirgsformationen, Gewitterwolken oder Schneeflocken gestopft werden können). Solche synthetischen Bilder können (fälschlicherweise) «immateriell» genannt werden, und zwar nicht, weil sie im elektromagnetischen Feld aufleuchten, sondern weil sie stofffreie, leere Formen zeigen. Malte man diese Bilder in Öl, wären auch sie im besagten Sinn «immateriell», obwohl sie auf einer stofflichen Leinwand säßen.

Früher, seit Platon und noch vorher, ging es darum, vorhandenen Stoff zu formen, um ihn zum Erscheinen zu bringen, und jetzt geht es eher darum, den aus unserer theoretischen

Schau und unseren Apparaten hervorquellenden und übersprudelnden Strom von Formen mit Stoff zu füllen, um die Formen zu «materialisieren». Früher ging es darum, die scheinbare Welt des Stoffs nach Formen zu ordnen, und jetzt eher darum, die vorwiegend in Zahlen verschlüsselte Welt der sich unübersehbar vermehrenden Formen zum Scheinen zu bringen. Früher ging es darum, die gegebene Welt zu formalisieren, und jetzt, die entworfenen Formen zu alternativen Welten zu realisieren. Das meint «immaterielle Kultur», sollte aber eigentlich «verstofflichende Kultur» heißen.
Es geht um den Begriff des Informierens. Seit der industriellen Revolution wird deutlich, daß er meint, Stoffen Formen einzuprägen. Ein Stahlwerkzeug in einer Presse ist eine Form, und sie informiert den an ihr vorbeifließenden Glas- oder Plastikstrom zu Flaschen oder Aschenbechern. Früher lautete die Aufgabe, zwischen wahren und falschen Informationen zu unterscheiden. Wahr waren solche, bei denen die Formen Entdeckungen, falsch solche, bei denen sie Fiktionen waren. Diese Unterscheidung wird sinnlos, seitdem wir die Formen weder für Entdeckungen (*aletheiai*) noch für Fiktionen, sondern für Modelle halten. Früher hatte es einen Sinn, zwischen Wissenschaft und Kunst zu unterscheiden, und jetzt ist dies sinnlos geworden. Das Kriterium der Informationskritik ist nun eher folgendes: Inwieweit sind die eingeprägten Formen mit Stoff auffüllbar, inwieweit sind sie realisierbar? Wie operativ, wie fruchtbar sind die Informationen?
Die Frage ist also nicht, ob Bilder Oberflächen von Stoffen oder Inhalte von elektromagnetischen Feldern sind, sondern inwieweit sie dem stofflichen und dem formalen Denken und Sehen entspringen. Deshalb lautet der Titel dieser Überlegungen «Vom Schein des Materials»: Was immer «Material» bedeuten mag, es kann nicht das Gegenteil von «Immaterialität» sein. Denn die «Immaterialität», genauer gesagt die Form, bringt das Material überhaupt erst zur Erscheinung. Der Schein des Materials ist die Form. Das allerdings ist eine post-materielle Behauptung.

(1991)

Hintergründe

Die moderne Weltanschauung sieht etwa so aus: Wir stehen, als sogenannte Subjekte, vor einer «Welt» genannten Bühne. Im Rampenlicht stehen uns Erscheinungen gegenüber. Da sie uns gegenüberstehen, nennen wir sie Objekte. Und dahinter auf der Bühne wird es immer dunkler. Was dort im Hintergrund vor sich geht, muß erst herausgefunden werden. Wahrscheinlich nichts Gutes. Dort, in den für uns verborgenen Winkeln, werden die Drähte gezogen, welche die Erscheinungen bewegen. Dort hinten sitzen die grauen Eminenzen, die Dunkelmänner, die Operatoren, kurz die Motive des ganzen Puppentheaters. Dorthin also müssen wir vordringen, wollen wir die Macht an uns reißen und selbst die Erscheinungen lenken. Dieses unser Vordringen in die Hintergründe nennen wir «Fortschritt».

Ganz so primitiv wie hier geschildert, geht die Sache allerdings nicht vor sich. Die moderne Weltanschauung hat sich im Laufe der Neuzeit verfeinert. Man hat das ursprünglich barocke Weltbild verschiedenen Umbauten unterzogen. Zum Beispiel nur: Die Bühne ist zum Amphitheater geworden, und das Subjekt ist von den Objekten umgeben. Das Theater ist brechtisch geworden, so daß die Subjekte auf die Bühne und die Objekte in den Zuschauerraum dringen können. Das Rampenlicht, das die Objekte erscheinen läßt, ist in die Subjekte eingebaut worden, so daß sie es sind, welche die Bühne – in Gestalt von «Wahrnehmungsformen» zum Beispiel – beleuchten. Die grauen Eminenzen, die Dunkelmänner und Operatoren, haben sich zum Großteil als ein blindes, motivfreies, «Naturgesetze» genanntes Getriebe erwiesen. Durch diese und andere Umbauten ist paradoxerweise die Sache «Welt» aber immer nur barocker geworden.

Man kann sie nicht mehr gut überblicken, zwischen Subjekt und Objekt und zwischen Objekt und Hintergrund nicht mehr gut unterscheiden, und man stolpert überall über die Drähte. Und doch: Die ursprüngliche Struktur «Subjekt – Objekt – Hintergrund» ist im Laufe der Neuzeit beibehalten worden.

Das ist nicht mehr angemessen. Wir sehen uns gezwungen, die ganze moderne Weltanschauung, mitsamt allen darin eingebauten Verbesserungen, ad acta zu legen. Und zwar aus zwei Gründen: Erstens wurde die Unterscheidung zwischen Subjekt und Objekt sowohl theoretisch wie praktisch unsinnig. Theoretisch, weil wir spätestens seit Heisenberg wissen, daß Beobachter und Beobachtetes in der Beobachtung verschwimmen. Und praktisch: Denn welchen Sinn hat es, bei einer künstlichen Intelligenz von Subjekt und/oder Objekt zu sprechen? Und zweitens sind die Objekte dabei, durchsichtig zu werden, und es stellt sich heraus, daß sich hinter ihnen überhaupt keine Hintergründe verbergen. Alle Objekte – einschließlich aller, von ihnen nicht länger zu unterscheidenden Subjekte – erweisen sich gegenwärtig als bodenlos, und nichts ist hinter ihnen zu finden (und zu suchen). Es sind lauter Hologramme.

Wie kam man eigentlich auf die Idee, die Welt als hintergründig anzusehen – wo man doch nichts sieht als die Vordergründe? Aus Mißtrauen. Die Erscheinungen täuschen, sie sind ein Blendwerk des Teufels. Man muß ihre Schleier zerreißen und hinter sie schauen, um ihnen auf ihre Schliche zu kommen. Ja, aber warum dieses Mißtrauen? Zugegeben, man hat mit der Welt keine gute Erfahrung. Man glaubt zum Beispiel, ein ins Wasser getauchter Stock sei geknickt, oder es gebe Gerechtigkeit auf Erden, um beide Male eines Besseren belehrt zu werden. Aber dieser enttäuschte Glaube an die Welt allein genügt nicht, um das Mißtrauen zu erklären. Es muß ein enttäuschter Glaube an Gott hinzugekommen sein, um ein derartiges Mißtrauen gegenüber den Erscheinungen im modernen Menschen hervorbringen zu können. Denn es handelt sich um ein anderes Mißtrauen als jenes der

Vorsokratiker zum Beispiel: Diese Leute glaubten, hinter den Erscheinungen die großen Ideen (etwa das Wahre) entdecken zu können, die Modernen dagegen glauben, daß sie, wenn sie dahinter kommen, alles selbst besser machen können. Wissenschaft (das Dahinterkommen) war für die Alten ein Weg zu Gott, für die Modernen war sie ein Weg zur Macht. Sie mißtrauten den Erscheinungen, weil sie zu Gott und Welt den Glauben verloren hatten.
Selbstredend wäre kaum jemand – außer vielleicht Nietzsche – bereit gewesen, den modernen Fortschritt als Folge einer Enttäuschung an Gott und der Welt anzusehen. Das Mißtrauen gegenüber den Erscheinungen wurde nicht als ein Glaube an die Bosheit der Welt – also an den Teufel anstatt an Gott –, sondern als eine Art disziplinierter Fortsetzung der griechischen Wahrheitssuche gedeutet. Man behauptete, in die Hintergründe vorzustoßen, um die verborgenen Zusammenhänge zwischen den Erscheinungen ans Tageslicht zu fördern und somit die wahren Sachverhalte aufzudecken. Und doch ist auch in dieser beschönigenden Formulierung das Detektivische der modernen Einstellung zur Welt nicht zu verkennen. Die Welt ist verbrecherisch, und dem Verbrechen hat man nachzuspüren. Nach dem Lehrsatz, wonach den Reinen alles rein und den Schweinen alles Schwein sei, sahen die Modernen die Welt als eine Schweinerei an.
Scheinbar also schaut die Welt ziemlich anständig aus (wobei Anstand und Gegenstand synonym sind), aber im Hintergrund lauern obszöne Motive. Die fortschrittlichen Vorstöße in den Hintergrund sind Sanierungsaktionen. Deren Absicht ist es, die geheimen Kräfte zu demaskieren und die Macht selbst zu übernehmen. Der Geist, der den Fortschritt lenkt, ist an Reinigungsaktionen gegen geheime soziale Kräfte wie Freimaurer, Juden, Kapitalisten oder Bolschewiken besser zu erkennen als an gegen Naturkräfte gerichteten Aktionen. In den Naturwissenschaften nämlich sieht es so aus, als ob die geheimen Kräfte – etwa die Gravitations- oder die elektromagnetische Kraft – ethisch neutral seien. Tatsächlich aber geht es bei der Gravitation um eine Art von Freimaurerei und beim Elektromagnetismus um eine Art von Bolschewismus,

denn warum sonst wäre man bemüht, diese Kräfte aufzudekken und dem eigenen Willen zu unterstellen, wenn nicht, um sie aus üblen in gute Kräfte zu verwandeln? Der Geist, der den Fortschritt lenkt, ist auf sozialem und auf natürlichem Gebiet, in Politik und Wissenschaft, der gleiche: Die Welt ist hintergründig schlecht, das muß aufgezeigt werden, und dann kann man alles besser machen. Dieser Glaube, daß man es besser machen kann, heißt «Humanismus», und er steht auf wackligen Beinen.

Die moderne Weltanschauung hat sich selbst als eine Wiedergeburt der antiken verstanden, und der moderne Mensch hat seinen Humanismus für eine Renaissance des antiken Anthropozentrismus gehalten. Nach der jahrhundertelangen Unterbrechung durch mittelalterliche Nacht, so meinte man in der Moderne, ist der klassische Weg in die Hintergründe der Erscheinungen wieder aufgenommen worden. Die oben gebotenen post-modernen Überlegungen zeigen, wie sehr dieses Selbstverständnis der Neuzeit verfehlt war. Die Alten zerrissen die Erscheinungen, um aus Trug zur Wahrheit und dadurch aus Irrtum zu Weisheit zu gelangen. Der Geist, der sie beflügelte, war philosophisch. Die Modernen gingen den Erscheinungen auf den Grund, um den Betrug der Welt nachzuweisen, und dadurch die Zügel der Ereignisse an sich zu reißen. Der Geist, der sie beflügelte, war technisch. Der antike Anthropozentrismus sollte den Menschen zur Tugend (arete) führen, und diese Tugend wurde als Unterwerfung des Menschen unter die dank Weisheit ersehenen geheimen Kräfte verstanden. Der moderne Humanismus sollte den Menschen zur Herrschaft über die geheimen Kräfte führen. Der Mensch sollte in der Moderne den Platz des abgesetzten mittelalterlichen Gottes besetzen, und zwar als Anti-Teufel, da ja die Welt als teuflisch angesehen wurde. Nicht Wiedergeburt der antiken Welt war die moderne Weltanschauung, sondern Umstülpung der christlichen Weltanschauung. Eine Höllenfahrt mit der Absicht, die Hölle zu durchleuchten und sie dadurch in einen menschlichen Himmel zu verwandeln. Technik als Methode zur Verwirklichung des Himmels auf Erden, das heißt in der Hölle.

Die Hintergründe sind dunkel und müssen aufgeklärt werden, soll das dort lauernde Böse zum Guten gewendet werden. So ungefähr läßt sich die Devise der Aufklärung formulieren. Das Licht, das in die Dunkelheit der Hintergründe getragen werden soll, ist jenes der menschlichen Vernunft, und das Böse wird, von diesen Strahlen getroffen, gut. Die Aufklärung, dieser Höhepunkt der Moderne, beruht auf zwei Voraussetzungen. Erstens setzt sie voraus, daß die Vordergründe täuschend einfach sind und daß sich hinter ihnen äußerst komplexe Hintergründe verbergen. Und zweitens setzt sie voraus, daß die menschliche Vernunft jene Fähigkeit ist, die die Komplexität der Hintergründe auf Simplizität zu reduzieren vermag. Sind die Hintergründe dank der Vernunft entworren und auseinandergeknüpft (sind sie «erklärt»), dann steht die Welt dem Menschen zu Diensten. Die Aufklärung beruht auf dem Glauben an die Fähigkeit der Vernunft – und vor allem der Logik und der Mathematik –, die Hintergründe zu erklären. Sie ist eine Tochter des Humanismus, der seinerseits auf dem Glauben beruht, der Mensch sei gut (der höchste aller Werte).

Leider stimmt es jedoch nicht, daß das Böse, von den Strahlen der Vernunft getroffen, sich zum Guten wendet. Etwas ganz anderes geschieht: Das Böse wird wertfrei. Wenn man eine Mordtat vernünftig erklärt, ihre Hintergründe aufklärt, dann wird der Mörder nicht zu einem tugendhaften Menschen – wie etwa die Pädagogik der Aufklärung meinte –, sondern die hintergründigen Motive, die den Mörder zur Tat geführt hatten, werden als verknüpfte Kausalketten – als ein Ineinanderspielen von psychologischen, ökonomischen, sozialen, kulturellen und anderen Ursachen und Folgen – nachgewiesen. Der erklärte und aufgeklärte Mord ist aus einem ethisch aufgeladenen in einen ethisch neutralen Kontext gehoben worden. Nicht mehr Richter sind kompetent für ihn, sondern Wissenschaftler. Wie Midas verwandelt die Vernunft alles, was sie berührt: zwar nicht in Gold, aber in Wertfreies, in ethisch Neutrales. Je weiter die Vernunft in die Hintergründe vordringt, desto mehr werden Ethik und Politik zugunsten einer Wissenschaft mit Totalitaritätsansprüchen abgesetzt:

Einzig wissenschaftliche Erklärungen gelten. Und damit ist selbstredend sowohl der Aufklärung wie dem Humanismus der Boden entzogen. Denn wie soll die Aufklärung das Böse zum Guten wandeln, wo sie doch zeigt, daß «gut» und «böse», wenn aufgeklärt, leere Begriffe («ideologische» Begriffe) sind, die vor der Vernunft nicht bestehen können? Und wie soll der Humanismus im Menschen den höchsten aller Werte ersehen, wo doch alle Werte, wenn aufgeklärt, sich als ideologische Vorurteile erweisen? Mit anderen Worten: Die Aufklärung klärt auf und erklärt, daß «Aufklärung» und «Humanismus» Ideologien sind.

So bequem jedoch läßt sich die moderne Weltanschauung nicht ad absurdum führen. Man kann ihr nicht einfach vorhalten, daß sich in ihr alles hintergründig Böse, wie Freimaurer, Juden, Kapitalisten und Bolschewiken, wenn erklärt und aufgeklärt, zu Gravitation und Elektromagnetismus, zu ethisch Neutralem, verwandeln müsse. Der moralisch unerträgliche Satz *tout comprendre c'est tout pardonner* steht nicht unbedingt über der modernen Weltanschauung. Die fundamentale Struktur dieser Weltanschauung: «Subjekt – Objekt – Hintergrund» setzt nicht unbedingt voraus, daß «Subjekt» und «Vernunft» synonym sind. Man kann hinter dem Subjekt, ebenso wie hinter dem Objekt, Hintergründe vermuten. Dann sieht die Weltanschauungsstruktur etwa so aus: «Hintergrund – Subjekt – Objekt – Hintergrund», wobei die Vernunft nur den Vordergrund des Subjektes darstellt. Dieser Umbau der Weltanschauung als Rettungsversuch der Aufklärung erlaubt, dem oben erwähnten Einwand zu begegnen. Denn die Aufklärung spaltet sich dabei in zwei entgegengesetzte Arme. Der eine trägt das Licht der Vernunft in die Hintergründe der Objekte; er heißt «Naturwissenschaft» und führt tatsächlich zu Wertfreiheit. Der andere trägt das Licht der Vernunft (sozusagen sich selbst) in die Hintergründe des Subjekts und der von ihm gebildeten Gesellschaft; er heißt «Aufklärung im engeren Sinn» und führt zur Freiheit, Werte zu setzen. Und die Verbindung der beiden Arme der nach außen und der nach innen gewandten Vernunft macht den Menschen zum Verwerter der Welt und heißt «Technik».

Näher betrachtet erweist sich dieser Umbau jedoch als venichtend – nicht nur für die Aufklärung, sondern für das moderne Weltbild überhaupt. Wenn der Mensch als vordergründig vernünftig (gut) und hintergründig unvernünftig (böse) angesehen wird, dann ist dies für die Aufklärung und für den Humanismus verheerend. Denn dann ist es ja die unvernünftige Bestie, die hinter der Vernunft lauert, welche dank Aufklärung der Welt die Herrschaft übernimmt, außer «man» zähme die Bestie, und dann ist es aus mit der Freiheit. Und wenn hinter dem Subjekt Hintergründe verborgen sind, dann ist dies für das moderne Weltbild verheerend. Denn diese Hintergründe müssen doch wohl mit jenen anderen hinter den Objekten eine Einheit, nämlich eben jene des aufzuklärenden Hintergrunds überhaupt bilden? Und dann muß sich erweisen, daß die beiden Arme der Aufklärung, der naturwissenschaftliche und der «kulturkritische» – aufklärerische im engeren Sinn – in Wirklichkeit eins sind. Und tatsächlich mündet die kulturkritische Aufklärung letztlich in jene Gebiete, in denen die Naturwissenschaften kompetent sind (etwa in Neurophysiologie, in Ökologie oder in Genetik). Das bedeutet nicht nur, daß auch die «geisteswissenschaftliche», kulturkritische Aufklärung letztlich alles entwertet, sondern auch, daß die Struktur des modernen Weltbilds wie ein Kartenhaus in sich selbst zusammenfällt: nicht mehr «Hintergrund – Subjekt diesseits, Objekt – Hintergrund jenseits», sondern jetzt «Hintergrund mit daraus vordergründig emportauchenden Subjekten und Objekten». So ein Weltbild jedoch, in welchem das Subjekt der objektiven Welt nicht mehr gegenübersteht, sondern in welchem es mit der objektiven Welt hintergründig verbunden ist, kann nicht mehr «modern» genannt werden.

An ihrem Beginn trägt die Aufklärung das Licht der Vernunft in die Hintergründe der Objekte. Als sie bemerkt, daß dies zu einer Auflösung aller Werte führt, wendet sie sich von der Naturwissenschaft ab und richtet das Licht der Vernunft auf die Hintergründe des Menschen und der Gesellschaft. Es ist für sie charakteristisch, daß sie sich in ihren letzten Phasen dagegen wehrt, bei ihren Erklärungen der menschlichen und gesellschaftlichen Hintergründe auf Naturwissenschaft zurückzugreifen. Sie fürchtet mit Recht, die unethische und unpolitische naturwissenschaftliche Denkart würde den aufklärerischen Geist – nämlich die Absicht, durch Demaskierung Böses zum Guten zu wenden – infizieren. Aber trotz dieses reaktionären Widerstands gegen den naturwissenschaftlichen Geist kann sie den Fortschritt der Naturwissenschaften auf dem Gebiet der Kultur nicht bremsen. So wird die wertende Aufklärung von der Werte vernichtenden Wissenschaft verschlungen. Und dabei bricht die moderne Weltanschauung, die auf dem Glauben an die Bosheit der Welt und die Güte des Menschen beruht, zusammen.

Wirft man einen umfassenden Blick auf die gegenwärtig in ihrer Gänze vor uns liegende moderne Weltanschauung, dann ist man zuerst einmal von ihrer eigentümlichen Terminologie beeindruckt. Es geht um Lichtmetaphern. Um «Erscheinungen» – leuchtende oder beleuchtete Phänomene –, um «dunkle» Hintergründe, um «Erklärungen», ums «Licht der Vernunft», um «Aufklärung» eben. Nicht etwa, als ob derartige Lichtmetaphern in anderen Weltbildern nicht ebenfalls auffindbar wären. Im Buddhismus geht es um «Erleuchtung», im Judentum strahlt das Antlitz Moses, die Griechen sprechen von «Phänomenen», und im Mittelalter leuchten Heiligenscheine. Und doch ist es mit den modernen Lichtmetaphern anders: Bei ihnen wird das Licht ins Dunkel getragen. Es handelt sich um ein luziferisches Weltbild; nicht so sehr um einen manichäischen Kampf zwischen den Söhnen des Lichts und jenen des Dunkels als vielmehr um die prometheische Fackel, welche, vom Himmel gerissen, die Schlupfwinkel der Welt und der Unterwelt erleuchtet. Nimmt man diese Lichtmetapher ernst, dann erkennt man, warum gegenwärtig Geier an der Leber der Neuzeit hacken.

Man erkennt dann nämlich, wie bereits im Samen der modernen Weltanschauung ihr gegenwärtiger Untergang angelegt war. Die Lichtmetapher zeigt das Subjekt als Fackelträger, und sie zeigt die Welt der Objekte und ihrer Hintergründe als opake Schirme, die scheinen, wenn sie von der Fackel beleuchtet werden. Die Weltbühne liegt im Dunkeln, solange das Rampenlicht vom Subjekt nicht eingeschaltet wird. Geht man dieser Lichtmetapher nach, so erweist sie sich als Metapher eines radikalen Idealismus. Sie sagt im Grunde, daß nichts erscheint, was vom Subjekt nicht angeleuchtet wurde (und daher, daß nichts ist, was nicht wahrgenommen wurde). *Esse est percipi*, sagt die Lichtmetapher. Das Vorantragen der Fackel ins Dunkel ist ein Erweitern des Wahrnehmungsfeldes, und daher ein Erweitern des Universums. Wird Amerika entdeckt, dann ist das Universum größer geworden. Daher ist Entdeckung zugleich auch Erfindung: Vor seiner Entdeckung hat es Amerika nicht «gegeben». Das Vorantragen der Fackel beginnt mit der Entdeckung Amerikas und des Gesetzes vom freien Fall, und es führt zur Entdeckung von Atomteilchen und des Heisenbergfaktors. Die vorangetragene Fackel findet sich selbst – entdeckt sich und erfindet sich – im hintersten aller Gründe. Die Welt ist nicht mehr opak, sondern sie ist durchsichtig geworden. Und die Fackel, die sich selbst entdeckt hat, hat nichts mehr zu beleuchten.

Diese dramatische Entdeckung seiner selbst hinter allem hat das Licht der Vernunft seit der Aufklärung zu machen begonnen. Schon damals nämlich stellte sich die ungemütliche Frage: Von wo eigentlich kommt das Licht, mit dem wir die Hintergründe erklären? Diese Frage stülpte die Vernunft um wie einen Handschuh: Ihre Strahlen mußten sich dabei gegen sie selber wenden. Die «Kritik der Vernunft» hat demnach die eigentümliche Aufgabe, Licht zu beleuchten. Das war zugleich der Sieg des modernen Idealismus und der Beginn seiner Niederlage. Die purzelbaumschlagende Aufklärung, die sich gezwungen sah, die Vernunft zu kritisieren, anstatt vernünftig Unvernünftiges zu kritisieren, stand dem Problem der Kriterien gegenüber: Sind die Kriterien, nach denen die Vernunft kritisiert, selbst vernünftig? Die Geschichte dieser Kritik, seit Hume und Kant, über Hegel und Marx, bis zum Neopositivismus und Existentialismus, zeigt, wie dabei der Lichtmetapher langsam der Garaus gemacht wurde.
Aber nicht diese spekulativen Purzelbäume sind es, die das moderne Weltbild mit seinen Lichtmetaphern zum Einsturz

gebracht haben, sondern es ist die Erklärung des Lichts im buchstäblichen, nicht im übertragenen Sinn dieses Wortes. Die Optik ist die Mörderin des luziferischen Weltbilds. Sie zeigt nämlich, daß die Welt der Objekte und ihrer Hintergründe nicht opak ist, sondern im Gegenteil ein Lichtgespinst: ineinandergreifende elektromagnetische Felder. Nicht Dunkles verbirgt sich hinter den Objekten, sondern Strahlendes (zum Beispiel radioaktiv Strahlendes), und es verbirgt sich nicht, sondern wird im Gegenteil von den Objekten verborgen. Es ist selbstredend unfair, eine Metapher beim Wort nehmen und etwa sich über die Aufklärung lustig machen zu wollen, weil sie Licht ins Blendende (etwa in Atompilze) hineinhält. Und doch: Wenn eine Metapher schief ist, dann gleitet auch alles, was sich auf sie stützt, einem Abgrund entgegen.

Seit die Naturwissenschaft das Licht als eine elektromagnetische Strahlung erkannt hat, kann die Technik das Licht operationalisieren. Damit wird die Lichtmetapher im modernen Weltbild zu einem Unding. In der Metapher wird das Licht als etwas dem Subjekt Gegebenes angesehen, und das Subjekt bedient sich seiner, um Objekte operationalisieren zu können. Wenn nun die Naturwissenschaft die ontologische Stellung des Lichtes verschiebt – es strahlt nicht mehr vom Subjekt aufs Objekt, sondern aus den Objekten –, dann ist auch die metaphorische Stellung des Lichtes eine andere. Alle Lichtgleichnisse, wie etwa «Erscheinung», «Erklärung», «Aufklärung» und vor allem «Spekulation» und «Reflektion», gewinnen eine gegenüber der ehemaligen geradezu umgekehrte Bedeutung. Sie bedeuten nicht mehr Wirkungen des Subjekts auf Objekte, sondern im Gegenteil Wirkungen der Objekte auf Subjekte. Vor allem aber zeigt diese Verschiebung, daß das Licht der eigentliche Gegenstand des Subjektes ist und daß es nicht dem Dunklen, dem Verborgenen, dem Geheimen, sondern dem Strahlenden, dem Offenen, dem zu explodieren Drohenden gegenüberzustehen hat.

Damit ist selbstredend das moderne Weltbild vernichtet: Das Geheimnis, das Rätsel, das Mysterium – und daher auch das Verbrechen – sind nicht länger in der Welt dort draußen, sondern hier im Subjekt zu suchen. In der Welt dort draußen ist nichts zu enträtseln, zu entdecken, zu erklären: Sie ist eben so, wie sie ist, eine Strahlung. Das Geheimnis ist jetzt in uns schwarzen Löchern, die wir diese Strahlung verschlingen. Nicht dort draußen haben wir dem Verbrechen nachzuspüren, sondern hier drinnen. Das ganze moderne Weltbild erweist sich als Transferierung der Schuld von uns weg auf die Welt dort draußen. Die Aufklärung erweist sich als eine Bewegung, die Schuld, das Dunkel von uns auf die Welt abzuschieben. Sie erweist sich als Verdunkelungsaktion, als Obskurantismus. Und sie ist über ihr Ziel hinausgeschossen. In ihrem Versuch, die Welt zu demaskieren, hat sie sich selbst (das heißt uns) die Maske abgerissen. Um mit Nietzsche zu sprechen: Die Neuzeit erweist sich als der vierhundert Jahre währende Versuch, die Schuld am Mord Gottes von uns auf die Welt abzuschieben.

Als Anfang vom Ende der Neuzeit kann die Fotografie angesehen werden. Es geht bei ihr um das erste technisch disziplinierte Lichtspiel. Zum ersten Mal werden dabei Strahlen wie Gegenstände behandelt, um daraus etwas zu machen. Falls man das Licht für «immateriell» hält – wie dies gegenwärtig zum Modewort wird –, dann ist die Fotografie das erste Produkt jener «immateriellen» Kultur, welche die neuzeitliche ablöst. Aber in der Fotografie zeigt sich nicht, wie sich das Dunkel aus der Welt in uns selbst verschiebt: Die Dunkelkammer ist noch immer ein Hintergrund, nicht ein Lichtverschlucker. Erst bei künstlichen Intelligenzen, und ein wenig später bei Hologrammen, zeigt sich, was hier im Spiel ist: Das Verschwinden aller Hintergründe, und das Auftauchen des Nichts an ihrer Stelle.
Die künstlichen Intelligenzen sind Simulationen von Gehirnfunktionen. Nach dem heutigen Stand unseres neurophysiologischen Wissens können diese Funktionen auf Elektronensprünge zwischen Nervensynapsen zurückgeführt werden. Die künstlichen Intelligenzen simulieren diese Sprünge, diese zu Quanten kalkulierten Strahlen. Damit erbringen sie den praktischen Beweis für die Richtigkeit der Metapher,

wonach die Vernunft ein Licht ist: Sie sind vernünftig – sie rechnen, schreiben, geben Befehle –, und sie treffen Entscheidungen, und sie tun dies, weil sie Strahlenstöße regeln. Aber dieser Beweis vernichtet die Metapher. Denn er zeigt, daß eben nichts hinter der Vernunft steckt außer Strahlenstößen, und dies schlägt auf den Menschen zurück, der seine Vernunft in den künstlichen Intelligenzen simuliert hat. Einige der bisher für subjektiv gehaltenen Vorgänge – vor allem jener des Entscheidens) – sind aus der Schädelschale in die Welt hinausprojiziert worden, funktionieren dort und müssen jetzt zurückgenommen werden. Dieses Zurücknehmen aber legt nahe, daß überhaupt alles Subjektive auf neurophysiologische Vorgänge und letztlich auf quantische Sprünge reduzierbar ist, daß überhaupt alles Subjektive dort draußen simulierbar ist, daß nichts hinter dem Subjekt steht; daß alle Begriffe wie «Geist», «Seele», «Identität» oder «Ich» leere Begriffe sind, deren ideologische Absicht es ist, die Bodenlosigkeit des Subjekts zu verschleiern. Die künstlichen Intelligenzen sind die ersten technischen Beweise für die Abwesenheit eines jeden Hintergrundes, gegen den etwa das Subjekt sich abzeichnen könnte. Sie zeigen, daß das Subjekt nicht etwa eine Position gegenüber der Welt, sondern daß es eine Negation ist. Und sie zeigen dies nicht spekulativ – wie es etwa die Dialektik tut –, sondern praktisch.

Hologramme sind Strahlenbündel, die gebündelt wurden, um Materielles vorzutäuschen. Aber wissen wir denn nicht gegenwärtig, daß überhaupt alles Materielle nichts anderes ist als gebündelte Strahlen? Worin also unterscheiden sich Hologramme von materiellen Objekten? Man ist verleitet zu sagen, in den materiellen Objekten seien die Strahlen dichter gebündelt als in Hologrammen, so daß sie nicht nur unsere Augen, sondern auch unsere Finger betrügen. Aber das stimmt nicht: Wir wissen, daß auch die materiellen Objekte ein Nichts sind, in welchem punktartige Teilchen schwirren. Der Unterschied zwischen materiellen und «immateriellen» Objekten ist nicht in ihnen selbst, sondern in der sie herstellenden Absicht zu suchen. Die Absicht der Hologramme ist, die Transparenz aller Objekte, der objektiven Welt überhaupt, vor Augen zu führen. Es ist technisch möglich, Hologramme zu erzeugen, die auch die Finger betrügen. Aber derartige Hologramme sind dann keine mehr, sondern eben materielle Objekte. Oder umgekehrt: Materielle Objekte sind Hologramme, die auch die Finger betrügen. Daher zeigen Hologramme praktisch, daß sich hinter der objektiven Welt kein Hintergrund verbirgt, daß sie durchsichtig ist und daß sie Undurchsichtigkeit vortäuscht. Sie zeigen weiterhin, daß diese Täuschung mit Fingern und Augen, mit der Unfeinheit unserer Sinne zu tun hat. Nicht die Welt täuscht uns, sondern wir täuschen uns selbst, wir werfen Schatten aufs Licht, und die materiellen Objekte sind Folgen unseres Obskurantismus. Die Welt dort draußen ist nichts, wir vergröbern sie zu etwas, und dann untersuchen wir dieses Etwas, anstatt unsere Grobheit zu untersuchen. Hologramme zeigen dies nicht spekulativ – wie etwa der philosophische Idealismus –, sondern praktisch.

Die künstlichen Intelligenzen zeigen praktisch, daß hinter dem Subjekt nichts zu suchen ist, und die Hologramme zeigen das Gleiche hinsichtlich der Objekte. Sie zeigen beide: Es gibt keine Hintergründe. Es gibt nur Vordergründe, nämlich zu Intelligenzen gebündelte Strahlen, und zu Objekten gebündelte Strahlen. Und diese Strahlen sind nichts, wenn nicht gebündelt. Das ist, kurz und bündig gesagt, das postmoderne Weltbild. Im Vergleich zum modernen ist es nihilistisch. Gespenster von Subjekten und Objekten weben dort wie Nebel, die sich aus dem Nichts kondensieren, um wieder ins Licht einzutauchen. Bei diesem ihrem Weben greifen sie ineinander, um eine einzige Wolke von Interrelationen zu bilden. Aber, so nihilistisch dieses Weltbild im Vergleich zum modernen sein mag, es hat den Vorteil, nicht mehr vom Geist des aus Enttäuschung geborenen Mißtrauens gegenüber Gott und der Welt getragen zu werden. Ein ganz anderer Geist weht darin, einer, der fähig ist, sich fürs Mysterium zu öffnen. «Man suche nur nichts hinter den Erscheinungen: sie selbst sind das Geheime», so ungefähr sagt Goethe. Und Wittgenstein fügt hinzu, daß es das Rätsel nicht gebe. Laut der modernen Weltanschauung sind das Geheime und das Rätsel identisch: Das Geheime wird enträtselt, und die Wissenschaft ist die Methode zum Erraten des Geheimen. Wir hingegen sind bereit, die Tatsache, daß es Geheimes gibt, wieder auf uns zu nehmen. Das bedeutet, daß wir bereit sind, Unerratbares, Unentzifferbares, weil Sinnloses, auf uns zu nehmen. Nicht mehr sind für uns Geheimnis und Rätsel identisch, sondern Geheimnis und Absurdum. Das Wurzellose, als das wir die Welt und uns selbst erkennen, ist für uns das Geheime. Was den Geist der Post-Moderne, der «immateriellen» Kultur, vom modernen Geist wohl am deutlichsten unterscheiden wird, ist dieses bewußte Auf-sich-nehmen der Tatsache, daß wir absurderweise in einer absurden Welt da sind, daß es an dieser Tatsache nichts herumzuraten gibt und daß wir nichts anderes tun können, als diesem Geheimnis des Sinnlosen einen Sinn zu verleihen.

Das moderne Weltbild war das eines Rätsels, vor dem wir stehen und das wir zu lösen versuchen. Um es zu lösen, mußten wird in die Hintergründe der rätselhaften Erscheinungen vorstoßen. Diese Vorstöße wurden von den Wissenschaften geleistet. Das Ziel dabei war, das gelöste Rätsel, die problemlos gewordene Welt zu beherrschen. In einem seltsamen Sinn ist dieses Ziel tatsächlich erreicht: Zwar ist die Welt nicht problemlos geworden, aber sie ist nicht mehr problematisch. Um dies mit Wittgenstein zu sagen: Wenn alle Probleme gelöst wären, hätte sich nichts geändert, außer daß es keine Probleme mehr gäbe. Wir stehen nicht mehr vor einem Rätsel, sondern mitten in einem Geheimnis: im Mysterium des Absurden. Und dieses Geheimnis versuchen wir nicht mehr zu entziffern – es ist unlesbar –, sondern wir versuchen, ihm einen Sinn zu verleihen – darauf unsere eigenen Zeichen zu projizieren. In unserem neu emportauchenden Weltbild gibt es keine Hintergründe: Die Welt ist darin eine vordergründige, nichts verbergende Oberfläche. Eine Kinoleinwand, auf welche wir Sinn entwerfen. Allerdings nicht als Projektoren, sondern als im Gewebe der Leinwand enthaltene Knoten. Dieses vorläufig unvorstellbare Weltbild ist jenes der künftigen Informationsgesellschaft.

Quellennachweis

Die kodifizierte Welt

Die kodifizierte Welt. Erstveröffentlichung in: Merkur. Deutsche Zeitschrift für europäisches Denken, Nr. 359, 32. Jg., Heft 4, April 1978; wieder in: Vilém Flusser, Lob der Oberflächlichkeit, Schriften Bd. 1, 2. Aufl. Mannheim 1995 (Bollmann).
Glaubensverlust. Geschrieben 1978; Erstveröffentlichung in: Vilém Flusser, Lob der Oberflächlichkeit, Schriften Bd. 1, 2. Aufl. Mannheim 1995 (Bollmann).
Alphanumerische Gesellschaft. Erstveröffentlichung in: Deutsche Akademie für Sprache und Dichtung: Jahrbuch 1989, Darmstadt 1990; leicht gekürzt.
Hinweg vom Papier. Erstveröffentlichung in: Vilém Flusser, Die Revolution der Bilder. Der Flusser-Reader zu Kommunikation, Medien und Design, Mannheim 1995 (Bollmann).

Eine Revolution der Bilder

Bilderstatus. Geschrieben 1991; Erstveröffentlichung in: Metropolis. Internationale Kunstausstellung Berlin 1991, hrsg. von Ch. Joachimides und N. Rosenthal, Stuttgart 1991; wieder in: Vilém Flusser, Lob der Oberflächlichkeit, Schriften Bd. 1, 2. Aufl. Mannheim 1995 (Bollmann).
Bilder in den Neuen Medien. Manuskript zu einem Vortrag im Museum für Gestaltung in Basel am 12.5.1989; Erstveröffentlichung in: Vilém Flusser, Lob der Oberflächlichkeit, Schriften Bd. 1, 2. Aufl. Mannheim 1995 (Bollmann).
Filmerzeugung und Filmverbrauch. Geschrieben 1979; Erstveröffentlichung in: Vilém Flusser, Lob der Oberflächlichkeit, Schriften Bd. 1, 2. Aufl. Mannheim 1995 (Bollmann).
Für eine Phänomenologie des Fernsehens. Vortragsmanuskript für das Treffen «The Future of TV» im Museum of Modern Art, New York, Januar 1974; Erstveröffentlichung in: Vilém Flusser, Lob der Oberflächlichkeit, Schriften Bd. 1, 2. Aufl. Mannheim 1995 (Bollmann).

QUBE und die Frage der Freiheit. Erstveröffentlichung in: Merkur. Deutsche Zeitschrift für europäisches Denken, Nr. 373, 33. Jg., Heft 6, Juni 1979; wieder in: Vilém Flusser, Lob der Oberflächlichkeit, Schriften Bd. 1, 2. Aufl. Mannheim 1995 (Bollmann).

Das Politische im Zeitalter der technischen Bilder. Aus dem Englischen von Klaus Nüchtern; Erstveröffentlichung in: Falter. Wochenzeitschrift für Kultur und Politik, Wien, Nr. 26/1990; wieder in: Vilém Flusser, Lob der Oberflächlichkeit, Schriften Bd. 1, 2. Aufl. Mannheim 1995 (Bollmann).

Auf dem Weg zur telematischen Informationsgesellschaft Verbündelung oder Vernetzung? Vortragsskript aus dem Nachlaß Vilém Flussers; Vorabdruck in: Die neue Gesellschaft – Frankfurter Hefte, Nr. 1/1995; wieder in: Kursbuch Neue Medien. Trends in Wirtschaft und Politik, Wissenschaft und Kultur, hrsg. von Stefan Bollmann, Mannheim 1995 (Bollmann).

Nomadische Überlegungen. Erstveröffentlichung in: Zeitmitschrift, Heft 2, 1990; wieder in: Vilém Flusser, Von der Freiheit des Migranten. Einsprüche gegen den Nationalismus, Mannheim 1994 (Bollmann).

Häuser bauen. Erstveröffentlichung in: Basler Zeitung, 22. März 1989, unter dem Titel: «Einiges über dach- und mauerlose Häuser mit verschiedenen Kabelanschlüssen»; wieder in: Vilém Flusser, Von der Freiheit des Migranten. Einsprüche gegen den Nationalismus, Mannheim 1994 (Bollmann).

Die Fabrik. Vortrag zum Unternehmergespräch der AGIPLAN Aktiengesellschaft für Industrieplanung, Mülheim/Ruhr, 5. März 1991; Erstveröffentlichung in: Vilém Flusser, Vom Stand der Dinge. Eine kleine Philosophie des Design, hrsg. von Fabian Wurm, Göttingen 1993 (Steidl).

Der städtische Raum und die neuen Technologien. Erstveröffentlichung in: Vilém Flusser, Nachgeschichten. Essays, Vorträge, Glossen, Düsseldorf 1990 (Bollmann).

Die Stadt als Wellental in der Bilderflut. Vortrag auf der 4. Kulturpädagogischen Tagung der *Kulturpolitischen Gesellschaft* (Köln, 1989); Erstveröffentlichung in: Kulturlandschaft Stadt. Neue Urbanität und Kulturelle Bildung, Hagen 1990; wieder in: Vilém Flusser, Nachgeschichten. Essays, Vorträge, Glossen, Düsseldorf 1990 (Bollmann).

Die Welt als Oberfläche
Auf dem Weg zum Unding. Erstveröffentlichung in: Vilém Flusser, Die Revolution der Bilder. Der Flusser-Reader zu Kommunikation, Medien und Design, Mannheim 1995 (Bollmann).
Paradigmenwechsel. Erstveröffentlichung unter dem Titel «Wonach?» in: Nach der Postmoderne, hrsg. von Andreas Steffens, Düsseldorf – Bensheim 1992 (Bollmann).
Digitaler Schein. Erstveröffentlichung in: Digitaler Schein. Ästhetik der elektronischen Medien, hrsg. von Florian Rötzer, Frankfurt am Main 1991; wieder in: Vilém Flusser, Lob der Oberflächlichkeit, Schriften Bd. 1, 2. Aufl. Mannheim 1995 (Bollmann).
Der Schein des Materials. Erstveröffentlichung in: Bildlicht. Malerei zwischen Material und Immaterialität, hrsg. von den Wiener Festwochen, Wien 1991; wieder in: Vilém Flusser, Lob der Oberflächlichkeit, Schriften Bd. 1, 2. Aufl. Mannheim 1995 (Bollmann).
Hintergründe. Erstveröffentlichung in: Vilém Flusser, Lob der Oberflächlichkeit, Schriften Bd. 1, 2. Aufl. Mannheim 1995 (Bollmann).